KB181278

남자의 모든 인생은 20대에 결정된다

남자의 모든 인생은
20대에 결정된다

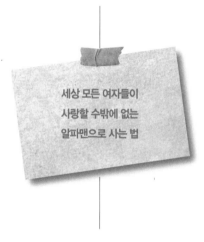

세상 모든 여자들이
사랑할 수밖에 없는
알파맨으로 사는 법

남인숙 지음

해냄

이제까지 당신이 알던
'진짜 남자가 되는 법'은 다 틀렸다

솔직히 말하자면, 내가 남자들을 대상으로 하는 글을 쓰게 되리라고는 생각하지 못했다. 그동안 내가 염두에 둔 독자는 '사람' 혹은 '여자'였다. 뚜렷한 신념이 있어서라기보다는 내가 여자인 동시에 사람이지만 (적어도 이번 생애에는) 남자였던 적은 없기 때문이었다. 남자는 어디까지나 연구 대상일 뿐 기나긴 대화의 상대는 아니라며, 그동안 남자를 향한 책을 써보자는 수많은 기획들을 고사했다. 그런 내 마음을 돌린 것은 어느 봄날 길거리에서의 작은 사건이었다.

햇살 좋은 휴일 오후, 동네에 무슨 행사가 있었는지 거리에 사람이 가득했다. 때마침 북적이는 골목길을 운전해서 지나야 했던 나는 주변을 살피며 거북이처럼 나아가고 있었다. 그때 유치원생쯤 되어 보이는 여자아이가 천방지축 이쪽으로 오기에 천천히 차를 세웠는데, 저만치 가고 있던 젊은 남자가 갑자기 기겁해서 아이를 안아 올리고는 길 한쪽에 내려놓는 것이었다. 남자는 슈퍼맨 뺨치는 도덕적 순발력으로 아이를 구한 듯 당당했으나, 엄마에게 가는 길을 저지당한 아이는 울었고, 근처에서 멀쩡히 아이를 챙기던 부모는 당황했으며, 멀찍이 멈춰 서서 이 상황을 지켜보던 나는 황당했다. 끝까지 상황 파악을 정확히 하지 못하고 머쓱해져 돌아서는 그 20대 초반의 남자를 보고, 복잡한 감정이 들었다.

'저 남자는 10년 후 어떤 사람이 될까?'

어쩌면 그는 모진 세상 풍파 속에서 좌절해 '더 이상 낯선 아이를 돕지 않는 사람'이 될 수도 있을 것이다. 혹은 '더 센스 있게 도울 줄 아는 지각과 능력을 갖춘 사람'이 될 수 있을지도 모른다. 짧은 순간, 그 순정하고도 투박한 호의를 가진 어린 남자가 후자의 사람이 되면 좋겠다는 강렬한 바람이 불 일듯 일었다.

맞다. 고작 그거였다. 10년간 쓰지 않겠다고 큰소리치던 글을 쓰기 시작한 계기란 것이. 하지만 뭐 어떤가. 만유인력의 법칙을 발견해 우주의 운행원리를 바꾸게 한 사건도 고작 사과가 떨어지는 장면을 본

것뿐이었는데, 비루한 글쟁이의 고집을 바꾸는 데 뭐 그리 대단한 사
건이 필요하겠는가.

❖

나는 20대 남자들의 둔하고 투박한 신의가 좋다. 그러나 그대로 세
상에 적응하기에는 쳐내야 할 모서리가 너무 많다. 알파걸들이 영리
하고 재빠르게 자신의 모난 곳을 갈아내며 앞으로 나아갈 동안, 더
이상 남자들의 방식만으론 움직이지 않는 세상에서 정을 맞다 금이
가거나 깨질까 걱정된다.

냉정하게 들릴지 모르겠지만, 일선의 CEO들은 여자들의 업무 능력
이 더 뛰어나다고 입을 모은다. 인사 담당자들은 실력만 본다면 남자
는 못 뽑는다고 말한다(실세인 그들은 대부분 남자들이다). 업무 센스
와 소통 능력이 필요한 요즘의 일터에서는 아무래도 '여성적 뇌'가 유
리하다. 지금 남자 위주의 사회구조는 물리적 힘이 필요했던 지난 세
기의 유산이며, 모든 것은 아주 빠른 속도로 바뀔 것이다. 과거 우리
조상들이 1,000년에 거쳐 겪었던 변화가 1년 동안 일어난다는 시대에

살고 있다는 사실을 잊지 말라. 이대로라면 일의 성취에서도, 개인적인 삶의 행복에서도 남자들을 위한 미래는 없다.

그렇다면 막 어른의 삶을 살기 시작한 젊은 남자들이 '괜찮은 지금', 그리고 그 연장선상에서 '괜찮은 미래'를 살려면 어떻게 해야 할까?

나는 자기만의 길을 찾은 알파맨들의 과거와 현재에서 답을 찾아보기로 했다. 이렇게 해서 알파맨 50명을 인터뷰해 그들의 20대를 추적하는 1년간의 작업이 시작된 것이다.

❖

원래 알파맨은 비즈니스 세계에서 성공한 남자를 일컫는 신조어지만, 나는 알파맨의 정의를 달리해보기로 했다. 사회적으로 성공했더라도 자신이 행복하지 않다고 생각하는 사람은 제외했다. 남들 입에 오르내릴 만큼 성공하지는 않았더라도 자기 분야에 대한 강력한 자부심과 자기 철학으로 '인생에서 성공한' 다양한 분야의 사람들을 중심으로 인터뷰했다. 대상은 현재의 20대에게 직접적인 롤모델이 될 수 있는 30~40대로 한정했다.

인터뷰를 진행하면서 내가 내린 결론은 크게 두 가지다.

그중 하나는 힘센 수컷으로서 무리를 압도하는 테스토스테론 덩어리가 알파맨을 뜻하던 시대는 지났다는 것이다. 진정한 알파맨은 다른 남자와의 서열에서 앞줄에 선 남자가 아니라 그 서열 자체를 무시할 수 있는 자신만의 칼을 갖고 있는 남자다. 다시 말해 알파맨은 우열의 문제가 아니라 자기 삶에 대한 결정권을 가졌느냐, 그렇지 않느냐로 구분된다는 것이다.

다른 하나는 약속이라도 한 듯 내뱉은 "20대는 특별한 일 없이 보냈어요"라는 말과는 달리, 그들의 20대가 지금의 그들을 만들었다는 것이다. 그들은 여느 젊은이들처럼 무디고 어리석었으나, 그 누구보다도 일찍 깨어 움직이고, 부딪히고, 깨달았다.

앞으로 내가 할 이야기는 그들의 청춘에 빚진 것이다. 온 세상이 예찬하는 청춘의 시간을 살면서도 이게 왜 그리 좋다는 건지 도무지 알지 못하며, 앞으로 어떻게 살아야 할지 감이 안 잡히는 아름다운 젊은 남자, 당신에게 이 글을 바친다.

2014년 가을
남인숙

차례

의심의 순간, 불안에 지지 않는 '나' 되기

2장

하고 싶은 일 vs 할 수 있는 일

3장

실천하는 남자가 아름답다

4장

인맥이 목숨처럼 귀해 보일 때

자신을 '진짜 남자'로 만들고 싶다면

1장

의심의 순간,
불안에 지지 않는 '나' 되기

도덕성은
칼이고 힘이다

20대인 당신의 고민은 무엇인가?

진로, 연애, 아니면 당장 이달치 방세나 등록금? 그러나 막 어른이 된 20대들을 가장 깊숙하게 뒤흔드는 고민은 따로 있다. 바로 '어떻게 살아야 하는가?'다. 뚜렷하게 인식하고 있든, 그렇지 않든 모든 20대들은 이 화두 때문에 혼란스럽다.

미숙한 20대의 시선으로 보면 세상이 모두 부조리하게만 보인다. 마음먹고 남에게 잔인해지면 돈은 쉽게 벌 수 있을 것 같다. 하지만 그렇게까지 하면서 돈을 벌고 싶지는 않다. 그러면서도 초라하게 살고 싶지는 않다. 세상은 행복과 도덕성 사이에서 선택을 강요하는 것만 같고 그 절충 지점을 찾는 것은 비겁한 타협으로 느껴져서 껄끄럽다. 착하게 성공할 만큼 머리가 비상하지는 못한 것 같은데, 어떻게 살아야 할까? 지금부터 내가 할 이야기들은 세상에 대한 태도를 단순하게 정리하는 데에 도움이 될 것이다.

이번 인터뷰를 진행하면서 내게 가장 큰 화두 중 하나는 '도덕성의 재조명'이었다. 알파맨들은 무엇보다도 도덕적인 사람이 되려고 애를 쓰고 있었다. 그리고 그렇게 노력하는 자신을 보며 비교적 도덕적인 사람이라고 자평하는 듯 보였다. 그렇다고 해도 '알파맨들이 모두 선한 사람들이다'라는 결론을 내릴 생각은 전혀 없다. 내가 그들을 속속들이 알 수도 없을뿐더러 세상에는 '누구에게나 도덕적인 사람'도 존재하지 않기 때문이다.

미국의 전설적인 부자인 록펠러나 포드 같은 사람들은 일각에서는 피도 눈물도 없는 자본가로 평가받는다. 하지만 전설적인 자선사업가이기도 했던 록펠러는 자선재단을 세워 천문학적인 돈을 기부했고, 지금까지 2억 명의 생명을 구했다는 페니실린도 그 재단에서 후원한 연구를 통해 발견된 것이었다. 포드는 '시민들이 돈을 많이 벌어야 내 물건을 사준다'는 신념으로 노동자들에게 파격적인 임금을 주어 노동 시장 및 복지의 판도를 완전히 바꾸었다. 게다가 포드재단은 지금까지도 가난한 학생들에게 교육의 희망을 주고 있다. 적어도 도움을 받은 이들에게 그들은 도덕적인 사람들이었다.

반면, 현대의 성자로 일컬어지는 간디는 자신이 태어난 지역에서는 가장 높은 계층에 속했으며, 서구로부터 카스트 제도를 안정적으로 지키는 것을 도덕이라고 생각했다. 간디가 아니었다면 인도에서 카스트 제도가 사라졌을 거라 생각하는 사람들도 많다. 그렇다면 오늘날까지 짐승과 다름없이 차별을 받으며 사는 인도의 불가촉천민들에게도 간디가 선한 사람일지 나는 잘 모르겠다.

분명한 것은 인간의 불완전함 속에서도 '내가 최선을 다해 도덕성을 선택하는 사람'이라는 자긍심은 있어야 한다는 사실이다. 양심을 버릴 수 있으면 세상 살기가 편해질 것 같지만, 세상은 자신만 생각하는 냉혹한 사람에게 이익을 쉽게 넘겨줄 만큼 만만한 곳이 아니다. 단기간의 이익은 얻을 수 있을지 몰라도 길게 가기는 어렵다. 방법이 그것뿐이라면 더 나쁜 놈이 나타나 그를 무너뜨릴 수 있기 때문이다.

해외 취업에 성공해 자리를 잡은 Y는 옥탑방 월세도 힘겹게 내면서 가끔은 '죽어버릴까?'라는 생각도 했던 시절만큼 자신이 착하게 살았던 적이 없었다고 고백한다. 그는 만나는 모든 사람에게 친절하게 대했고, 눈이 오는 날이면 아무도 나서지 않는 집 앞 골목길 청소를 남몰래 해놓기도 했다. 주머니를 털어 구세군 모금함에 돈을 넣기도 했으며, 같은 건물에 이사 온 할머니를 도와 한나절이나 이삿짐을 나르기도 했다. 대가나 공치사를 바라서가 아니었다. 그냥 그래야 사는 것 같은 기분이 들어서, 살기 위해서 그랬을 뿐이었다. 그 무렵 그는 많은 사람들에게서 "총각, 복 받으세요"라는 말을 들었다. 당시에는 의미 없이 흘려들었지만, 그는 그 축복의 말들이 쌓여 지금의 자신이 있는 게 아닌가 하고 생각하고 있었다.

'도덕적 자부심'은 추상적이고 철없는 도덕적 이상이 아니라 험한 세상을 살아가는 데 꼭 필요한 무기요, 에너지원이다. 특히 상황이 어렵고 힘들 때일수록 도덕적 자부심을 잃지 않도록 애를 써야 한다. 내가 좋은 사람이라는 확신이 없는 사람은 쉽게 무너진다. 자신의 삶에 확신이 없을수록 자기 존재에 대한 의미 부여가 절실하기 때문이다. 심리학자들도 인간은 타인에게 도움이 된다고 느낄 때 자기 존재를 긍정하게 된다는 사실을 여러 연구를 통해 밝혀냈다. 특히 자신이 행복하다고 느끼면 삶에 만족하는 여자들과는 달리 남자들은 '멋있게 살고 싶다'는 욕구가 강하다. 스스로 도덕적이라고 느끼지 못하면 도무지 멋있을 수가 없기에 원하던 것을 가져도 불행해진다.

너무 힘들 때 잠깐 나쁜 일을 해서 돈을 벌고 빠져나와야겠다고 생각했던 사람들이 결국 그 세계에서 빠져나오지 못하는 이유도 그 때문이다. 아무리 자기변명을 해도 도덕성의 균형을 잃은 사람들은 이미 자신이 나쁜 사람이라는 것을 안다. 그리고 나쁜 사람들은 더 나은 인생을 위해 힘든 과정을 이겨낼 내성이 없다.

중년에 접어든 인터뷰이들은 오히려 세상을 알게 될수록 도덕성의 필요성을 절감하게 된다고 입을 모은다. 세상이 마냥 더럽다고 생각하겠지만 사람들 대부분은 도덕적인 사람과 일하고 싶어 한다. 그래서 성공하고 이를 유지하려면 자기 철학과 그 기준 안에서의 도덕성이 필수적이다.

이제 더 이상 도덕성과 현실적인 성공 사이에서 갈등할 필요가 없다. 나쁜 놈들이 잘사는 것처럼 보이지만, 그래도 당신보다 20~30년 더 지켜본 바에 의하면 정말 나쁜 사람이 끝까지 잘사는 경우는 거의 보지 못했다. 나보다 수십 년 더 산 사람들도 그렇게 말한다.

물론, 사람마다 다를 수 있는 도덕성의 범위를 한정하는 것은 결국 당신의 몫이다. 앞서 말했듯 사람은 모두에게 선하기만 할 수는 없으며, 누구의 편에서 더 선할 것인가를 선택해야 하는 순간은 수없이 많다. 그 선택의 태도가 바로 당신의 '철학'인 것이다. 문제는 그 철학이 어리석은 독선에서 비롯될 경우 참 난감해진다는 것이다. 히틀러도 자신만의 '미친' 철학 안에서는 민족의 번영을 위해 헌신하는 도덕적 인간이었을 테니 말이다. 그래서 교육과 공부가 필요한 것이다. 많은 책을 다양하게 읽고, 여러 사람을 만나 이야기를 듣고, 시야를 넓혀라. 그래야 사회적 합의와 자신의 가치에 맞는 당신만의 철학을 찾을 수 있고, 그 일이 당신의 삶을 더욱 단순하고 발전적으로 나아가게 해줄 것이다.

철학과 도덕성이 실용적인 가치라는 것을 인식하고 '좋은 사람'이 되려고 노력하는 일이 의외로 경쟁력이 된다는 것을 하루 빨리 깨닫기 바란다.

세상이 원하는 긍정이 아닌, 나에게 필요한 긍정을!

오랜 지인 중에 주변 상황의 가장 안 좋은 점을 귀신같이 잡아내는 사람이 있었다. 특히 남의 흠을 들춰내는 데에 재능이 뛰어나 TV 예능 프로그램에 '비난의 신' 캐릭터로 나가면 성공할 것 같은 이였다. 그의 지론에 따르면, 이 세상은 마냥 좋게만 생각하면 눈 뜨고도 코 베이는 꼴을 당하기 십상인 회색 지옥이었다. 그런 그가 모처럼 누군가를 칭찬하기에 관심 있게 들었더니 그 이유가 상상 밖이었다.

"그 친구, 사람이 아주 긍정적이더라고!"

세상 참 이상하다. 사람들은 살기 힘든 세상을 비관적으로 바라보고 낙관론자들을 '세상 물정 모르는 하룻강아지'라며 내심 경원시하면서도, 막상 부정적인 사람은 피하고 싶어 한다. 불평이 많은 사람일수록 더욱 그렇다. 부정적인 사람이 내뿜는 기운이 의욕을 앗아가기 때문이다. 가뜩이나 힘든 세상살이가 그 사람 때문에 더 힘들어진다.

사람들은 잠시나마 이 순간을 밝혀줄 등불 같은 사람을 곁에 두기를 좋아한다. 그런대로 사회에 잘 적응하는 사람들은 이러한 요구에 발맞추어 밝고 긍정적으로 보이는 데 도가 텄지만, 지금 막 세상에 나온 젊은이들은 아직도 잘 모른다.

왜 내키지도 않는데 억지로 긍정적이어야 하는지, 긍정적으로 마음을 고쳐먹는 게 나를 얼러서 착취하려는 기성세대와의 타협은 아닌지, 긍정적으로 생각해서 기대하는 미래가 나에게 '희망 고문'이 되는 것은 아닐지…….

이런 의문과 반항은 자연스러운 것이며, 한 번쯤 거쳐야 할 과정이다. 그러나 돌아와야 할 길은 정해져 있다. 결국 '긍정'인 것이다. 다양한 철학과 가치관을 지닌 알파맨들의 예외 없는 특징도 바로 긍정적인 삶의 태도였다.

누군가는 "낙관론자가 비행기를 만들면, 비관론자가 낙하산을 만든다"고 말했다. 비관론의 효용을 옹호하는 말이다. 그러나 낙하산을 발명한 사람이 정말 비관론자일까? '잘만 하면 2,000미터 상공에서

희망이 독이 된다는 말, 노력해도 안 되는 것이 세상이라는 말에 경도되어 있다면 자신에게 필요한 진짜 긍정을 함께 품고 있는지 생각해 보라. 그렇지 않다면 현실에 대한 냉정한 인식이 아니라 충분히 노력하고 싶지 않은 자신을 위한 핑계일 수도 있다.

떨어져도 커다란 천 쪼가리 하나로 목숨을 건질 수 있을 거야'라는 희망 없이 복잡한 구조의 낙하산을 설계하며 수많은 시행착오를 감당할 수 있을 리 없다. 진짜 비관론자들은 낙하산을 발명하지 않고 비행기를 없앤다. 비관론은 결코 무언가를 창조하거나 생산할 수 없다.

✦

긍정에는 두 가지 종류가 있다. '세상이 원하는 긍정'과 '나에게 필요한 긍정'이 그것이다. 세상이 원하는 긍정은 주로 현재에 대한 긍정이다. 지금 현재에 만족하며 다른 사회 구성원들의 평온한 삶에 찬물을 끼얹지 않는 것, 세상의 모든 조직이 구성원들에게 요구하는 긍정이자 때때로 기득권층이 서민을 착취하기 위해 이용하기도 한다는 그것이다.

반면 나에게 필요한 긍정은 미래를 향한 것이다. 지금은 어처구니없어 보이는 바람을 이룰 수 있으리라는 희망이다. 언뜻 사람들은 후자의 긍정을 응원하는 것처럼 보인다. 그러나 막상 누군가가 미래에 대한 긍정을 행동으로 옮기려고 하면 다들 앞다투어 끌어내리기 바쁘다. 그도 그럴 것이, 미래의 긍정을 정말 이루어가는 사람들의 모습은 자신의 그릇만 한 일상 안에서 겨우 안정하며 살아가는 사람들의 긍정에 평지풍파를 일으키기 때문이다. 나중에 그 긍정이 압도적인 성과를 보이면 그제야 사람들은 포기하고 인정하기 시작한다. 그들이 나빠서가 아니라 원래 세상이 그렇다. 그래서 자신에게 정말 필요한 긍정을 유지하면서 사는 사람들이 소수인 것이다. 강남의 아파트, 저혼자서 돈을 벌어주는 금융자산, 억대 연봉 등 특권층에 대한 기준이야 많지만, 내가 보기에 진짜 특권층은 절대적인 긍정을 누리는 사람들이다. 허풍으로 들릴지도 모르겠지만 이런 사람들은 자신이 진심으로 원하는 것은 모두 누리며 살 수 있다. 내가 만난 알파맨들이 모두 그러했다.

이제 세상이 원하는 긍정에 염증을 느끼는 것은 그만두고 나에게 필요한 진짜 긍정에 집중해야 할 때다. 단, 자신을 방어할 능력이 없는 20대들은 성과가 나올 때까지 자신이 품은 진짜 긍정을 '세상이 원하는 긍정'으로 적당히 포장할 필요가 있다. 희망이 독이 된다는 말, 노력해도 안 되는 것이 세상이라는 말에 경도되어 있다면 자신에게 필요한 진짜 긍정을 함께 품고 있는지 생각해 보라. 그렇지 않다면 현실에 대한 냉정한 인식이 아니라 충분히 노력하고 싶지 않은 자신을 위한 핑계일 수도 있다.

역사를 보더라도 변화는 언제나 불평 속에서 싹텄지만, 정작 변화를 만들어내는 사람들은 남의 불평에서 힌트를 얻을 뿐 자신은 긍정을 품고 행동했다.

긍정의 근육 키우기 :
마음과 생각의 분리

변호사 K는 20대 후반을 처녀 귀신과 함께 보냈다. 그는 네 번이나 고배를 마시고 사법고시에 합격했는데, 그 기간 동안 공부에 모든 걸 쏟아부으면서 받은 스트레스가 이만저만이 아닌 모양이었다. 몸과 마음이 허해졌다는 자각을 하기도 전에 헛것을 보기 시작했던 것이다. 그런 경험을 하는 사람들이 종종 그러듯 K도 늘 같은 모습의 여자를 보았는데, 그녀는 때론 머리맡에서, 때론 방구석에서 나타나곤 했다. 정기적으로 보다 보니 나중엔 무섭기는커녕 정드는 게 아닌가 싶을 정도였단다. 나중에 시험에 합격하고 안정되면서 여자는 더 이상 보이지 않았다.

그에게 어려웠던 그 시절을 극복한 비결이 무엇인지 물었다. 그러자

"단 한 번도 합격을 못하리라고는 생각해 본 적이 없다"고 말했다. 그 것이 헛것을 볼 만큼 피폐했던 20대 청년의 내면이었다니! 그쯤 되면 '나는 100년 동안 100번 시험을 봐도 떨어질 거야'라고 자학하며, 정 든 처녀 귀신에게 '나를 데려가라'며 수작을 걸었다고 해도 이상하지 않을 터였다. 내가 그렇게 말하자, 그는 웃으며 되받아쳤다.

"당연히 기분이야 그랬죠. 하지만 생각은 내 뜻대로 할 수 있잖아요."

마음과 생각을 분리하기. 그것이 그의 방법이자, 동시에 비관론을 부추기는 세상에서 알파맨들이 자신의 긍정을 지키는 방법이기도 하 다. 생각은 내 뜻대로 무한정 움직이지는 못해도 어디까지나 내 통제 하에 있는 팔다리 근육 같은 수의근이다. 반면 마음은 심장이나 위장 처럼 내 몸에 있는 근육이지만 의지대로 움직일 수 없는 불수의근과 같다. 그래서 누구든 마음 그 자체로 죄책감을 느끼거나 비난받을 이 유는 없다. 하지만 마음도 영영 의지 너머에 있는 것만은 아니다.

'오늘은 고기를 많이 먹었으니 위장을 더 열심히 움직여야지'라고 마음먹을 수는 없더라도, 통제할 수 있는 근육으로 열심히 운동하고 식생활을 조절해서 위가 더 잘 움직이도록 할 수는 있다. 마음도 그 런 것이다. 생각을 단련하다 보면 마음도 생각을 따라온다. 그래서 인 격을 후천적으로 가다듬을 수 있는 것이다.

긍정은 단순히 '마음의 상태'가 아니다. 세상을 등지고 앉아 명상만 한다고 얻어지는 것이 아니다. 내면의 평화를 중요시하는 인도 요가에서조차 긍정적이고 행복한 마음을 얻는 과정이 세상에서 가장 치열한 일이라고 가르친다. 그러니까 긍정은 노력이고, 운동이고, 행동인 셈이다.

먼저 골방에 틀어박히기보다는 되도록 밖으로 나가자. 사람은 밖으로 나가 돌아다니면 엔도르핀이 분비되면서 힘이 나고 기분이 나아지도록 진화했다. 사냥과 채집을 하는 데 도움이 되기 때문이다. 또, 긍정적으로 읽고 쓰고 말하자. 에너지를 가하지 않고 내버려두면 혼란과 비관 쪽으로 흘러가는 것이 물리학과 철학 등 인간이 연구하는 여러 학문에서 동의한 세상의 법칙이다. 그러므로 끊임없이 긍정을 충전해야 한다. 당신을 교묘하게 헐뜯는 걸 낙으로 삼거나 불평으로 스트레스를 해소하는 습관이 있는 사람이 있다면 그들을 차차 멀리하라. 그들은 당신을 숙주로 삼아 자신의 볼품없는 자아를 연명하는 기생충들이다.

무엇이든 자주 시도해서 작은 성공의 경험들을 쌓으라. 악기를 배우든, 자격증을 따든, 세상엔 도전할 것이 많다. 세상에는 투입한 시간만큼 정직하게 실력이 느는 일들이 많고, 단계를 밟아 올라설 때마다 나는 성공한 사람이 되는 것이다. 그런 과정을 통해서 얻은 '나도 할 수 있다'는 자신감은 긍정의 바탕이 된다.

언제나 '안 된다'는 쪽의 논리들은 공감이 간다. '안 되는 상태'는 눈에 보이고 손에 만져지는 현재이지만, '되는' 쪽은 올지 안 올지 모르는 미래의 상태이기 때문이다. 세상의 안 되는 일을 수없이 경험해

본 어른들은 좀처럼 긍정에 마음을 열지 못한다. 자신의 경험이야말로 긍정이 소용없다는 증거라고 생각하기 때문이다. 하지만 안 된다고 생각할수록 무엇이든 이룰 수 있는 기회는 줄어들 뿐이다. 그래서 나쁜 현실과 덜 마주친 20대가 긍정을 습관으로 들일 수 있는 최적기가 되는 것이다.

❖

처녀 귀신과 청춘을 함께했던 변호사 K는 어두운 20대에 애써 켜두었던 콩알만 한 긍정의 빛이 지금까지 자신의 삶을 비춘다고 믿는다.

"아무리 힘들어도 20대는 긍정적인 생각의 배터리를 만드는 시기예요. 그 이후는 그냥 충전만 하는 거죠. 변호사는 세상에 대해 긍정적인 생각을 유지하기가 힘든 일이에요. 존경받는 전문직에 대한 욕심으로 이 일을 했다가 불행하게 사는 사람이 많아요. 저는 그 귀신 보던 시절에 벌어놓은 긍정으로 지금 잘 살고 있는 거예요."

20대는 긍정에 대한 피로감을 느낄 시기가 아니다. '긍정성 과잉의 시대'가 내게 맞지도 않는 긍정을 강요한다며 피하는 것은 나이가 들어서 해도 늦지 않다. 사람은 자신의 한계를 알지 못할 때 무척 괴롭다. 끝까지 달려가 자신의 한계를 확인하고, 자신이 최고일 수 있는 자신만의 우주의 끝을 알아야 한다. 그렇게 키운 긍정의 근육은 먼 훗날 발을 헛디뎌 절벽 끝에 매달리게 되더라도 손을 놓지 않고 위로 올라갈 수 있는 힘이 될 것이다.

지금,
지옥을 통과하는 중이라면

사업가 H는 "20대 남자가 준비해야 할 가장 중요한 것이 무엇일까"라는 질문에 대뜸 "건강"이라고 대답했다. 바쁘고 체력 소모가 심하기 마련인 알파맨들이 으레 하는 말이니 그러려니 싶었다. 머리를 한 대 얻어맞은 듯 나를 멈칫하게 만든 것은 그의 다음 말이었다.

"제가 수면제 250알을 한꺼번에 먹고도 건강해서 살아났거든요."

촉망받는 청년 사업가였던 그는 믿었던 직원에게 크게 배신을 당했다. 회사가 구멍가게나 다름없던 시절부터 가족처럼 지내왔기에 돈 돌아가는 일을 마음 놓고 맡겼던 게 화근이었다. 그 직원이 거액을 횡령하는 바람에 회사는 망했고, 집과 회사에 차압 딱지가 붙었다. 도무지 다시 일어날 가능성은 보이지 않고 내 편인 줄 알았던 사람들이 모두 등을 돌린 고립무원의 지경에서, 그는 지금 생각하면 실패하길 천만다행인 시도를 했던 것이다. 지금은 성공한 사업가로 자리를 잡았지만, 그는 그 무렵 도무지 빠져나갈 길이 보이지 않는 지옥을 걷고 있었다.

H가 겪은 상황이 아니더라도 누구나 한 번쯤 자기만의 지옥을 겪는다. 때로 그 지옥은 경험이라고 포장하기에도 엄두가 안 날 만큼 참담하다. 남이 해주는 위로와 스스로를 북돋는 주문조차 아무 의미가 없다. 그렇다면 아무런 해결 능력도 갖추지 못한 채 지옥에 떨어졌을 때 당신은 어떻게 해야 할까?

제2차 세계대전에서 위기의 리더십으로 히틀러에 대적했던 처칠이 했던 말이 정확한 답이 될 것이다.

"지옥을 통과하는 중이라면 계속 걷는 수밖에 없다."

20대 시절, 저마다 인생의 위기를 겪은 알파맨들은 "뭘 어떻게 해야 할지 몰라서 아무것도 못했다"고 말한다. 그러나 그들의 이야기를 잘 들어보면 결코 아무것도 안 한 게 아니다. 당시 문제를 해결한 직접적인 성과가 없었기에 한 게 없었다고 느낄 뿐, 그들은 언제나 움직이고 또 움직였다. 아무 희망이 없다고 느끼던 그때 그들은 자격증을 따거나, 강의를 들으러 다니거나, 국토 횡단을 했다. 성과가 없어도 움직였다. 그리고 끝내는 지옥의 출구를 찾았다.

언젠가 그런 지옥에 들어서게 된다면 스스로의 힘으로 아무것도 할 수 없으리라는 자괴감과 자신의 잘못은 아니라는 양가감정에 괴로울 것이다. 그 누구의 위로와 충고도 도움이 되지 않을 것이다. 그럴 때 긍정적인 생각을 하려 애쓸 필요는 없다. 자꾸만 포기하고 싶은 마음을 억지로 추스를 필요도 없다. 다만, 무너지는 마음과 상관없이 몸은 일으켜 세워야 한다. 움직이다 보면 그 자체로 치유가 되고, 힘이 길러지며, 예상하지 못했던 방법으로 출구를 발견하기도 한다.

✦

　암울한 청소년기와 20대를 보내고 지금은 스타 강사의 길을 걷는 M은 경찰공무원이 되겠다는 꿈을 품고 공부에 매달리다가, 철없던 폭주족 시절의 전과 때문에 경찰이 될 수 없다는 사실을 뒤늦게 알았다. 땅이 꺼진 듯 암담했다. 그때 그는 자신의 지하방에 은둔하는 대신 사람들을 만나러 다녔다. 아는 사람들은 일부러 피하고, 어려움을 극복한 사람들의 세미나나 강연을 찾았다. 뭘 어떻게 해보겠다는 생각 없이 그저 귀를 열고 들었다. 그는 그 과정에서 자신의 어려움을 객관화하게 되었고, 다시 일어나 자기 길을 찾아냈다.

　온갖 종교와 신화에서 묘사되는 지옥의 공통점은 그 고통이 영원하다는 것이다. 그러나 다행히 지상에서의 지옥은 반드시 그 끝이 있다. 다만 그 '끝'에도 질적인 차이가 존재한다.

　'외상 후 성장(PTG: Post Traumatic Growth)'이라는 심리학 용어가 있다. 부정적인 경험을 한 후 다친 자존감을 일으켜 세우는 경험을 통해 자존감이 전보다 더 탄탄해지는 현상을 일컫는다. 그러니까 흔히 '트라우마'라고 하는 '외상 후 스트레스 장애'의 반대 개념이다. 똑같이 나쁜 경험을 해도 그 경험을 통해 성장하는 사람과 마음에 장애만 떠안는 사람의 차이는 불집게를 휘두르는 옥졸들이 우글거리는 지옥 한가운데에서 마냥 주저앉았느냐, 불길 사이를 묵묵히 걸었느냐 하는 것이다.

한때 지옥을 걸어본 사람으로서 한마디 보태자면, 주저앉는다고 당장의 고통이 줄지는 않는다. 걷느라 정신을 파는 쪽이 그나마 덜 아프다. 세상에 존재하는지조차 알 수 없는 '지옥에 가지 않는 법'을 말해 줄 순 없지만, 이 글을 읽는 당신에게는 지옥의 출구가 언제나 봄빛 충만한 동산으로 연결되기를 바랄 뿐이다.

젊은 날의 불안을 이기는 법 :
한 번에 하루씩 살기

　　B는 중견업체 평사원으로 입사해 그 회사의 사장이 된 입지전적인 인물이다. 그를 만났을 때 내가 유추해 본 그의 20대는 이랬다. '우수한 성적으로 명문대를 졸업하고, 일사천리로 대기업에 입사, 초고속 승진을 하다가 실력을 인정받아 거액에 스카우트되어 지금 이 자리에?!' 그러나 예상과 달리 20대에 그가 달려온 길은 탄탄하고 매끄러운 아스팔트 대로가 아니었다. 그에게는 처음으로 취업했던 회사가 문을 닫아 20대의 한 자락을 앞날이 캄캄한 무직자로 지내야 했던 경험이 있었다.

　　"재취업이 안 돼서 적은 아르바이트비만으로 지내야 했기 때문에 집을 반지하로 옮겼어요. 근데 그 집이 장마만 지면 침수가 되는 거예요. 물에 잠겼던 집으로 다시 들어가는 기분, 그거 당해보지 않은 사람은 몰라요. 그전엔 해마다 침수되는 지역에 왜 사람들이 이사 가지 않고 계속 사나 했거든요. 그때 알게 됐잖아요. 돈이 없어서 그런 거예요. 바로 제가 그랬거든요."

그는 앞날에 대한 불안을 이겨낸 자신의 경험을 이렇게 풀어냈다.

"불안하지 않았다면 거짓말이죠. 하지만 그 불안에 휘둘리지는 않았어요. 어떤 책에서 본 건데 '한 번에 하루씩 살라'는 말이 있더라고요. 제가 그렇게 살았던 것 같아요. 내일 어떻게 될지 미리 생각하고 걱정하기보다는 그냥 오늘만 생각하고, 오늘 하루를 열심히 살자. 그러다 보니 그 하루하루가 쌓여서 저절로 결과가 나오더라고요."

표현은 달랐지만, 알파맨들이 살아온 방식은 모두 그와 같았다. 처음부터 원대한 계획을 세우고, 그것을 늘 염두에 두고 치밀하게 달려왔을 것만 같았던 그들 대부분은 "아무 생각 없이 눈앞에 있는 일들에만 그때그때 집중하며 살았더니 여기까지 왔다"고 했다.

✦

20대는 인생에서 가장 막막한 시기다. 나 역시 그때보다 불행한 시기는 있었어도 그때보다 막막한 시기는 없었다. 일찍 취업을 하거나 자기 길을 찾은 친구들이 안정적으로 보여서 부럽겠지만, 20대는 원래 안정적일 수 없는 시기다. 단단하게 자리를 잡고 흔들림 없이 가고 있는 것처럼 보이는 그들도 속으로는 끊임없이 들끓고 있다. 몇 년 후,

그들 중 지금 그 자리에서 지금 하는 일을 하고 있는 사람이 몇 명이나 될 것 같은가? 내게 고민을 털어놓는 젊은이들 중에는 어느 직업보다도 안정적이라는 교사 일을 하면서도 막막해하는 이들이 적지 않다. 막상 교사가 되고 보니 아이들을 가르치는 일은 보람이 없고 잡무에 치여 괴롭다는 것이다. 더 늦기 전에 다른 길을 알아봐야 할까도 싶지만, 요새 같은 취업난에 많이들 선호하고 진입 장벽이 높은 직업을 쉽게 그만두지 못해 폭풍을 품은 채 그 자리를 지키고 있는 것이다.

20대의 안정은 상황에서 오는 게 아니다. 자기 생각에 대한 확신과 경륜이 없는 20대는 누구나 쪽배 하나 타고 비바람 부는 바다에서 흔들리고 있는 처지다. 오히려 안정은 삶을 바라보는 태도에 의한 것이다. 쪽배 위에서 파도에 시달리고 있다면 바다가 얼마나 막막한지, 여기서 좌초된다면 어떻게 될지에 골몰하기보다는 키를 단단히 잡고 배의 중심을 잡으려 애를 써야 한다. B의 말대로 한 번에 하루씩을 살며 '오늘'에 몰두하다 보면 어느 순간 항구에 닿아 있는 자신을 발견하게 될 것이다.

한 번에 하루씩 사는 삶의 태도를 자신의 일부분으로 받아들이면 그 이후의 삶에도 의연해지게 된다. 사실 삶은 20대에만 불안한 게 아니다. 지금은 자기 분야에서 자리를 잡은 알파맨들도 몇 년 후를 장담할 수 없는 처지인 것은 마찬가지다. 그러나 최악의 상황을 일일이 가정하고 두려워하면 그 스트레스를 감당할 수가 없다.

또한 하루하루에 충실한 태도는 남들은 감히 시도하지 못하는 큰 일을 주도하는 원동력이 되기도 한다. 청소를 해야 하는데 진공청소기를 돌려 온 집 안을 청소하는 게 엄두가 안 날 때가 있다. 그럴 때 '급한 대로 가장 어질러져 있고 제일 많은 시간을 보내는 거실만 대충 청소하자'라고 생각하면 어렵지 않게 진공청소기의 코드를 꽂을 수 있다. 그런데 처음 의도대로 거실을 청소하고 보면 바로 옆 침실로 흡입구를 들이미는 건 일도 아니다. 이제 '가장 넓은 거실과 침실을 치웠으니 남은 공간도 해버리지, 뭐'라고 생각하게 되고, 결국 온 집 안을 청소하게 된다. 옆에서 보기에 입이 떡 벌어지는 일을 벌이는 그들의 배짱도 그런 식으로 형성된 것이다. 한 번에 하루씩을 살며 눈앞의 일에 충실한 태도는 평범한 사람도 대단한 일을 할 수 있게 해준다.

❖

물리학 법칙에 의하면 불안정한 위치에 있는 물체는 에너지를 가진다. 기반 없는 삶에서 박차 오르기 위해 엄청난 에너지를 필요로 하는 20대에는 어느 정도의 불안은 필수적이기도 하다. 그 사실을 받아들이고 미래에 대한 걱정에 골몰하지 말라. 오직 장래를 염려하며 고뇌하는 모습만을 믿음직한 젊은이의 전형이라고 여긴다면, 이제 그 오해에서 벗어나기 바란다. 그저 의문과 관심을 품고 오늘을 열심히 살다 보면 미리 걱정하지 않아도 삶에서 해답이 툭툭 튀어나오게 되어 있다.

오늘 할 일을 내일로 미루는 핑계로 삼지만 않는다면, "내일 걱정은 내일 하자"나 "내일은 내일의 태양이 뜬다"라고 속 편하게 말할 수 있어야 잘 살고 있는 것이다. 빛나는 당신의 청춘에 불안이란 놈이 자꾸 그늘을 드리운다면 로마의 시인 호라티우스처럼 호기롭게 외쳐보라.

"내일이여, 무슨 짓이든 해보아라. 나는 오늘을 살리니!"

'나'를 극복해 본 남자는
누구나 위대하다

한 모임에서 합석한 그는 일류 대학에 다니는 대학생이었다. 처음엔 그저 얌전하고 반듯한 청년이려니 싶었는데, 술이 들어갈수록 옆자리에 앉은 같은 학교 친구에게 공연히 면박을 주는 등 밉살맞은 행동을 해댔다. 나중에야 고등학교 때 그가 최상위권 성적을 유지하다가, 고3 막판에 성적이 떨어져 원하던 국내 최고 학부에 가지 못했다는 사실을 알게 되었다. 친구를 못 잡아먹어 안달이었던 것은 고등학교 시절에 친구가 그보다 공부를 훨씬 못했는데도 같은 대학교에 왔기 때문이었다. 친구의 존재는 그에게 자신이 실패했다는 산 증거였던 것이다. 한없이 못나고 또 못나 보였다.

같은 대학교에 다니는 다른 학생을 알고 있는데, 집안 형편 때문에 공고를 나와 바로 취업을 했고, 1년여 사회생활을 하다가 대학에서 공부를 하고 싶다는 열망에 사로잡혔다. 그래서 그로부터 2년 동안 공부에 매달린 끝에 대학생이 되었다. 그는 나이가 한참 어린 동기들과도 스스럼없이 어울리며 즐거운 대학 생활을 하고 있다. 건강한 자신감으로 차 있는 그는 얼마나 매력적인지 모른다. 두 사람의 차이는 무엇일까?

　문제는 열등감이다. 열등감의 해악이야 남자에게나 여자에게나 마찬가지겠지만, 남자들의 열등감은 한결 더 파괴적이다. 여자들의 열등감은 인격의 일부에 영향을 미치는 경우가 많지만, 남자들은 열등감에 사로잡히면 전인격적인 위기에 빠지고 만다. 능력 있고 잘난 수컷이라는 자부심은 남자에게 정체성 그 자체이기 때문이다. 그래서 열등감의 골이 깊은 남자는 못나고 매력 없는 사람이 된다. 특히나 열등감에 깊이 지배당하는 남자는 착한 사람일 수가 없다. 만약 당신이 열등감에 찌들었지만 착한 남자를 알고 있다면 그는 겉으로는 지나칠 정도로 조용하고 양보를 잘해 열등감이 있다고 오해를 받거나, 당신한테만 착한 사람일 가능성이 크다.

　열등감은 열등감을 느낄 만한 상황에서만 오는 것이 아니다. 앞서 소개한 두 대학생 중 열등감의 핑계를 대자면 우회로를 지나 대학생이 된 쪽의 할 말이 더 많을 수도 있다. 그러나 같은 상황에서도 전자의 학생은 지금 다니는 대학교를 실패의 산물로 치부한 반면, 후자는 노력의 대가이자 스스로와의 싸움에서 이긴 전리품으로 자랑스러워한다. 그의 건강한 자부심은 사람들을 자석처럼 끌어모을 것이고, 앞으로의 인생에서 많은 것을 성취할 수 있는 에너지원이 되어줄 것이다.

수많은 정체성의 위기를 겪은 알파맨들은 '겸손'이라는 말을 의식하지 않게 되었을 때 자부심이 안정 궤도에 올랐음을 느꼈다고 한다. 열등감을 극복해 나가던 초기에는 자꾸 오만한 마음이 생겨서 '겸손해야 한다'고 마음을 다잡곤 했는데, 이젠 굳이 겸손을 의식하지 않아도 되더라는 것이다. '나는 나대로 잘났다'는 마음이 단단해지면, 정말 잘난 사람을 만나도 비굴해지거나 기죽지 않고, 나보다 한참 뒤처지는 사람을 봐도 '살다 보면 그럴 수도 있지' 하며 낮춰 보지 않게 된다고 한다. 열등감과 오만은 옷만 다르게 입은 일란성쌍둥이인 셈이다.

다행인 것은 남자들이 열등감을 극복하는 방법이 여자들보다 훨씬 단순하다는 것이다. 여자들이 열등감을 극복하려면 얼굴도 예뻐야 하고, 능력도 있어야 하고, 친구도 많아야 하고, 연애도 잘해야 한다. 여자들의 열등감이란 여러 조건들이 상보관계를 이루고 있어서 쉽게 깊어지지도 않지만, 일단 그 모든 조건을 대충이라도 충족시켜야 극복할 수 있다. 하지만 남자는 어느 한 가지라도 '나'를 극복하는 경험을 하면 열등감에서 빠져나오는 경우가 많다. 그것이 열등감의 뿌리, '능력으로 황금을 얻어내는 수컷'의 조건을 만족시키기 때문이다.

사하라나 남극 같은 험한 지역을 횡단하는 레이스에 참가하는 직업을 지닌 지인에게 미혼 여성들이 어디에 가면 괜찮은 남자를 만나겠느냐고 물었다. 그의 대답은 사막을 한 번쯤 다녀온 남자들은 다 괜찮다는 것이었다. 자신도 정확한 전후관계는 설명할 수 없지만, 생명의 위협이 느껴질 만큼 극한의 상황을 이겨낸 남자들은 모두 괜찮은 남자가 되어 돌아오더라는 것이다.

　20대는 그 어느 때보다 사막을 건너기에 좋은 시기다. 당신의 사막은 아직 입도 못 떼고 있는 영어일 수도, 삶 자체를 숨 가쁘게 만드는 비만일 수도, 몇 년째 동경만 하고 있는 남미의 어느 나라일 수도 있다. 자신의 능력에 견주어볼 때 조금만 노력해도 쉬 얻을 수 있는 것 말고, 엄두가 나지 않았던 무언가를 향해 도전하고 끝내 결과를 얻어내는 경험을 해보라. 사막을 건넌 후에 오아시스는 만나지 못하더라도, 더 나은 사람으로 살게 해줄 나만의 만능 전지를 틀림없이 얻게 될 것이다.

심장을 팔아서라도
'나'를 알아낼 것

사업가 B는 직원 면접을 볼 때 항상 같은 질문을 한다고 한다.

"당신은 착한 사람인가요?"

이 밑도 끝도 없는 질문에 어떤 사람은 망설이면서 "착한 것 같다"고 대답하기도 하고, "잘 모르겠다"고 대답하기도 한다. "그래서 착한 사람을 뽑느냐"는 내 질문에 그는 웃으며 고개를 저었다.

"질문이 끝나자마자 망설임 없이 착하다고 하는 사람이면 반드시 뽑습니다. 망설이지 않고 '나는 못됐다'라고 해도 뽑습니다. 하지만 질문에 제대로 답을 못하고 한참 생각하다가 마지못해 대답하면 그 사람은 탈락시켜요. 제가 보는 건 심성이 아니라 자기 자신에 대해 얼마나 생각해 보았는가 하는 것이거든요. 그런 사람들은 실제로 일도 책임감 있게 잘합니다."

삶이 쌓이고 경험과 생각이 늘어날수록 소크라테스가 델포이 신전 글귀에서 인용한 말, "너 자신을 알라"만 한 명언이 없다는 사실을 깨닫게 된다. 그 말은 그렇게까지 유명해지지 말았어야 했다. 어려서부터 너무 흔하게 들어서 종내 아무 감흥이 없어진 그 말이, 단 하나를 꼽으라면 주저 없이 선택할 진리였다니!

얼마 전 흥미로운 기사를 읽었다. IMF 이후 자영업자 비율이 늘었고 그중 대부분이 장사가 안 되어 문을 닫지만, 장사가 너무 잘되어 망하는 사람들도 상당수라는 것이었다. 영세한 환경에서 밀려드는 주문을 처리하다 보니 그만 병이 나거나, 출퇴근 시간과 휴일조차 없이 여유 없는 삶에 염증을 느껴 충분한 수익을 거두기도 전에 가게를 정리하는 이들이 적지 않단다. 그들은 자신이 어떤 사람인지 잘 몰랐기 때문에 성공하고도 실패한 셈이다.

요즘 많이 언급되는 다중지능이론(Multiple Intelligence Theory)에서는 사람의 지능을 IQ로만 측정할 수 없다고 주장한다. 실제로도 검사를 해보면 유명한 음악가는 '음악 지능'이, 영업왕은 '대인관계 지능'이, 운동선수나 무용수는 '신체운동 지능'이 높은 것으로 나온다. 그런데 자기 분야에서 일가를 이룬 사람들에게는 예외 없이 높은 지능이 있는데, 그것이 바로 '자기이해 지능'이다. 자신에 대한 이해와 성찰 없이는 어떤 것도 성공할 수 없다는 말이다.

그렇다면 어떻게 해야 자기 자신을 알 수 있을까? 이제까지 해온 대로 나에 대해 빠짐없이 정리해 놓은 자료라도 있으면 줄을 치며 달달 외워버리면 될 텐데, 나에 대한 공부에는 교재가 없다. 그 교재의 저자가 '나 자신'이니 그럴 수밖에.

그러니 우선 나 자신에 대해 '고민'해야 한다. 요즘 세대는 '공부만 하고 그 어떤 고민도 하지 말라'는 주문을 받으며 성장한다. 고민은 곧 질문인데, 질문이 없으니 답도 없다. 성적이나 취업에 앞서 나 자신에 대한 고민이 절실하다. 자신이 어떤 사람인지 고민할 때 작은 단초를 얻을 수 있는 게임을 제안한다. 충분히 시간을 내서 조용한 곳에서 해보길 바란다.

❖

먼저 술이나 커피를 마시지 않고 특별히 기쁘지도 슬프지도 않은 평정심일 때 깨끗한 백지 한 장을 준비한다. 준비가 되었다면 자신이 인생에서 가장 중요하게 여기는 다섯 가지를 신중하게 생각해서 적는다.

여기까지 준비가 됐다면, 생사가 걸려 있어서 반드시 그중 하나를 버려야 한다면 무엇을 포기할지 생각한다. 지금 버리면 끝이고 아무리 노력해도 죽을 때까지 다시는 얻을 수 없으니 신중해야 한다. 결정 했다면 선택한 항목을 볼펜으로 지운다. 그냥 두 줄로 죽죽 긋고 마

나의 우선순위를 머릿속에 저장해 두고, 매일의 선택에 적용하라.
우선순위와 실제 경험이 상호작용하는 과정을 정리하면 그것이 바로 '나
를 공부하는 교재'가 된다.

는 게 아니라, 존재 자체를 지우듯 글자가 보이지 않을 때까지 새까맣게 칠한다.

이제 앞으로 살 날에는 지금 남아 있는 네 가지밖에 없다. 그렇다면 같은 방법으로 다음으로 인생에서 지울 것을 결정한다. 역시 지금 지우면 인생에서 영원히 포기해야 한다는 생각으로. 이런 식으로 마지막 한 가지가 남을 때까지 하나씩 버린다.

이것은 심리학 책『마음놀이』에 소개된 게임이다. 원래 통제된 환경에서 상담가의 진행에 따라 하는 것이 효과가 좋지만, 내 경우 혼자약식으로 하는 것만으로도 내 삶을 환기하는 데 도움이 되었다. 이게임에서 사람들 대부분은 건강, 돈, 가족 등 어느 한 가지도 절대로 포기할 수 없는 것을 적는다. 이런 중요한 것들 중 자신이 어느 것에 우선순위를 두고 있는지 아는 것은 대단히 의미 있는 일이다. 그에 따라 크고 작은 선택들을 이루는 삶의 태도가 정해지기 때문이다.

어쩌면 당신은 여자 없이는 살아도 돈 없이는 못 사는 사람인데, 어찌어찌 재산을 포기하고 연인을 선택하게 될 수도 있다. 명예 없이는 살아도 사랑 없이는 못 사는 사람인데, 남의 시선 때문에 사랑을 포기하게 될 수도 있다. 그런 불행을 미연에 방지하고 싶다면 나의 우선순위를 머릿속에 저장해 두고, 매일의 선택에 적용하라. 그리고 내 삶이 돌아가는 모양새를 지켜보는 것이다. 내 우선순위와 실제 경험이 상호작용하는 과정을 정리하면 그것이 바로 '나를 공부하는 교재'가된다.

태어나고 자라는 과정에서 자기이해 지능이 이미 높게 형성된 사람은 따로 의식하지 않아도 삶 자체가 그 교재를 쓰는 과정이 되지만, 모든 사람이 그런 축복을 받는 것은 아니다. 20대는 내가 선택할 수 없었던 것들을 자신의 힘으로 얻기 시작하는 시기다. '나를 아는 능력'이야말로 무슨 일이 있어도 20대에 얻어야 할 단 한 가지다.

이제는 우유부단함에서
졸업할 때

"일을 어정쩡하게 하면 끝장나는 겁니다. 말도 어정쩡하게 하고 선행도 어정쩡하게 하는 것. 세상이 이 모양 이 꼴이 된 건 다 그 어정쩡한 것 때문입니다. 할 때는 화끈하게 하는 겁니다. 못 하나 박을 때마다 우리는 승리해 나가는 것입니다. 하나님은 악마 대장보다 반거충이 악마를 더 미워하십니다."

—니코스 카잔차키스, 『그리스인 조르바』 중에서

N은 대학 시절 같은 과였던 K를 최악의 친구로 기억한다. 그는 선해 보이는 인상에 부탁도 잘 들어주고 주변 사람을 배려할 줄 알아서 첫인상이 좋았다. 첫인상에 끌려 친구가 되고 나서야 N은 그가 알게

모르게 주변 사람에게 스트레스를 주는 묘한 성격이라는 걸 알게 되었다.

하루는 K가 IT업체들의 대형 전시회에 갔다가 운 좋게 최신식 마우스를 두 개나 얻었다며 자랑했다. N은 같은 물건이 두 개 생겼으니 자신에게 하나를 달라고 했고, 그는 좀 망설이는 듯하다가 그러마고 약속했다. 그런데 그때부터 그와 연락이 되지 않는 것이었다. 학교에서 마주쳐도 바쁜 일이 있다며 자리를 피하고 전화도 받지 않았다. 몇 주 후에야 그와 다시 연락이 되기 시작했는데, 그동안 왜 그랬냐는 N의 질문에 그는 이렇게 대답했다.

"내가 널 피하다니? 그냥 요새 바빠서 정신이 좀 없었어."

N은 자신이 너무 예민했나 보다 생각했다. 그러던 어느 날, N은 또 다른 친구와 이야기를 하다가 K가 마우스를 주기로 한 사람은 자신만이 아니었음을 알게 되었다. 그는 세 명에게 약속을 하고는 가장 적극적으로 졸라댄 친구에게 마우스를 주었던 것이다. 그리고 나머지 두 명의 친구가 그 일을 잊어버릴 때까지 그들을 피해 다녔다.

그 황당한 일이 있은 후 한동안 그를 지켜보고 나서야 N은 그가 거짓말쟁이나 허언증 환자가 아니라 지독히 우유부단한 사람일 뿐임을 알게 되었다. 마우스를 달라는 친구들의 부탁을 거절하지 못하고, 또 약속을 못 지키게 되었을 때 결과를 수습해야 하는 상황이 싫어서 회피한 것이었다. 그런 성격은 아주 친한 사람들만 알 수 있었고, 그 우유부단함에 데여 화를 내기라도 하면 오히려 당한 이만 나쁜 사람이 되었다.

얼마 전 십수 년 만에 동창들 소식을 들은 N은 그가 몇 년 전 이혼을 당하고 회사에서도 상황이 안 좋다는 것을 알게 되었다. 안쓰러운 마음이면서도 N은 그 이유를 알 것만 같았다.

＊

원래 사람은 누구나 선택을 피곤해한다. 무언가를 선택한다는 말은 다른 것을 포기한다는 뜻인데, 지금 내가 하는 선택이 포기하는 것의 기회비용을 보상해 줄 것인지 따져보지 않을 수 없기 때문이다. 예민하고 신중한 사람일수록 쉽게 결정을 내리지 못하기에 선택에 많은 시간이 걸린다. 그러나 신중하다고 해서 꼭 우유부단하다는 뜻은 아니다.

문제는 '책임'이다. 우유부단한 사람들은 모든 선택에서 좋은 점만 취하고 싶어 하고, 나쁜 면에 대한 책임은 지기 싫어한다. 그래서 늘 어느 한쪽을 명확하게 선택하지 않고 되어가는 대로 상황을 내버려두며, 스스로 책임져야 할 일이 생기면 최대한 회피한다. 언뜻 순하고 성격 좋아 보이는 그들은 사실 자기 자신과 주변 사람에게 가장 큰 피해를 입히는 종류의 사람들이다. 책임의 영역이 분명한 성인에게 우유부단함은 성격이 아니라 죄악인 것이다.

사실 우유부단함은 어린아이의 특징이다. 어린아이는 어느 한쪽을 포기함으로써 생기는 손해를 감내하거나 선택의 결과에 책임을 질 능력이 없어서 어떤 상황에 대해 뚜렷한 입장을 취하는 것을 몹시 어려워한다. 어른이 되고도 우유부단하다는 것은 유아기에서 벗어나지 못했다는 의미이며, 20대 이후에도 그런 태도를 고치지 못하면 자아상이나 인간관계, 남녀관계, 직업적 성취 등 모든 면에서 기본적인 수준에조차 이르기 어렵다. 내가 만난 알파맨들은 삶이나 성공의 방식은 제각각이었지만, 우유부단한 면을 조금이라도 가진 사람은 없었다. 어떤 주제나 상황을 대할 때에도 자신만의 입장이 분명하며, 필요할 때는 완곡하게나마 드러낼 줄 아는 것이 그들의 공통점이었다.

만약 자신을 우유부단한 사람이라고 생각한다면 단호해지는 연습을 차근차근 해야 한다. 그대로 나이를 먹으면, 모든 사람에게 무시당하는 허깨비가 되거나 고집과 궤변을 주관이라고 착각하는 꼰대가 되는 것이다.

한때 나를 몹시 애먹이던 딸의 우유부단함을 고친 방법을 소개하겠다. 딸은 아주 까다로운 유치원생이었다. 어린이날 선물을 부모가 골라 사다 주면 대개 마음에 들지 않는다며 도리질을 하고, 직접 고르게 하면 마음에 드는 두어 가지 물건 중 더 좋은 것을 고르지 못해 몇 시간 동안 진을 뺐다. 참다 못해 윽박질러서 그중 하나를 억지로 선택하게 하면 그게 또 못마땅한지 기껏 고른 장난감을 방치하기 일쑤였다. 물건을 고를 때만이 아니었다. 일상의 작은 선택 하나하나에 지나치게 고민했고, 지나치게 우유부단했다.

하루는 간식으로 떡볶이를 먹을까, 팬케이크를 먹을까 결정하지 못하는 아이를 앉혀놓고 한 가지 제안을 했다. 동전을 던져서 앞면이 나오면 떡볶이를, 뒷면이 나오면 팬케이크를 먹자고. 그때 아이의 홀

가분해하던 표정을 잊을 수 없다. 아이는 동전의 계시로 떡볶이를 먹게 되었고 그 선택에 아주 만족해했다. 그 이후 나는 아이가 비슷한 선택지를 놓고 고민할 때 동전이나 주사위를 던져서 결정하게 했다. 그 과정에서 아이는 어떤 것을 선택해도 큰일이 일어나지 않는다는 것과 선택에 충실하기만 하면 결과는 비슷하다는 사실을 배우게 되었다. 얼마 지나지 않아 더 이상 동전이나 주사위가 필요 없어졌음은 물론이다.

❖

인생에 필요한 단호함을 연습하고 싶은 당신에게도 동전과 주사위가 필요하다. 신중하게 생각해 보고도 이해득실이 뚜렷이 판단되지 않는 일이라면 그냥 우연의 영역에 맡겨버리면 된다. 그 결과를 기꺼이 받아들이고 책임을 지겠다는 자세만 있으면 된다.

진실을 말하자면, 무엇을 선택하느냐는 인생에서 생각만큼 중요한 문제가 아니다. 아직 선택과 결과의 인과관계를 거시적으로 확인할 만큼 경험이 많지 않으니 이 말을 이해하기 힘들겠지만 말이다. 선택의 성패는 선택 자체의 질보다는 그 선택에서 결과를 이끌어내는 자세에 달려 있다. 그러니 무엇을 선택하느냐에 너무 골몰하지 말라. 간식으로 떡볶이를 먹든, 팬케이크를 먹든 맛있게 먹고 두둑한 기분으로 오후 시간을 보낼 수 있다면 어떤 선택을 하든 당신이 승리자다.

더 좋은 사람, 더 가치 있는 사람이 되기 위해서는 반드시 우유부단함에서 벗어나야 한다. 이제까지 매정한 사람으로 비치기 싫어서, 혹은 선택에 책임지기가 싫어서 그저 회피했다면 지금부터라도 진짜 어른이 될 준비를 시작해야 한다.

주변 사람의 조언에
의지하고 싶다면

S는 청년 대상 특강에 나갔다가 그를 멘토로 삼고 싶다는 한 대학원생을 만났다. 어려움을 딛고 자기 분야에서 눈에 띄는 경력을 쌓은 S의 삶에 감동을 받았다며, 자신도 불우한 환경을 딛고 꿈을 이루고 싶다고 했다. 그리고 S가 미국에서 학위를 받은 학교에 가고 싶다고 했다.

S는 힘들었던 기억을 떠올리며 그 청년을 적극적으로 도와주기로 했다. 미국에 있는 지인에게 부탁해서 입학 전형에 대한 새로운 정보를 전해주기도 하고, 장학금을 받을 수 있는 경로를 알아봐주기도 했다. 하지만 그렇게 마음을 쓰는데도 기대한 만큼 따라주지 않아 실망을 느낄 무렵, S는 그가 전형 마감일에 서류를 제출하지 않았다는 사실을 알게

되었다. 어떻게 된 일이냐는 S의 물음에 청년의 답은 이러했다.

"그게…… 아무래도 저한테는 좀 어려울 것 같아서요. 주변 사람들이 제 형편에 유학 가면 고생만 한다고 다 말리더라고요."

그를 위해 바쁜 시간을 쪼개 정보를 모아주던 S는 그만 맥이 탁 풀리고 말았다. 그 일이 있은 후, S는 멘티를 자처하는 이들을 훨씬 방어적으로 대하게 되었다고 한다.

❖

워런 버핏은 "이발사에게 머리를 깎을 때가 되었냐고 묻지 말라"고 말했다. 해줄 대답이 뻔한 사람에게 조언을 구하지 말라는 뜻이다. 그걸 모르는 사람이 어디 있겠냐고 생각할 수 있겠지만, 우리는 이런 일을 자주 저지른다. 보험을 판매하는 지인에게 종신보험이 정말 필요하냐고 묻기도 하고, 전자제품 대리점에서 로봇청소기가 쓸 만하냐고 물어보기도 한다. 그들이 자신과는 달리 '객관적일 것 같은' 태도를 보이기 때문이다. 그러나 요즘 영업인에게는 '이 제품이 더 비싸긴 하지만 나는 이익에만 눈먼 장사치가 아니므로 고객 님께 더 저렴하고 합리적인 이 제품을 추천한다'는 세련된 자세가 기본이다.

인생의 중요한 결정에서 조언을 구하곤 하는 주변 사람들에게도 저마다 자신의 입장이 있다. 그러나 막상 당신 앞에서는 본질과 다른 입장을 취할 수밖에 없다. 그들은 정말 당신에게 도움이 되기보다는 당신이 원하는 답에 눈치껏 지지를 보내거나, 가장 안정적인 쪽으로 조언을 하고 싶어 한다. 어차피 인생의 선택에 정답이란 없고, 그렇게 해야 나중에 원망을 듣지 않을 확률이 높기 때문이다. 무엇보다 그들은 그 문제에 대해 당신만큼 관심이 없다. 그들에게는 당신의 인생보다는 당신과의 관계가 더 중요하다는 것을 잊지 말라.

조언을 구하는 대상이 부모라면 상황은 또 다르다. 부모는 기본적으로 자식이 고통받는 것을 못 견뎌한다. 그들은 자신이 고생스러운 경험을 통해 성공했다고 자부하면서도, 자기 자식이 같은 경험을 하려고 하면 뜯어말리는 모순된 태도를 보인다. 보통의 부모들은 자기 고통보다 자식의 고통을 더 아프게 느끼기 때문이다. "젊은 날의 고생은 사서도 한다"는 말은 남의 자식에게나 해줄 수 있는 조언이다. 그래서 부모의 조언은 언제나 안정적이고 고통을 최소화하는 쪽으로만 기울게 마련이다. 부모가 자식의 위험 부담을 보전해 줄 능력이 있을 때에만 배당률이 높은 모험을 권한다. 그러다 보니 부모의 조언에 절대적으로 의지하는 이들은 안정적이지만 끝내 그 선택에 만족하지 못하거나, 부모의 인식의 한계에서 벗어나지 못한 낮은 수준의 삶에 머물기 쉽다.

어찌 보면 주변 사람의 조언이란 어느 식당의 간장게장이 맛있는지, 혹은 데이트를 위해 신경 쓴 옷차림이 흉측하지 않은지 알고 싶은 경우에나 필수적일지도 모르겠다. 인생의 중요한 갈림길에서는 오로지 자기 자신에게만 집중해야 한다.

제대로 된 조언은 '주변에 놓여 있는' 사람이 아니라 자신의 필요에 의해 찾아낸 사람에게서 얻어낼 가능성이 더 높다. 정말 조언이 간절한 사람이라면 관심 분야의 전문가가 누구인지, 그들이 어떤 책을 썼는지, 그들의 SNS 계정은 무엇인지쯤은 쉽게 알아낼 수 있다. 조언을 해줄 사람이 없다고 불평하기 전에, 자신의 관심 분야에서 성공한 경험이 있는 사람을 소개받아 점심을 사겠다고 제안할 수 있는지 생각해 보라. 그러나 이렇게 조언을 구하는 데에는 중요한 전제 조건이 있다. 자신이 정말 무엇을 원하는지 정확히 알고, 자신의 선택에 전적으로 책임질 용의가 있어야 한다는 것이다.

내게도 많은 독자들이 조언을 구하곤 하는데, 간혹 자신이 유학을 가서 공부하는 것이 좋을지 한국에서 공부를 하는 편이 나을지 알려달라고 부탁하기도 한다. 그럴 때마다 나는 궁금해진다. 그들은 국문과를 졸업해 줄곧 한국에서만 일을 하고 있는 내가 유학에 대해 적절한 조언을 해줄 수 있으리라고 진심으로 생각하는 걸까?

많은 사람들이 스스로 무엇을 원하는지 모른 채 남의 의견을 먼저 듣고 싶어 한다. 그러다 보니 잘못된 상대에게 잘못된 질문을 하는 것이다. 물에 빠진 사람처럼 마구잡이로 팔을 휘둘러 움켜쥐려는 식으로 얻어들은 조언은 오히려 판단을 흐리는 공해가 될 뿐이다.

결정이 필요한 상황이라면 먼저 판단의 근거를 마련해야 한다. 검색을 하든 책을 사서 보든 최대한 객관적인 자료를 수집하고, 그것들을 자기만의 시선으로 분석해야 한다. 그렇게 어느 정도 결정을 내린 상태에서 방법론을 묻는 방향으로 접근할 때 비로소 조언다운 조언을 얻을 수 있는 것이다.

나 대신 결정을 내려달라는 식으로 조언을 구하는 것이 습관이 된 사람들은 막상 상대방이 똑 부러지게 결정을 내려주어도 그대로 실천하는 법이 없다. 그렇다고 자기 주관으로 판단을 내리는 것도 아니다. 그들의 선택은 결국 상황이 제멋대로 흘러가 저 혼자 결정되도록 내버려두는 것이다.

반면 알파맨들은 조언을 구할 때 '무엇'을 묻지 않는다. 그들은 이미 '무엇'에 대한 답을 가진 채 '어떻게'를 질문한다. 그리고 상대가 그에 대한 답을 주면 한 알도 흘리지 않고 곱씹어보고 가능한 것은 활용한다.

보통 사람들은 남에게 조언을 구하는 것이 판단을 내리는 가장 쉬운 방법이라고 생각한다. 하지만 조언을 구하는 일은 쉬울지 몰라도 그로부터 실질적인 도움을 받는 사람은 극소수다. 희한하게도 조언이 덜 필요한 사람일수록 타인의 조언에서 도움을 얻는다.

정말 좋은 조언을 해줄 능력이 있는 사람들은 상대방이 조언을 제대로 취할 수 있는 사람인지 경험적으로 알아본다. 그런 사람들은 최소한의 준비도 없이 무턱대고 조언을 구하는 이들의 태도에 내심 모욕감을 느낀다. 당연히 조언의 질도 낮을 수밖에 없다.

기본적으로 모든 판단과 결정은 자신이 내린다는 생각으로 문제에 임하라. 그리고 '한번 물어나 보자'라는 생각으로 함부로 남의 조언을 구하지 말라. 그건 상대에게도, 자기 자신에게도 예의가 아니다.

한 번쯤 귀 얇고 갈대같이 흔들리는 철학자가 되어보기

대학생들이 참여한 한 세미나에서 "20대 남자들이 반드시 준비해야 할 것이 무엇이냐"는 질문에 "철학"이라고 대답한 적이 있다. 나는 그 말을 들은 남자 대학생들의 표정을 잊을 수가 없다. 그들은 마치 용도를 알 수 없는 전자기기와 아랍어로 쓰인 사용설명서를 함께 받은 것 같은 얼굴을 하고 있었다. 그들에게 철학이란, '로크는 사회계약론, 헤겔은 변증법' 하는 식으로 달달 외우던 다른 세계 이야기일 뿐이었기 때문이다.

그러나 사람이 자기만의 철학을 갖는다는 것은 성공과 삶의 질뿐만 아니라 당장의 밥그릇과도 연결되는 중요한 일이다. 중소기업을 경영하는 B는 "지금 회사 차원에서 따로 기부하지 않고, 앞으로도 할 계획이 없다"고 잘라 말했다. 명분상으로라도 기부를 하고 있거나 앞으로 회사 형편이 더 좋아지면 하겠다고 하는 여느 기업 대표들과는 달랐다. 그를 알파맨으로 인터뷰하는 것이 옳은지 갈등하던 순간 그가 덧붙였다.

"저는 기부보다는 기업 자체가 사회에 공헌해야 한다고 생각합니다. 저희 회사에는 계약직이 없어요. 장애인 고용률도 다른 기업보다 높습니다. 단 한 번도 편법으로 절세를 하거나 탈세를 한 적도 없고요. 생색내기 좋게 기부를 하는 것보다 확실히 비용이 많이 들지요. 하지만 직원들이 행복하고 회사가 사회에 보탬이 된다고 생각하니 더 열심히 일하게 됩니다."

기부를 하면서도 동시에 투명한 경영과 고용 안정을 추구하는 기업을 운영할 수 있다면 더할 나위 없이 좋을 것이다. 그러나 세상은 좋은 것들을 모두 한꺼번에 추구할 수 있는 만만한 곳이 아니다. 언제나 선택의 문제와 맞닥뜨리게 되기 때문에 가장 옳다고 여기는 자신만의 기준이 있어야 한다. 그 기준이 다름 아닌 철학이다. B는 뚜렷한 자기 철학을 가졌기에 기부를 하는 것이 나은지, 그렇지 않은지에 대한 논의와는 별개로 도덕적 자부심을 가진 알파맨일 수 있었다.

✦

자기 철학이 명확하면 애매한 도덕적 선택의 순간에 자신 있게 선택할 수 있다. 스스로 도덕적 자부심을 느낄 수 있고, 남의 비난에 흔들리지 않을 수 있으며, 결국에는 다른 사람들로부터 인정받을 수도 있다.

'친구와는 절대 돈거래를 하지 않는다'는 철학이 뚜렷한 사람이 있다고 가정해 보자. 어려움에 처한 친구가 100만 원을 빌려달라고 했다. 그는 자신의 철학을 들어 거절하고는, 대신 갚지 않아도 된다고 하며 10만 원을 건네준다. 친구는 몹시 섭섭해했지만 곧 잊고 그와 다시 친하게 잘 지내고, 그도 거절에 대한 죄책감을 느끼지 않을 수 있다. 반대로 '의리가 최고 가치다'라는 철학을 가졌다면 빌려준 돈 100만 원을 떼이더라도 자책하지 않을 수 있다. 문제는 아무 철학 없이 친구에게 돈을 내줬다가 가슴앓이하고 돈 떼이고 친구까지 잃는 경우다. 사실 우리 삶에는 이런 일이 수없이 많이 일어나며, 삶의 철학이 이렇게 단편적이지만도 않다.

그런데 20대는 삶 전반에 대한 철학이 명확해지기 힘들고, 또 그래서도 안 되는 시기다. 철학이라는 것이 가치관을 정리한 것인데 쌓인 것이 있어야 정리도 할 것 아닌가. 공자도 20대에는 넓게 많이 배우고, 남을 가르치려 들지 말라고 했다. 내 안에 많은 것을 쌓기 위해서는 많이 듣고, 많이 읽고, 그에 대해 생각이라는 것을 해야 한다.

많은 경우, 20대들은 고집을 철학이라고 착각하기도 한다. 누군가의 이야기를 듣거나 책을 읽을 때, 계속 고집을 부려 바리케이드를 쳐 놓고 넘어오지 못하게 막는다. 단언하건대 누군가로부터 무언가를 배우려면 그 사람이 말하는 순간만큼은 귀가 종잇장처럼 얇아야 한다. 자기 생각을 버리고 그 말에 푹 빠져서 말하는 사람의 논리를 이해해야 한다. 판단은 그 후에 혼자 생각을 정리하면서 해야 하고, 그 과정을 반복할 때 비로소 자기만의 철학을 정립할 수 있게 된다. 오랫동안 지켜본 바에 의하면, 남의 말을 잘 듣지 못하는 사람이 진정한 자기 철학을 가지려면 엄청난 시련과 강력한 자기성찰 능력이 필요하다. 그렇지 못한 대부분의 사람에게는 타인의 철학의 우주에서 마음껏 유영할 수 있는 자세가 필수다. 때로는 내 취향이 아니라고 생각되는 논리에도 귀를 기울여야 한다.

이렇게 열린 마음과 치열한 노력으로 자기 철학을 갖기 시작한 30대 이후에는 선물이 기다리고 있다.

"파란만장한 20대를 거치고 이제 내 철학을 찾으니, 나이 드는 게 설레고 기대되더라고요. 앞으로 만날 사람들, 일어날 일들이 부담이 아니라 기대로 다가와요."

인터뷰에 응한 어느 알파맨의 말이다.

멘토는
없다

대학에 다니던 시절, 나는 공부는 뒷전이고 진로에 대한 고민에만 골몰했다. 당시 내가 스스로에 대해 아는 것이라고는 학점을 잘 받아야 얻을 수 있는 직업들은 나와 거리가 멀다는 것뿐이었다. 남들 사는 걸로만 보면 그리 뻔해 보이던 선택의 문제가 막상 내 것이 되고 보니 사막에 던져진 것처럼 막막하기만 했다. 그 문제에는 대학에 들어가기 전까지 수없이 치른 시험에서처럼 '사지선다형 보기'가 없었다. 그럴 때 '저 사람처럼 되고 싶다'는 욕망이 느껴지는 사람, 내게 자신처럼 되는 방법을 콕 집어 알려주는 사람이 나타나면 얼마나 좋을까 싶었다. 그 사람은 나침반도 없이 사막에 던져진 내게 푯대가 되어줄 것이 틀림없었다. 그러나 아무리 찾아도 그런 사람은 없었다.

요즘은 내가 찾던 그런 사람을 '멘토'라고 부른다. 그리스 신화의 인물 오디세우스가 트로이 전쟁에 출정한 동안 아들 텔레마코스를 멘토르(Mentor)라는 이름의 친구에게 맡긴 데서 유래한 말이다. 멘토르는 무려 20년 동안 스승으로서 곁을 지키면서 텔레마코스를 남부럽지 않은 용사이자 제왕감으로 키워냈다.

나는 인터뷰나 독자 미팅 같은 자리에서 내 멘토는 누구냐고 묻는 질문이 가장 당황스럽다. 끝내 멘토를 찾아내지 못했기 때문이다. 어쩌면 나의 멘토는 몽골 홉스굴 호숫가에 게르 한 채 지어놓고 야크 떼를 기르거나, 볼리비아 우유니 사막에서 소금을 캐며 살고 있을지도 모르겠다. 하지만 이건 나만의 유난스러움이 아니었다. 인터뷰를 하며 알파맨들에게 물으니, 딱히 멘토가 누구라고 대답하는 사람이 별로 없었다. 마지못해 언급하는 인물들도 그들에게 고마운 사람이나 존경하는 사람, 혹은 영감을 준 사람일 뿐, 그들의 현재를 이끌어낸 구체적인 롤모델은 아니었다.

젊은이들은 연기처럼 손에 잡히지 않는 자신의 진로를 뼈와 살이 있는 사람에게 묻고 싶다. 하지만 아무리 저만치 앞서 있는 사람에게 길을 물어도 내 길은 찾아지지 않는다. 그러면 그 사람에게 실망하고 또 다른 멘토를 찾아 나선다. 단언하지만 길을 찾기 위해 멘토에게만 의지하는 사람은 절대로 자신만의 길을 찾지 못한다. 상대를 좋은 멘토로 만드는 것은 그 사람 자체의 됨됨이가 아니라 질문을 던지는 '나'이기 때문이다.

투자만으로 세계적인 부자가 된 '오마하의 현인' 워런 버핏은 해마다 자신과 함께하는 점심식사를 경매에 내놓고 그 수익을 기부한다. 2012년에는 그와의 점심 한 끼가 무려 40억 원에 낙찰되기도 했다. 사람들이 그만한 돈을 투자해서라도 그와 만나고 싶어 하는 이유는 그가 엄청난 가치의 가르침을 줄 수 있는 세계적인 멘토이기 때문이다.

낙찰을 받는 사람은 당연히 부자일 것이다. 경영과 투자에 대한 경험과 기반이 있을 가능성도 높다. 그런 사람이라면 버핏이 하는 말 속에서 앞으로 수백억 원의 이익을 낼 수 있는 힌트를 얻을지도 모른다. 나아가 '인생 선배' 버핏의 조언을 통해 10년 후 미래의 청사진을 바꿀 수도 있을 것이다. 그런 점을 예상하기 때문에 그들도 억대의 돈을 놓고 입찰에 응한 것이다.

하지만 낙찰받은 사람이 20대 초반의 평범한 대학생이라면 버핏과의 점심에서 수십억 원의 가치를 뽑아낼 수 있을까? 누군가 버핏과 시간을 보낸 소감을 묻는다면 그는 이렇게 대답할 가능성이 농후하다.

"그냥 푸근한 할아버지였어요. 패션 센스는 엉망이더라고요."

고대 로마의 정치가 카토는 "어리석은 사람이 현명한 사람에게 배우는 것보다 현명한 사람이 어리석은 사람에게 배우는 게 더 많다"라고 했다. 마크 트웨인은 "그릇이 안 되는 사람에게는 절대 진실을 말하면 안 된다. 그들에게 도움이 안 될뿐더러 본인도 곤경에 처하게 된다"라고 역설하기도 했다. 당신이 누군가의 조언으로 도움을 받는 것은 꼭 자신의 그릇만큼이다. 당신의 그릇을 넘어서는 조언은 아무리 좋은 것이어도 저절로 흘러넘쳐 쓰레기처럼 버려질 뿐이다. 자신을 멘토라고 부르는 사람들에게 조언을 해본 이들은 그 사실을 너무나 잘 안다. 그래서 그릇이 안 되는 사람들에게는 그 크기만큼만 적당하고 겉도는 조언을 해주고 만다. 멘토는 소경처럼 헤매는 당신의 손을 붙들고 광명으로 이끌어줄 인도자가 아니라, 그대로의 모습을 비춰주는 거울일 뿐이다.

또 한 가지 염두에 둘 점은 아무리 훌륭한 사람이라도 결국은 사람이라는 것이다. 나는 지금까지도 내가 꼭 닮고 싶은 삶을 사는 사람을 찾아내지 못했다. 재능이나 인격, 태도 등 어느 한 면이 훌륭해서 존경하는 사람은 많지만, 동시에 그들은 닮고 싶지 않은 면들도 갖고 있었던 것이다. 나는 오래전부터 그들의 장점을 배우려고 애써왔고 좋은 영향을 많이 받았다. 심지어 나를 무기력에서 벗어나 꿈에 다가가도록 해준 사람은 내가 인격적으로는 싫어하던 사람이었다. 나 자신이 경험하며 배우는 것들이 많아지면서 내게 가르침을 주는 사람들도 점점 많아짐을 느낀다. 나에게는 멘토가 없었지만, 동시에 모든 사람이 멘토이기도 했던 것이다. 어릴 때부터 위인전에서 접하던 세계적인 명사들도 개인사까지 파고들면 대부분 문제가 많았다. 하물며 당신의 눈에 띄는 동시대 사람이라면 어떻겠는가.

사람 자체에 너무 큰 기대를 걸면 반드시 실망하게 된다. 사람들의 장점만을 흡수하고 그 조합에서 '진짜 나'를 찾는 것이 정답이다. 그래서 멘토는 실체가 없는 존재일 수도 있다.

청년 강연가 J는 우연히 스티브 잡스의 프레젠테이션을 보고 '가치 있는 정보를 전달하는 사람이 되고 싶다'는 꿈의 방향을 잡았다고 한다. 이후 그는 훌륭한 강연가로서 갖추어야 할 소양을 꾸준히 보완해 가며 활발히 활동하고 있다. 그가 막연함 속에서 길을 찾은 것은 스티브 잡스가 훌륭한 멘토라서가 아니었다. 스티브 잡스의 프레젠테이션을 본 사람들 중에 자기 꿈을 찾은 사람들보다는 신형 아이폰에 침을 흘린 사람들이 훨씬 많았음을 상기해 보면 알 수 있다. 스티브 잡스는 길을 찾아 자아를 열어놓고 있는 J에게 그가 원하던 자기 모습을 떠올리게끔 이미지를 제시했을 뿐이었다. 스티브 잡스가 J에게 멘토인지, 아닌지는 잡스가 아닌 J에게 달렸다. 잡스의 한 부분을 롤모델로 삼아 자기 길을 찾은 그에게 주도권이 넘어간 것이다. 이는 그의 그릇이 잡스의 이미지를 담을 수 있었기 때문에 가능한 일이었다.

내 그릇을 크게 만들어서 큰 사람에게 큰 가르침을 얻으려면 멘토를 찾겠다는 생각부터 버려야 한다. '나에게 훌륭한 가르침을 줄 멘토를 찾아내 그의 말만 듣겠다'는 고집을 내려놓아야 한다.

훈훈한 자기계발 신화에서처럼 당신을 미지의 세계에서 건져주고 모르는 것을 척척 일깨워주는 멘토는 현실엔 없다. 있더라도 아직 당신의 그릇으로는 그들에게 도움을 받을 수 없다. 진짜 멘토라고 불릴 만한 사람들은 자신보다 바로 한발 뒤에 서 있어서 콩떡같이 말해도 찰떡같이 알아들을 수 있는 이들에게만 제대로 된 조언을 해주기 때문이다.

20대에는 내 마음에 맞지 않는 말들이라도 일단은 귀를 열고 들어야 한다. 간장종지만 한 자기 그릇에 맞는 한 줌의 의견들만 받아들이고 그 외의 것을 모두 내쳐버리면 그릇은 영원히 커지지 않는다. 많은 사람들의 말에 귀를 기울이고, 책을 읽고, 다양한 경험에 나를 내던져 남에게 들은 말과 현실이 상호작용할 때 그릇은 점점 커진다.

가끔은 멘토라고 믿는 이들에게 던지는 젊은이들의 질문에서 어떻게든 시행착오를 줄여보려는 나태와 욕심이 보일 때도 있다. 자신이 직접 부딪혀보지 않고는 누구도 알 수 없는 것들을 묻는 것이다. 젊음의 에너지는 건전지와 달라서 행동할 때 채워지고 가만히 있을 때 소모된다. 하고 싶은 일들, 끌리는 일들을 많이 해본 사람들이 하는 질문은 뿌리부터 다르고, 고수들은 이를 알아본다. 당신이 어떻게 하느냐에 따라 당신이 만나는 모든 사람이 멘토가 될 수도 있고, 워런 버핏이 동네 할아버지만도 못하게 될 수도 있다.

멘토를 찾으려 하지 말고 자기 안에서 멘토를 만들라.

2장

하고 싶은 일 vs 할 수 있는 일

꿈이 없어?
그럼 목표라도 가져봐

"지금 꿈을 이루셨잖아요. 그 꿈을 처음 품으신 게 언제인가요?"

인터뷰를 진행하면서 이런 질문을 던졌을 때 속 시원히 대답하는 사람이 거의 없었다. 적성에 맞는 일에서 성공했거나, 앞으로의 인생을 성공적으로 살게 해줄 경력을 얻어서 자신만만한 사람들도 "글쎄요"라고 말하며 뒷머리를 긁적일 뿐이었다.

나중에 의문을 품고 정리해 본 다음에야 안 사실이지만, 그들은 내가 한 질문 속에 든 전제에 동의할 수 없기 때문에 답을 할 수 없던 것이다. 그들 중 자신이 꿈을 이루었다고 느끼는 사람도, 따로 꿈을 품었다고 느낀 순간을 기억하는 사람도 드물었다. 그렇다면 그들이 이루어놓은 것은 무엇이고, 그들을 지금까지 움직인 것은 무엇이란 말인가?

❖

대학 졸업을 한 학기 남기고 있던 I는 앞날이 막막하기 짝이 없었다. 남들 따라 어중간하게 쌓은 스펙으로는 대기업 공채에서 서류 통과조차 힘들었고, 중소기업에 지원하려니 부족한 급여나 복지를 대신해 줄 '장래성'이 필요할 것 같았다. '꿈'이 있으면 작은 회사에서 악조건을 견디고라도 경력을 쌓을 텐데 당시 그에겐 바로 그 꿈이 없었다.

놀고 쉬어도 즐겁지 않고, 끼적끼적 공부를 해도 맘 편히 집중되지 않는 시간들이 흘러갔다. 그러던 어느 날 학교에서 중국인 유학생과 같은 조가 되어 과제를 하게 되었다. 그 기간 동안 조원들과 어울리면서 친해진 그는 난생처음 접한 중국어가 참 쉬운 언어라는 생각이 들었다. 한국어에는 없는 성조가 있고 어순도 다른 데다가, 초·중·고등 교육과정을 거치며 의무적으로 배울 일이 없으니 보통 사람들은 중국어를 낯설고 어려워한다. 하지만 그는 처음 접할 때부터 중국어가 영어보다 훨씬 쉽게 느껴졌다. 중국 친구가 그에게 중국어에 소질이 있다며 감탄하자, 중국어를 정복해 보고 싶다는 생각이 들었다. 그는 휴학을 하고 북경으로 건너갔다.

2년 후, 그는 중국어 능통자가 되어 돌아왔고 대중국 업무가 많은 사업체에 취업했다. 일을 하면서 자신이 원하는 일이 무엇인지 깨달은 그는 두어 번의 이직을 통해 지금 중역을 맡고 있는 회사에 정착했다. 그는 지금 자신의 일에 만족하고 있고, 누구라도 그 나이에 성공한 편이라고 할 법한 삶을 살고 있다. 그런데도 그는 '꿈을 이루었다'는 말에는 쉽게 동의하지 못한다.

"전 그때 목표를 찾았을 뿐이었어요. 그러고 나서 그다음 목표를 찾았고, 그다음에는 다음 목표를 찾았고, 그래서 여기까지 오기는 했는데 꿈을 이룬 건지는 잘 모르겠네요. 저보다 더 훌륭하신 분들이 워낙 많아서요."

이 시대를 사는 보통의 남자들이 꿈을 이루는 방식은 대개 이렇다. 목표가 생기면 그것을 향해 달리고, 도달하면 또 달리고……. 그러다 꿈이라고 부를 수 있는 것을 갖고 싶다는 마음과 몇 단계를 앞선 목표가 동시에 생기면 꿈이라고 이름 붙이기도 한다. 세상 사람들이 다 인정하고 본인도 자기 삶에 만족하는 사람이라도 딱히 꿈이랄 것은 없다고 대답할 사람들도 많다.

사실 후세 사람이나 사상가 들이 뭐라고 하든 사람들 각자가 느끼는 자기 인생의 가치는 '행복감'에서 온다. 독일의 정신과 의사 만프레드 슈퍼처를 비롯한 정신의학 및 뇌과학자 들은 인간이 행복감을 느끼는 모듈을 새로운 시각에서 설명한다. 인간의 뇌에서는 목표를 세우고 이루는 과정과 그 결과에 이르는 지점에서 도파민이라는 쾌락 물질이 나온다. 이 상태를 두고 우리는 '행복을 느낀다'고 한다. 그런데 이와 같은 모듈은 진화 과정과 관련이 있다. 인간은 생존 가능성을 높이기 위해 늘 새로운 것을 시도해야 하고, 우리의 DNA는 그 행동을 유도하기 위해 쾌락을 미끼로 사용한다는 것이다. 행복은 저 멀리 무지개 너머에 고정된 꿈이 아니라 당장 뇌가 도파민 세례를 받게 만들 가까운 목표에 달려 있는 셈이다.

이런 전후 관계를 일찍이 이해하고 인생의 구조를 지긋지긋하게 여겼던 쇼펜하우어는 "인간은 목표를 향해 달려갈 때에만 행복한 피곤한 존재다. 목표를 이루고 나면 지루해한다. 인생은 고통과 무료함 사이의 무한 반복이다"라고 일갈했다. 인생의 목표와 가치가 행복에 있다는 기대를 뒤집는 이 주장이 허무하게 느껴질 수도 있겠지만, 반대로 생각해 보면 그리 나쁘지만은 않은 결론이 나온다. 목표를 향해 달려가는 고통스러운 과정과 그 경험의 기억이 '인생 살 만하네'라는 기분을 느끼게 해줄 수 있다면 끊임없이 목표를 세우면 될 것이 아닌가.

먼 미래의 모습까지 고려해서 나에게 안성맞춤인 꿈이 빨리 찾아지지 않는 것은 당연한 일이다. 그걸 찾지 못해서 '보통 사람'으로서 안전한 삶을 누리고 싶은 수많은 사람들이 가는 '좁은 길'이 바로 전문직 자격증 취득이나 대기업 취업 등이다. 이 좁은 길을 헤쳐나가는 과정에서 가능성과 의욕을 모두 잃고 있다면 당장 목표라도 찾아야 한다. 목표를 이루면서 얻는 행복감과 활력에는 특별한 생산성이 있다. 그래서 그 사람이 미처 알지 못했던 더 나은 길로 이끌기도 하는 드라마 같은 일이 심심치 않게 벌어진다.

목표를 가져야 하는 이유는 이뿐만이 아니다. 목표를 이루어본 사람은 이전과 다른 사람이 된다. 가끔 엄청나게 노력해서 무언가를 이룬 사람을 보면서 "저 정도 노력했으면 나라도 저렇게 됐겠다. 저 사람은 타고난 머리가 부족한가 봐. 저게 뭐가 대단한 거라고 저렇게까지 해?"라고 코웃음 치는 이들이 적지 않다. 단언하건대 그런 식으로 말하는 이들은 진정한 노력이라는 것을 단 한 번도 안 해본 사람들이 틀림없다. 노력은 그냥 하면 되는 것이 아니라 인생 전반에 대한 태도의 문제이며, 인간이 가진 60조 개의 세포 하나하나에 새겨져 있는 그 사람의 정체성이다. 사람들의 편견과는 달리 목표를 이루는 데 더 큰 영향을 미치는 것은 재능보다는 노력이다. 중국어를 정복한 I가 언어적 재능만 있는 사람이었다면 중국어 몇 마디 배우고는 몇 년 후 그마저도 잊어버렸을 것이다. 목표를 이루기 위해 노력을 쏟아부어본 사람은 이후 삶을 대하는 시각이 달라지고, 이전보다 무엇이든 더 잘 이루어낼 수 있는 사람이 된다. '전혀 안 될 것처럼 보였던 일'이 자신의 힘으로 이루어지는 경험은 인생에서 훨씬 더 넓은 선택의 자유를 주고, 어떤 일을 할까 말까 망설이며 고민하는 시간을 줄여주기 때문이다. 효율이 높은 삶이다.

한 알파맨은 20대 후배들을 위해 가장 자신 있게 해줄 수 있는 유일한 충고라며 이렇게 말했다.

"그 어떤 것이건 목표를 이루기 위해 미친 듯이 노력하는 경험을 해보기만 해도 결과가 어떻든 20대에 대한 후회는 없을 거예요."

목표라고 해서 거창하게 생각할 필요는 없다. 일본의 유명한 마라토너 야마다 혼이치는 자서전에서 자신의 독특한 우승비결을 이렇게 설명했다.

"나는 시합 전에 차를 타고 마라톤코스를 둘러보며 코스마다 눈길을 끄는 목표물을 정해두었다. 첫 번째 목표는 은행 건물, 두 번째는 큰 나무, 세 번째는 붉은 집……. 그리고 경기가 시작되면 100미터 달리기를 하듯 첫 번째 목표 지점을 향해 달렸다. 그리고 그다음엔 같은 속도로 두 번째 목표물을 향해 달렸다. 이렇게 전체를 작은 코스로 나누면 훨씬 수월하게 뛸 수 있었다.

처음에는 멋모르고 42.195킬로미터 떨어진 결승선을 목표로 달렸더니, 겨우 몇십 킬로미터 만에 더는 뛸 수 없을 만큼 지쳐버렸다. 결승선까지 아직도 멀었다는 생각에 겁을 먹었던 탓이다."

목표를 찾아 너무 멀리 갈 필요는 없다. 토익 점수 100점 끌어올리기, 체지방률 15퍼센트 도전, 2년 후 돈 모아 유럽 배낭여행 가기 등 만만하지 않지만 터무니없지도 않은 목표를 찾고, 무슨 일이 있어도 이루는 경험을 하라. 그 경험이 꼬리에 꼬리를 물고 새로운 목표를 가져다주면, 당신은 어느새 꿈을 이루었다고 말할 수 있는 지점에 이르러 있을 것이다.

20대, 직업보다
콘셉트를 찾는 일이 더 중요하다

O는 몇 년 전, 운영하던 커피 전문점을 정리했다. 장사가 안 된 것은 아니었다. 오히려 그의 카페는 입소문을 타고 지역 명소로 탄탄히 자리를 잡고 있었다. 그가 카페 문을 닫은 이유는 "좋아하는 사람들과 만날 시간이 없어서"였다.

"제가 20대 시절에 정한 콘셉트는 사람을 좋아하니까 사람들을 많이 만나는 일을 하자는 것이었어요. 카페를 연 것도 그런 콘셉트와 맞아서 시작한 거였고요. 그런데 일을 하다 보니 카페 운영이라는 게 제가 원하는 만큼 사람들과 만날 수 있는 일이 아니더라고요. 카페에 찾아오는 한정적인 손님들만 만나게 되고, 정작 제가 만나고 싶은 사람들과의 관계는 끊어지다시피 했죠."

그는 웃는 얼굴로 카페를 접고, 웃는 얼굴로 새로운 일을 시작했다. 그는 자신만의 콘셉트를 갖고 있어서 운신이 가볍다고 말한다.

내가 인터뷰한 알파맨들의 20대는 혼돈의 연속이었다. 눈에 띄게 의미 있는 일들로 지금 이룬 성공의 초석을 닦은 이들은 드물었다. 그런데 그들이 20대에 한 애먼 '삽질'에는 공통점이 있었다. 소 뒷걸음질 치다 쥐 잡기처럼 보였을망정 그 삽질이 결국엔 자기가 갈 길의 콘셉트를 찾는 과정이 되어주었다는 것이다.

O는 20대 시절에 학생회 회장으로 활동하고, 여행하고, 친구들과 논 것밖에는 기억이 안 나는데 그 과정에서 자신이 사람 대하는 걸 좋아한다는 사실을 알게 되었다고 한다. 그래서 그것을 자기 인생의 콘셉트로 잡고 사람 대하는 직업을 두루 섭렵했다. 직업이 목숨인 줄 아는 보통 청년들과 다르게 그는 몇몇 직업을 자유롭게 옮겨 다녔고, 그때마다 인정받았다.

재미있는 것은 내가 만난 알파맨 중 20대에 만난 직업이나 직장을 유지하고 있는 사람이 단 한 사람도 없다는 사실이다. 20대들은 일찍부터 꿈이나 목표를 뚜렷하게 정하고 매진하면 그들처럼 될 수 있으리라고 생각하지만 실상은 다르다. 그들은 당장은 뚜렷한 소득이 없는 경험을 차곡차곡 쌓아서 그 누구도 알려주지 않는 자신만의 콘셉트를 찾아냈고, 그것에 의지해 지금의 자리까지 온 것이다.

대개의 20대들은 콘셉트를 찾는 작업만 제대로 해내면 그들이 그토록 바라는 '꿈'이 언젠가는 저절로 따라온다는 것을 꿈에도 모른다. 그래서 '게임 캐릭터 디자이너'나 '식품회사 마케터'처럼 만지면 만져질 것 같은 꿈의 대상을 찾기 전에는 절대로 움직이지 않으려 한다.

빅토리아 시대의 가장 유명한 시인이자 극작가인 오스카 와일드는 처음부터 작가가 될 꿈을 품은 것은 아니었다. 그는 일찌감치 자신이 유명해지고 싶어 안달이 났다는 것을 깨달았고, 유명해지기로 결심했다. 작가라는 직업은 그 주제의 한 갈래일 뿐이었다. 실제로 그는 글을 발표하기도 전에 사교계에서 먼저 유명해졌다.

그는 여러 차례의 실험 끝에 자신의 여러 모습 중 '탐미주의 작가'로서의 이미지가 가장 인기 있다는 것을 알고, 이후부터는 이에 충실한 글만 썼다. 글뿐만이 아니었다. 사람들 앞에 나설 때는 늘 치밀하게 세팅한 웨이브 장발에 부유한 드라마 주인공을 연상시키는 깃에 털이 달린 코트와 반바지를 입어서 100미터 밖에서도 알아볼 수 있을 만한 모습을 연출했다. 언동도 마찬가지였다. 그는 외국 세관에서 "신고할 것은 내 천재성밖에 없다"라는 뻔뻔한 말을 눈 하나 깜짝 않고 읊조리던 남자였다. 일거수일투족이 기삿거리인 그에게 언론은 연일 환호했고, 그는 애초 의도한 대로 유명해졌다. 어찌나 유명해졌는지 영국 왕세자가 "나는 오스카 와일드를 모른다. 하지만 내가 그를 모른다는 사실을 사람들이 알면 안 된다"라고 했을 정도였다. 오스카 와일드는 문학적 재능도 뛰어났지만 콘셉트에 충실해서 직업적 성공을 얻은 사람이었다.

20대들은 평생 열정을 바칠 수 있는 꿈, 직업, 목표를 찾는다. 그래서 때로는 마음이 날아가 박힌 그 일을 운명이라고 느끼기도 한다. 그러나 평생을 사랑할 것 같은 마음으로 시작했다가 어영부영 끝나버리는 첫사랑처럼 그 마음도 쉽게 변한다. 평생 변하지 않을 운명과 같은 꿈을 20대부터 가진다는 것은 판타지다. 명확한 꿈의 대상을 찾아야 한다는 생각에 사로잡혀 있으면 정작 그 꿈의 주인인 '나'를 보지 못하는 경우가 생긴다.

20대에는 자신의 콘셉트를 정하는 것만으로도 충분하다. 그러면 나중에 직업뿐 아니라 직업을 넘어선 인생 전반에 걸친 태도까지 쉽게 결정할 수 있게 될 것이다. 이는 무엇과도 바꿀 수 없는 20대의 성과다.

당신은 여행만 떠나면 온몸의 세포가 살아나는 사람일 수도 있다. 사람들 앞에서 말하기만 하면 신이 나는 사람일 수도 있다. 남에게 음식을 만들어 먹일 때에만 인생의 의미를 느끼는 사람이지 말란 법도 없다. 이를 알아내려면 여러 상황에 '나'를 던져보고, 그에 대해 스스로가 어떻게 반응하는지 관찰하는 수밖에 없다. 그러다 보면 평생 함께할 인생의 주제를 찾을 수 있을 것이다.

실제 인생은 '환상적인 초밥을 만드는 요리사가 될 거야' 하고 한길로만 매진하는 만화 주인공의 삶과는 다르다. 대개의 사람들에게 꿈은 안개처럼 모호하다. 꿈을 이룬 사람들은 안개 너머 희미하게 빛나는 불빛을 발견하고 그 방향으로 부지런히 걸어간 사람들이다. 20대에 모든 것을 정하려 하지 말고 삶의 모든 면에 주목하며 주제의 방향성을 찾아라. 그것이 지금 당신의 나이에 주어진 과제다.

"돈이 내 적성입니다!"
정말 그럴까?

적성에 맞는 일을 찾는 것이 중요하다는 취지의 글을 한 온라인 공간에 올렸을 때 가장 먼저 돌아왔던 누군가의 피드백이 기억난다.

"먹고살기도 힘든데 적성은 무슨……. 돈이 내 적성이다!"

정말로 돈이 적성일까? 만족스러운 금액이 입금되기만 하면 그 어떤 일이라도 즐겁게 해낼 수 있을까?

나는 솔직히 "당신이 정말 좋아하는 일을 직업으로 택하세요"라고 말할 생각이 없다. '좋아하는'이라는 수식어와 '직업'이라는 명사가 결합 가능한 것인지에 대해서조차 깊은 의문을 품고 있다. 어떤 행위를 좋아한다고 하더라도 그것을 생업으로 삼으려면 수많은 '하고 싶지 않은' 일들을 참아내야 하기 때문이다. 예를 들어 '아이들에게 가르치는 것'을 좋아하는 사람이 교사가 되려 한다면 학교라는 보수적인 조직의 질서 안에서 고분고분 살아남아야 하고, 가르치는 일과 직접적인 상관이 없는 엄청난 양의 잡무와 전에 없이 똑똑해지고 까다로워진 학부형들을 상대하는 일을 견뎌내야 한다. 그 부수적인 고통을 도저히 감내할 수 없다면 아무리 아이들을 가르치는 일이 좋아도 교사가 되어서는 안 된다. '좋아하는 일'은 취미나 봉사로 머물러야 한다.

'잘하는 일' 또한 같은 이유로 직업 선택의 가장 중요한 요건은 아니다. 본인이 일을 잘한다고 느끼는 기준이 모호할뿐더러 그 일을 언제나 잘하는 것은 불가능하다. 아이들을 휘어잡고 말로 이해시키는 것에 자신 있다고 해도 교사로서의 능력에 한계를 느끼는 순간은 분명 오고, 이는 모든 직업이 마찬가지다. 설명이 필요 없는 영화감독 스티븐 스필버그도 60세가 넘어서야 영화 일을 잘할 수 있다고 느꼈다니 무슨 말이 더 필요하겠는가.

나는 아이들을 썩 좋아하지 않고 대중 앞에서 말하는 것을 즐기지도 않지만, 사명감 있는 원칙주의자로서 교사라는 직업에 훌륭하게 동화된 사람을 알고 있다. 가르치는 일 자체에 대단한 흥미를 느끼지는 못하더라도 직업적 성격이 그 사람과 잘 맞아떨어진 것이다. 그런 것을 적성이라고 한다.

좋아하는 일, 돈을 잘 버는 일, 잘할 수 있는 일이 일치한다면 대단한 행운이지만, 20대들이 흔히 생각하는 것처럼 꼭 좋아하는 일을 해야만 인생이 의미 있는 것은 아니다. 세상에는 못다 이룬 꿈을 마음속에 묻어두고도 잘 사는 사람이 많다. 그러나 꿈꾸던 일, 좋아하는 일이 아니라도 최소한 적성에 맞는 일은 해야 한다. 이는 삶의 질과 직결되는 아주 중요한 문제다.

　자동차 영업왕인 C는 대학에서 기계학을 전공했는데, 졸업하자마자 그 계통으로 취업했다. 기계를 좋아했기에 일도 좋을 줄 알았는데 회사 생활이 영 몸에 맞지 않아 몇 년 동안 말로 꺼내기에도 지긋지긋할 만큼 지독한 고통을 겪어야 했다. 그러던 그가 어느 날, 우연한 기회에 선배를 따라 자동차 영업일을 하게 되었다. 잠깐 발만 담가보자고 다가갔던 일에서 그는 꿈에도 몰랐던 적성을 찾았다.

　"그냥 웃기만 했는데 차가 팔리는 거예요."

　그는 프로 세일즈맨의 전형적인 이미지와 완전히 상반된 인물이다. 고객의 혼을 쏙 빼놓는 화려한 입담과 서글서글한 태도, 상대를 압도하는 우렁찬 목소리나 외모의 소유자도 아니다. 그가 보통 세일즈맨들과 다른 점이 있다면 남자로서는 드물게(당신이 생각하는 것보다 훨씬 드물다!) 상대의 말을 경청할 줄 알고, 정말로 사람을 좋아한다는 것 정도였다. 그에게 차를 사는 사람들은 이 소박한 사내가 자신을 진심으로 대하고 있다고 느낄 터였다. 그에게는 "이 일을 하면서 좋은 사람들을 많이 만날 수 있어 행복하다"는 교과서 같은 말을 진심으로 느끼게 하는 힘이 있다. 이 일이 장래희망도 아니었고 처음부터

꼭 좋아하는 일을 해야만 인생이 의미 있는 것은 아니다. 세상에는 못다 이룬 꿈을 마음속에 묻어두고도 잘 사는 사람이 많다. 그러나 최소한 적성에 맞는 일은 해야 한다. 이는 삶의 질과 직결되는 아주 중요한 문제다.

자신 있는 일도 아니었지만, 지금은 아주 만족스러운 삶을 살고 있다. 그게 적성에 맞는 일을 하는 사람의 삶이다.

C처럼 많은 연봉을 받지 않더라도 적성에 맞는 일을 하는 사람들은 보통 수준 이상의 삶을 누리는 것 같다. 나는 평소 서비스업 종사자들에게 근거 없는 안쓰러움 같은 것을 느끼곤 했다. 불특정 다수의 사람들을 상대하려면 얼마나 힘이 들까. 어쩌다 모난 사람이라도 만나면 그 스트레스는 또 얼마나 클까…… 순전히 내 성격과 적성에만 비추어 서비스업에 맞는 사람이 있다는 생각을 못했던 것이다. 그러나 고객 서비스 교육 강사인 H의 말을 듣고서야 그 편견이 깨졌다.

"저는 백화점에서 판매업부터 시작했어요. 낯선 사람과 말하는 게 그렇게 좋더라고요. 제가 웃으면서 말을 건네고 고객을 웃게 만들면 마냥 기분 좋았어요. 물론 블랙컨슈머라고 할 만한 고약한 손님들도 있었지요. 그런데 그런 사람들을 만나면 스트레스를 받기보다는 그 맘보가 뻔히 보여서 속으로 우습더라고요. 그런 사람들은 매뉴얼대로 대하고 잊어버리면 그만이에요. 전 지금도 서비스업이 정말 매력적인 일이라고 생각해요."

그는 고액 연봉이 아니라도 '행복한가', '만족하는가' 하는 물음에 주저 없이 고개를 주억거릴 수 있는 삶을 살고 있다. 적성에 맞는 일을 하고 있는 사람들에게나 가능한 일이다.

적성을 따르는 일이 기대하지 않은 성공까지 안겨주는 경우도 있다. 존 라빈스는 유명한 아이스크림 회사 '베스킨라빈스'의 유일한 상속자였다. 가만히 앉아 가업을 물려받기만 해도 부와 명예를 누릴 수 있는 위치였지만 베스킨라빈스를 경영하는 것이 그의 적성은 아니었다. 그의 아버지와 삼촌은 창업자인 만큼 매일 아이스크림을 먹는 아이스크림 마니아였지만 아버지가 비만, 당뇨, 고혈압에 시달리고 삼촌이 심장마비로 요절하는 것을 지켜본 그는 달랐다. 아이스크림이 몸에 독이 된다고 생각하는 사람으로서 도저히 아이스크림 회사의 경영자가 될 수 없었다. 결국 모든 걸 포기하고 가문의 이단아가 된 그는 아이스크림을 비롯한 정크푸드와 육식 섭취에 반대하는 환경운동가의 삶을 살아간다. 그는 10년간 농사를 지으며 몇십만 원으로 1년을 버틸 정도로 가난하게 살았다. 그러다가 육식에 반대하는 책을 썼는데 그것이 전무후무한 베스트셀러가 되었다. 책의 영향력이 얼마나 엄청났는지 그 책이 출간된 이후로 미국 내 육류 소비가 20퍼센트나 줄었을 정도였다.

가난하지만 행복한 삶을 지향하는 그가 몸에 좋지 않은 음식을 판다는 죄책감에 시달리면서 가업을 물려받았다면 지금쯤 어떤 삶을 살고 있을까? 진심으로 아이스크림을 좋아했던 아버지나 삼촌과 달리 회사를 파산시키고 가난에 불행까지 보태서 살고 있을지도 모르겠다. 무한 경쟁의 전장이 되어버린 세상에서 부와 명예가 곧 적성이라 믿고 각광받는 전문직에 무작정 투신한 수재들 중 불행하게 사는 사람들이 얼마나 많은지 모른다.

적성을 알아내는 일은 어느 날 갑자기 하늘에 뚝 떨어지듯 일어나기도 하지만, 대개 관심 분야의 일을 경험해 보다가 그와 연관된 일에서 우연히 찾아내는 경우가 많다. 나 역시 공연 대본을 쓰다가 희곡에 관심을 갖게 되었고 그 관심이 드라마로, 드라마에서 시나리오로, 시나리오에서 책으로, 적성에 따라 조금씩 옮겨와 붙박이가 되었다.

적성검사 같은 것도 참고할 만하겠지만 20여 년 전 내가 적성검사를 했을 때 내 성격으로 해서는 안 되겠다고 생각하는 정치인이나 교사가 적합하다는 결과가 나왔던 걸 보면 썩 믿을 만하지는 않은 것 같다. 검사가 모두 틀리다는 게 아니라, 내 성향의 일부만 기존 모델에 반영해서 결과가 나오기 때문에 모든 것을 통합하고 해석해서 최종적으로 찾아내는 건 결국 내 몫이라는 말이다. 직업 자체의 전망이나 가치보다 '나'와 직업의 연관성을 먼저 고려하고 시야를 넓히다 보면 적성에 맞는 일을 찾아낼 수 있다.

2012년에 한국고용정보원에서 발표한 직업 만족도 조사 결과를 보면 한국에서 연봉 500만 원이 못 된다는 소설가가 의사보다 직업 만족도 순위가 높다. 아무리 생각해 봐도 '돈이 적성'이라는 주장에 대한 답은 역시 'NO'다.

'직장인'으로서가 아닌 '직업인'으로서의 스펙 쌓기!

"국내 최고 학부 출신, 학점 4.0, 토익 900, 캐나다 어학연수, 해외 봉사활동, 히말라야 등반 등의 특이 경험…… 제 스펙이 이런데도 취직 시험에서 계속 떨어졌어요."

"제 친구가 석사까지 한 일류대 출신이고 영어도 잘하는데, 작은 회사에서 고작 연봉 1,500만 원 받고 일하더라고요."

이런 사연은 이제 더 이상 개인적인 하소연이 아니다. 분명 이보다는 조건이 떨어질 청년들 대부분의 한숨과 두려움 그 자체다. 일자리가 적어지다 보니 기업들의 요구가 까다로워진 건 알겠는데, 도대체 어느 수준까지 스펙을 쌓아야 하며, 이를 위해 얼마만큼의 젊음을 소진해야 할지 막막하다.

나는 고용하는 입장인 알파맨들에게 그에 대한 질문을 해보았다. 이 고스펙의 시대에 대체 어떤 기준으로 사람을 뽑느냐고. 고급 인력이 넘쳐나는 취업 시장에서 에누리까지 받으며 여유롭게 쇼핑하는 것처럼 보이던 그들의 대답은 의외였다. 회사에 필요한 인재를 구하기가 여전히 힘들다는 것이다.

"다들 이것저것 스펙은 화려한데, 막상 자세히 들여다보면 이 일에 필요한 이력을 가진 사람은 없어요."

대학 진학률이 80퍼센트가 넘는 우리나라의 고학력 취업 준비생들은 일단 대기업을 목표로 한다. 그들에게는 남의 시선이 유달리 중요한 데다 여러모로 중소기업에 불리한 산업구조 때문에 대기업에 취업해야 장가라도 갈 수 있다고 생각하며, 제반 여건을 볼 때 그 말이 아주 틀리다고 볼 수도 없다.

문제는 그들의 목표인 30대 대기업이 전체 일자리의 2퍼센트에 불과하다는 것이다. 기본 수백 대 일에 달하는 경쟁률을 자랑하는 대기업이 요구하는 스펙은 일반 기업과 같을 수 없다. 그 스펙이 정말 필요하다기보다는 98퍼센트를 떨어뜨리기 위한 것이기 때문이다. 일반 기업들이 인재를 구하는 데 곤란한 지점이 여기다.

대기업 기준의 스펙을 죽을 노력으로 갖추어놓은 구직자들은 그만한 대우를 원하는데, 막상 기업 입장에서 보면 '쓸모없는' 스펙인 경우가 많다. 한 출판사의 책임편집자는 훌륭한 스펙이 넘쳐나는 이력서 더미에서 결국 레이아웃이 가장 나은 이력서와 자기소개서를 제출한 지원자를 뽑았다고 한다. 편집자에게 필요한 것은 토익 점수나 영어 실력보다 책을 만드는 감각이기 때문이란다.

그들은 취업에 임할 때, 고용자의 입장에서 한번 생각해 보라고 권한다. 지원자들은 자신이 애써서 쌓은 스펙의 가치를 생각하지만, 고용자들은 그 사람이 자기 회사에 들어와서 얼마를 벌어줄 수 있는가를 생각한다는 것이다. 문학 박사라도 잡지사에 들어가 2,000만 원의 수익을 올릴 가치밖에 없다면 연봉을 1,500만 원 이상은 줄 수 없는 게 현실이다. 자신이 생각하는 스펙의 가치와 회사에서 필요로 하는 스펙의 가치가 너무나 다른 것은 서글픈 동상이몽이다.

20대인 당신이 이 굴레에서 벗어나려면 대기업이 만들어놓은 포괄적인 스펙 잔치에서 벗어나야 한다. 인터뷰에 응한 알파맨의 대부분은 '직장'이 아닌 '직업'에 초점을 두고 달려온 사람들이다. 명함에 박힌 회사 로고의 후광이 없으면 바로 권위를 잃는 '직장인'이 아니라, 어느 위치에 놓여도 생존에 두려움이 없는 '직업인'을 목표로 하면 꼭 필요한 스펙이 눈에 보인다. 직업인을 목표로 한 이들은 초반에는 직장인으로서 성공적으로 출발한 친구들에 비해 초라해 보일 수 있다. 그러나 경험자들에 의하면 일단 직업인으로 자리를 잡으면 직장은 저절로 따라온다.

아이디어 장난감을 설계하는 S는 20대 시절에 대기업 시험은 인적성검사에서부터 탈락이었다. 학벌 때문에 서류 통과도 쉽지 않았다. 인간관계를 어려워하고, 병적이다 싶을 만큼 산만한 그의 단점은 쉽게 들통 났고, 가차 없이 걸러졌다. 그러나 대기업 입사를 포기하고 적성에 맞는 이벤트 회사를 다니면서부터 비로소 재능을 발휘하기 시작했다. 그는 엉뚱한 만큼 누구도 생각하지 못하는 아이디어가 풍부한 사람이었고, 그 아이디어를 현실화할 수 있을 만큼의 지각력과 손재주도 있었다. 여러 회사를 거쳐 안착한 지금의 회사에서 그가 샘플 상품을 제작해서 보여주었을 때, 사장의 첫마디는 이러했다.

"하…… 이거, 이 새끼…… 넌 천재야."

주변에서 두 손 두 발 다 든 괴짜였던 그는 직장을 초월한 직업인이 되었다.

많은 대기업에서 학벌을 보는 이유는 따로 있다. 큰 조직에서는 개인의 능력보다는 조직의 안정과 성장이 중요한데, 학창 시절 공부를 잘했다는 것은 공교육의 틀 안에서 순응하며 성실하게 살았다는 지표가 된다. 대기업은 창의성과 천재성이 필요하면 조직 내에서 찾지 않고 필요할 때마다 아웃소싱한다. 바로 S 같은 사람에게서 말이다. 만약 S가 우연찮게라도 대기업에 입사했다면, 살에 박혀 곪다가 끝내 고름에 밀려 배출되는 가시처럼 상처받고 떨려났을 것이다.

스펙 쌓기와 그에 대한 회의로 밤을 지새우고 있는 중이라면, 잠시 멈추고 생각해 보라. '직장인'이 아닌 '직업인'으로서의 미래와 그를 위해 필요한 것들이 무엇인지를.

'지금 이 길이 아니면 어떡하지'
병에서 벗어나는 법

　자료 조사를 위해 구립 도서관에 갔을 때였다. 원고에 쓸 내용을 확인하기 위해서 교육학 책을 잠깐 뒤지다가 누군가가 해놓은 낙서를 발견했다. 거기에는 알아보기 힘든 글씨로 이렇게 쓰어 있었다.

　'이 길이 아니면…… 난 어떡하지?'

　온갖 수험생과 취업 준비생 들이 모여드는 곳이니 아마도 그 낙서를 한 누군가는 교사의 길을 선택한 사람일 터였다. 그 짧은 문구를 통해 한 젊은이의 두려움과 불안이 내게도 옮겨 왔다. 병이라면 병일 수 있는 그 의문을 20년 전의 나도 줄기차게 앓았기에, 언제쯤 다녀갔는지 모를 그 낙서의 주인공에게 답해 주고 싶어졌다.

　청춘은 너무나 짧고, 지금 그 안에 있는 당신도 그 사실을 너무나 잘 알고 있다. 그래서 이 시간을 헛되이 보내면 절대로 안 될 것 같다. 그 불안감에 무언가를 하고 있긴 하지만, 지금 이 길이 내가 끝까지 가도 되는 길인지 모르겠다. 후회하지 않는다는 보장만 있다면 몸과 마음을 홀랑 태울 만큼 열심히 할 자신이 있다. 그런데 그렇게 보장해 줄 수 있는 사람은 우주를 탈탈 털어도 단 한 사람밖에 없다. 과연 누구이겠는가?

가고 있는 길이 진짜인지 결정하는 권력자는 어디까지나 당신 안에 있다. 재벌 부모가 계열사를 만들고 일감을 밀어주겠다고 해도, 세계 최고 장인이 제자로 받아주겠다고 해도, 그 권력자가 아니라고 고개를 저으면 별수 없다.

❖

자신이 가고 있는 길이 옳은지, 그른지를 아는 가장 확실한 방법은 그 길에서 최선을 다해보는 것이다. 막 취업해서 5개월 남짓 일해 본 사회 초년생이 "아무래도 이 일은 나한테 안 맞는 것 같다"며 한숨짓는 걸 보면 내가 더 큰 한숨을 쉬게 된다. 이런 이들에게 해줄 말이 무엇인지 부탁했더니, 사업가 K는 단 한 마디로 이렇게 말했다.

"'스타크래프트'도 익숙해지기 전에는 재미없던데요."

아무리 단순 업무의 사무직이라도 일이 손에 익으려면 최소 1년 가까이 걸린다. 3년 정도 해봐야 자신이 맡은 일을 장악할 수 있다. 3년 이하로 한 일을 경력으로 인정해 주지 않는 데에는 다 그만한 이유가 있는 것이다. 고작 몇 개월 일해 보고 그 고됨에 놀라 이리저리 고민하다가 그만두고 다른 일을 알아보는 과정을 반복하면 100년 동안 구직을 한다 해도 끝까지 갈 길을 알 수 없을 것이다. 그 일에 시간과 노력과 에너지를 투입해 일단 어느 정도는 '잘하게 되어야' 비로소 제대로 된 판단을 내릴 수 있는 것이다.

20대의 후회 없는 선택을 위해 알파맨들이 권하는 방법은 "꿈에 옵션을 걸라"는 것이었다. '3년 동안 죽을힘을 다해보고도 안 되면 그만두자', '공모전에서 20번 떨어지고도 안 되면 포기하자', '3년씩 세 가지 일을 해보고 그중 가장 맞는 일을 택하자.' 이렇게 정해놓으면 길을 달려가는 도중 '이 길이 아니면 어떡하지?'라는 불안감에 시달리며 오던 길을 되돌아보지 않을 수 있다. 아무 잡념 없이 달리다가 표지판이 나타나거든 유턴하면 되니까. 또 이렇게 제한을 걸어놓으면 자신이 정해놓은 한계 안에서 최선을 다하는 데 도움이 된다. '나도 모르게 성공의 문 앞에서 발길을 돌리는 거라면 어떡하지?'라는 생각에 어떻게든 눈에 보이는 성과를 내기 위해 애쓰게 된다.

20대의 나는 생업으로 삼기에는 미덥지 않은 데다 재능 여부도 의심스러운 전업 작가의 길을 시험해 보기 위해 글을 100편 쓰기로 했다. 그 숙제가 어찌나 부담스럽게 자체 발광하는지 다른 고민들은 모두 그 빛에 가려 보이지 않았다. 그렇게 집중한 덕에 목표를 한참 못 채워 작가로 데뷔하게 되었고, 지금까지 내 선택을 후회해 본 적이 없다.

자신이 가고 있는 길에 대한 의심은 당연하고도 자연스러운 것이다. 하지만 그 의심을 고스란히 품은 채 30대를 맞게 된다면 그것만큼 곤란한 일도 없다. 벌에 쏘인 말처럼 제자리에서 미친 듯 맴돌지 말고, 자신이 정한 울타리 안에서 마음껏 움직이며 성을 쌓아라. 그러다 보면 울타리를 벗어나 어디로 가야 할지 알게 될 것이다.

완벽하게 준비된
인재가 된다는 것

자녀 교육에 관심이 많은 지인과의 자리에서 교육관에 대한 이야기가 나왔다. 그녀는 최근 회자되고 있는 '완성형 인재론'에 동의하는 쪽이었다. 완성형 인재란 말 그대로 사회로 나가기 전에 구성원으로서 필요한 모든 조건을 갖춘 이들을 말한다. 이를 지지하는 사람들은 젊은이들이 경험과 실패를 통해 배워나가야 한다는 기존의 생각을 구시대적인 발상이라고 여기고, 경험을 시간 낭비로 본다.

'뭐 이런 한심한 이론이 다 있을까' 하며 이야기를 들었는데, 생각해보니 낯선 주장이 아니었다. 지금 한국의 젊은이들이 말로는 경험의 중요성을 듣고 고개를 끄덕이면서도 실제로는 완성형 인재가 되려는 피 말리는 준비에 시달리고 있으니 말이다. 대학에 입학하자마자 관리에 들어가는 소위 '스펙'이라는 것이 그 준비나 마찬가지 아니던가.

요즘의 젊은이들에게 경험이란 '어학연수'나 '인턴'이나 '교환학생' 등의 프로그램에 참가하는 것을 뜻한다. 모두 실전이 아니라 시뮬레이션이다. 나는 대학을 졸업하고 갓 취업한 이들이 이제 자신들이 경험을 통해 무언가를 배울 시기는 지났다고 생각하는 걸 보고 깜짝 놀랐다. 이제부터가 진짜 경험으로 진짜 지식을 배울 시기인데, 오히려 지금까지 쌓은 능력을 풀어내 실력 발휘를 해야 하는 것으로 착각하고 있다. 스펙을 열심히 쌓은 사람일수록 더하다. 그러니 시행착오를 배움의 과정으로 받아들이지 못하고 방황만 하게 되는 것이다.

시뮬레이션은 확실히 효과적인 학습 방법이다. 그러나 진짜 경험과는 전혀 다르다. 진짜 실력은 실제 경험에서 쌓이게 마련인데, 처음부터 완성된 인재가 되어 사회에 투입된다는 것은 어불성설이다. 오히려 자신이 이미 완성되어 있다는 착각 때문에 실전에서 동료들과 화합하지 못해 일을 망치는 경우도 다반사다. 내가 아는 한 CEO는 이런 경험을 수차례 한 이후로 특정 엘리트 코스를 완벽하게 밟은 지원자들은 아예 서류에서부터 탈락시킨다고 귀띔해 주기도 했다.

몇 년 전 택시를 타고 가다가 겪은 일이다. 러시아워가 아니라서 택시는 막힘없이 달리고 있었는데, 언덕이 있는 도로 아래서 기사가 갑자기 속도를 줄이는 것이었다. 약속 시간이 빠듯한데 이분이 왜 이러나 싶었다. 기사는 차를 한쪽 차선으로 옮겨 기듯이 언덕을 넘었고, 그 너머에는 사고가 나 있었다. 삼중 연쇄추돌이었다. 내가 탄 택시도 속도를 줄이지 않고 언덕을 넘었다면 사고가 났을 수 있는 상황이었다.

"어쩐지 뭔가 기분이 쎄~하더라니."

반백의 택시 기사가 가슴을 쓸어내리며 한마디했다. 그는 '쎄~한 기분' 때문에 속도를 줄였을 뿐이었고, 언덕 너머의 보이지 않는 사고를 어떻게 예측했는지는 논리적으로 설명하지 못했다.

그런 것이 경험의 힘이다. 수십 년간 택시 기사로 일하며 수많은 도로 사정과 위험한 상황을 경험하면서 그는 무의식중에 수천 수만 가지 정보와 그 정보가 연결되는 패턴을 대뇌에 저장한 것이다. 평소에 보던 일상적인 도로 사정과 미묘하게 다른 한 가지를 인식한 뇌가 신호를 보냈고, 그것이 바로 '쎄~한 기분'이다. 우리는 이런 것을 직관이라고 부르고, 직관은 경험이 축적될수록 발달한다. 만물의 영장인 인간은 이성적인 존재이므로 일도 명쾌하게 설명되는 논리로 해결할 것 같지만, 실제 일에서는 직관에 의존할 때가 더 많다.

한 수사 드라마에서 주인공이 파트너인 수사관에게 갑자기 몇 장의 사진을 들이민다.

"여기 용의자 사진들 중 끌리는 사람을 찍어봐요."

수사관이 아무 생각 없이 사진 하나를 골라 들자, 그는 이 사람부터 파고들어 조사하라고 한다.

"내 참, 이건 그냥 직감일 뿐인걸요!"

"그냥 직감이 아니라 전문가의 직감이죠."

과연 그 직감이 틀리지 않아서 그냥 '찍은' 용의자부터 단서가 나오기 시작한다. 이는 드라마의 한 장면일 뿐이지만, 실제 현장에서도 비슷한 일은 자주 일어난다. 고도로 집중한 사람들의 경험은 앞으로 인기를 끌 청바지의 디자인을 골라내기도 하고, 씨도 안 먹힐 것 같은 고객사 담당자를 설득할 방법을 찾아내기도 한다.

단언하지만 10년의 공부와 준비는 1년의 경험을 따라가지 못한다. 비슷한 이유로 나는 작가가 되어 책을 내고 싶다며 방법을 물어 오는 작가 지망생들에게 얼마가 되었든 '돈을 받는 글'을 써보라고 말한다. 글을 싣는 매체의 피드백과 작가라는 직업 세계 안으로 들어가보는 경험이 홀로 골방에서 연습만 하는 것과는 차원이 다른 성장을 가져다주기 때문이다. 무협 영화에서야 전설의 비기를 숲으로 가지고 들어가 달궈진 모래에 손을 꽂고 말뚝을 상대로 권법을 연마하는 과정을 거치며 고수로 변신하기도 하지만, 현실에서 그렇게 쿵푸를 연마해서는 모양 빠지는 막싸움에 잔뼈 굵은 동네 건달 하나도 이기기 힘들 것이다.

20대는 못 가진 것이 자유가 될 수 있는 유일한 시기이기에 경험의 기회도 그 어느 때보다 많다.

사람은 가진 것을 잃는 순간을 가장 싫어하고 두려워한다. 길 가다가 1만 원을 주웠을 때 느끼는 기쁨보다 1만 원을 잃어버렸을 때 느끼는 상실감이 몇 배나 크게 느껴진다. 심리학과 행동경제학에서는 이것을 '손실회피'라고 한다. 우리는 누가 2조 원의 돈을 주고 반을 기부하라고 하면 기꺼이 그 요구에 응할 것이다. 반이 아니라 다 떼어 가고 1억만 준다고 해도 감사할 일이다. 10년 전 에드와도 새버린이라는 청년 역시 그랬을지도 모른다. 이 청년은 마크 저커버그와 함께 '페이스북'을 공동 창업했고 2조 원의 재산가가 되었다. 하지만 그는 재산의 반을 기부할 수 있을 것 같은 당신이나 나와 달리 40퍼센트의 세금을 피하기 위해 미국 국적을 포기하고 싱가포르로 이주했다.

기득권이 강한 이유도 바로 이 손실회피 때문이다. 사람은 없는 것을 가지려 할 때보다 있는 것을 지키려고 할 때 훨씬 적극적으로 움직이고 집념을 발휘한다. 기득권을 가진 이들은 많은 것을 누리지만, 한편으로는 이를 절대로 잃고 싶지 않기 때문에 다른 많은 선택권을 포기하고 산다. 그리고 훨씬 적게 가진 사람들도 가진 것을 지키기 위해 더 많은 것을 누릴 기회를 포기한다. 돈이 없고 아는 것이 없어서 우물 안 개구리로 묶여 있는 것 같겠지만, 당신을 붙잡아두는 것은 실은 우물 안에 비축해 놓은 알량한 먹을거리일 수도 있다.

그나마 20대는 본인의 힘으로 이루어놓은 것이나 가진 것이 적기에 여러 경험에 도전해 볼 수 있는 자유를 누리는 유일한 시기다. 그러니 무언가를 경험할 기회가 생긴다면 손실을 걱정하지 말고 그 기회를 잡는 것이 맞는 답인 경우가 많다.

J는 독서를 통해 많은 것을 얻었다고 생각하며, 인문학의 힘을 믿는 드문 청년이다. 그는 여러 고전에 파고들었는데 유독 노자의 『도덕경』은 아무리 읽어도 이해가 되지 않더란다. 그랬던 그가 얼마 후 취업해서 사회생활을 시작하자, 많은 사색과 주석으로도 이해할 수 없던 『도덕경』의 가르침을 순식간에 이해하게 되었다고 한다. 책의 심오한 가르침도 경험과 만나야 비로소 상호작용을 통해 삶에 좋은 영향력을 끼칠 수 있는 것이다. "인간이 현명해지는 것은 경험 때문이 아니라, 경험에 대처하는 능력 때문이다"라던 버나드 쇼의 말이 꼭 맞다.

종종 공부에 크게 뜻이 없으면서 학생 신분을 연장하는 이들이 있는데, 취직이 안 되기 때문이라고들 하지만 개중에는 험난한 경험에 직면해야 하는 실전이 두려워 자꾸 준비 기간만 연장하려 드는 경우도 있다. 공부는 힘들지만 낯선 경험으로 뛰어드는 일이 더 싫은 것이다. 그런 이들은 공부를 끝낸 다음에도 끝내 길을 찾지 못한다.

살면서 모든 것을 경험할 수는 없지만, 많이 경험하면 비슷한 것을 유추할 수 있는 힘이 생긴다. 세상 사는 저력이 생기는 것이다. 그리고 그런 저력을 가진 사람이 바로 어떤 계통에서든 함께 일하고 싶어 하는 사람, 일단 함께 일하면 붙잡고 싶어 하는 사람이다.

예전에는 경험을 한다는 것이 곧 '일탈'을 의미했다. 요즘에는 인터넷의 발달 덕에 어느 정도 정보의 평등을 누리고, 대학교 휴학을 인생의 실패로 보던 시절의 경직된 시각들이 사회 곳곳에서 사라져가고 있다. 기회가 없다고 생각하지 말고 누리고 싶은 게 있다면 그 언저리에서 경험할 기회를 호시탐탐 노려야 한다.

어디서 어떤 경험을 해야 할지 모르겠다면 자신이 관심을 가진 삶의 한 부분에 집중하라. 마치 숨은그림찾기와 같다. 눈에 불을 켜고 찾다 보면, 그냥 지나쳤을 때에는 아무것도 아니었을 삶의 장면 속에서 경험할 대상을 찾게 된다. 우리는 경험이 중요하다는 것을 알면서도 실제로 경험하기보다는 '저것이 경험할 만한 가치가 있는 일인가'를 판단하는 데 훨씬 많은 에너지를 쏟는다. 20대에는 온 에너지를 다 쏟아보는 경험이 시간 낭비가 아니다. 관심이 가고 기회가 생겼다면 일단 해보는 편이 낫다.

나대지 않는 자를 위한
만찬은 없다

자동차 타이어의 무늬를 디자인하는 다소 특이한 직업을 가진 P는 힘든 20대를 보냈다. 타고난 성격이 내성적이어서 사람들과 어울리는 것이 싫었고, 몸이 약해서인지 늘 의욕이 없었다. 세상은 자꾸 뭘 해야 한다고 강요하는데, 그는 그 요구에 맞춰 아등바등 사는 사람들이 꼴 보기 싫었다. 그냥 아무것도 안 하고, 안 얻고, 욕심 없이 살고 싶었다. 그러던 그는 오다가다 만난 도인에게 자극을 받아 산속에 들어가 살기로 결심했다. 종일 산속 오두막에서 뒹굴다가 약초 팔아 쌀 사고, 산나물 뜯어 밥 먹고, 그렇게 담박하게 살기로 했다.

약초와 산나물에 대해 배우고, 쓰러져가는 산채를 빌린 것까지는 좋았다. 그런데 처음으로 쌀이 떨어져 힘들게 채취한 약초와 산나물을 싸들고 장에 나갔을 때 난관에 부딪혔다. 예상과 달리 그것들이 영 팔리지 않는 것이었다. 사람들은 젊고 어설퍼 보이는 그가 못미더운지 할머니들에게서만 산나물을 사 갔다. 해가 기울도록 개시를 못한 그는 당황하기 시작했다. 그대로라면 꼼짝없이 굶을 터였던 그는 특단의 조치를 취했다. 없는 넉살을 떨며 호객 행위를 하기 시작한 것이다. 할머니들에게 가려는 아주머니들 치맛자락을 붙들고 나물을 헐값으로 떠안긴 끝에 겨우 쌀값을 건졌다. 쌀을 사서 터덜터덜 돌아오는 길, 그는 문득 깨달은 바가 있어 곧바로 짐을 싸서 서울로 올라갔다.

P가 깨달은 것은 '안 하고 안 얻을 수 있는 곳'은 어디에도 없다는 사실이었다. 무언가를 위해 애쓰기 싫어서 산나물을 뜯어 살겠다고 결심했던 그는 장터에서 죽을힘을 다해 궁리하며 나대는 자신을 발견하고는, 이 정도 노력을 해야 연명할 수 있는 게 삶이라면 굳이 산에 있을 필요가 없겠다고 결론 내렸던 것이다. 그리고 세상에 나와 필요한 만큼 나댄 끝에 자신에게 맞는 일을 찾을 수 있었다.

✦

우리는 나대는 사람을 참 싫어한다. 어디나 들추고 다니며 튀는 행동을 하는 사람들이 짜증을 유발하고 때로 일을 망친다고 여긴다. 그러나 점잖게 제자리를 지키며 기회가 굴러들어오기만을 기다리는 사람보다는 나대는 사람들이 얻는 게 많다. 묵묵히 음지에서 실력을 키운 끝에 드디어 세상의 빛을 본 줄로만 알았던 알파맨들도 알고 보니

원하는 일, 관심 있는 일이 있으면 그것과 관계있는 상황에서는 누구나 당신을 목격하게 만들라. 20대는 일단 나대야 한다. 20대는 나댈 것인가 그러지 않을 것인가를 정하는 때가 아니라, 어떤 스타일로 나댈 것인가를 정해야 하는 시기다.

다들 결정적일 때 생각 외로 나댄 경험이 있었다. 어떤 이는 교육기관의 운영 과정을 알고 싶어서 결혼도 안 한 청년이면서 학부형들 틈에 끼어 초등학교 운영위원으로 일했고, 또 다른 이는 길에서 명문대 로고가 새겨진 점퍼를 입은 사람들에게 무작정 말을 걸어 공부법을 물어보기도 했다. 그들은 모두 '나대는 남자' 하면 떠올리는 경망한 이미지와는 거리가 먼, 점잖고 말수 적은 이들이었다. 어찌 보면 그들은 조용한 홍길동과 같다. 달리는 모습은 보이지 않는데 정적인 모습 그대로 동에 번쩍, 서에 번쩍 한다. 남의 입에 오르내리지는 않는데 어디서나 눈에 띈다.

벌써부터 허무주의에 경도된 철학자가 되어 또래들의 서투른 열정을 비웃는 20대 청년들이 자주 보인다. 그런 마음 그대로라면 누구도 그들을 도울 수 없다. 어떤 자리에 머물기를 선택하든 온전히 자리를 잡으려면 자신의 한계까지는 나대야 한다는 걸, 그게 촌스러운 일이 아니라는 걸 그들이 빨리 깨닫기를 바랄 뿐이다.

세상사에 시달리는 많은 이들이 마음의 안식처로 삼는 노자가 말한 무위(無爲)조차 글자 그대로 '아무것도 안 하는 것'이 아니라 '억지로 하지 않는 것'을 뜻한다. 뭘 억지로 하지 않고도 좋은 쪽으로 되게 하려면 그 경지에 오르기까지 얼마나 노력하고 나대야 하겠는가. 훗날 노자를 교조로 삼은 도교의 도인들 역시 산천을 헤매고 신선을 찾아다니며 무진장 나댔다. 그렇게 수십 수백 년을 나대야, 앉은자리에서 천 리를 내다보고 구름을 타고 다니는 경지에 오를 수 있다고 믿었다.

원하는 일, 관심 있는 일이 있으면 그것과 관계있는 상황에서는 누구나 당신을 목격하게 만들라. 20대는 일단 나대야 한다. 20대는 나댈 것인가 그러지 않을 것인가를 정하는 때가 아니라, 어떤 스타일로 나댈 것인가를 정해야 하는 시기다.

"신입사원입니다,
사회생활을 잘하려면
어떻게 해야 하나요?"

고등학생들의 장래희망이 '대학생'이듯, 취업 준비생들의 당장의 꿈은 '회사원'이다. 그러나 막상 취업을 하고 나면 첫 출근부터 그동안 연마해 온 외국어 실력이나 자격증, 특이 경험 이력들이 새하얗게 증발하는 것이 느껴진다. 그리고 유경험자들을 붙들고 비슷한 질문들을 한다.

"대체 사회생활 잘하려면 어떻게 해야 하는 거예요?"

20대들의 환상과 달리 기업 입장에서 신입사원이란 '경직된 조직에 신선한 아이디어와 활기를 불어넣어줄 젊은 피'가 아니다. 몇 년 후 제대로 일을 할 수 있는 인재를 얻기 위한 투자의 대상일 뿐이다. 그동안 쏟아부은 신입사원의 교육과 노력이 회사의 실질적인 이익으로 환원되는 데 꽤 시간이 걸린다는 말이다. 조직이 아직은 능력이 있고 없고를 논할 대상도 못 되는 신입사원을 평가하는 기준은 '태도'와 '센스'다. 이 두 가지를 잘 조화시켜야 '사회생활을 잘하는 것'이다. 자기 일만 잘하면 인정받을 줄 알고, 또 그것이 합리적이라고만 알고 있던 20대들은 직업 세계에 뛰어들고 나서야 이 '사회생활'이 곧 능력임을 깨닫게 된다.

"사회 초년생들이 어떻게 하면 사회생활을 잘할 수 있느냐"는 질문에 알파맨들은 '태도'와 '센스'에 대해 저마다의 의견을 피력했다. 종합해 보면, 태도는 각자의 마음가짐과 배움으로 갖출 수 있고 센스는 어느 정도 타고나야 발휘될 수 있지만, 태도만 좋아도 센스가 부족한 것은 어느 정도 용납된다는 것이다.

"센스가 없는 사람은 경험이 반복되면 부족한 부분이 충족되는 경우가 많아요. 하지만 처음부터 태도가 엉망인 사람은 시간이 지나도 발전이 없더라고요. 능력이요? 아무리 똑똑한 친구라도 태도가 좋지 않으면 팀 단위로 이루어지는 프로젝트에서 방해만 돼요."

대기업 부장인 M의 말이다. 이런 충고를 수직적인 한국식 조직의 정점에 선 꼰대들이 하는 잔소리로만 꼬아 들어서는 곤란하다. 상대적으로 수평적인 외국 기업에서도 태도를 중요시하는 것은 마찬가지라고 한다. 미국 현지 기업에서 일해 본 경험이 있는 H는 수년에 걸친 자신의 목격담을 들려주었다.

"아이비리그 명문대를 나온 사람이 새로 들어왔는데 외국어도 몇 개씩 하고 정말 똑똑한 사람이었어요. 근데 자부심이 어찌나 강한지

복사를 하거나 팩스를 보내는 일을 안 하려고 하더라고요. 자기는 이런 잡무나 하려고 입사한 게 아니라면서. 비슷한 일로 팀원들하고 사사건건 부딪혔는데 결국 그 사람을 제치고 승진하는 사람들은 능력이 좀 못해도 사람들하고 잘 어울리면서 태도가 좋은 사람들이더라고요. 겉으로는 아무리 성과주의, 합리주의라도 깊이 들어가보면 여기나 거기나 똑같아요."

그렇다면 그 중요하다는 '사회생활의 태도'는 어떻게 하면 길러지는 것일까? 원칙적으로 말하자면 '경험'이 정답이다. 선배들이 하는 것을 유심히 보고 습관으로 들이는 것이다. 그러나 그럴 시간이 없는 초보들이 경험적인 이해 없이 일단 하면 되는 기본적인 사항들은 다음과 같다.

첫 번째, 절대로 지각하지 말 것. 사회 초년생들은 폭우나 폭설 때문에 대중교통이 마비됐다는 뉴스를 보면 '이런 날은 다들 늦겠지'라고 생각하고 마음을 느슨히 먹기 마련이다. 그러나 한국의 직장인들은 정말 대단해서 웬만한 천재지변이 아니면 평소보다 세 시간 일찍 출발해서라도 정시에 자기 자리에 앉아 있는 경우가 대부분이다. 그들은 "폭설 때문에 버스가 꼼짝도 하지 않아 중간에 뛰쳐 내려 지하철로 갈아탔는데 지하철마저 연착해서 늦고 말았다"는 말의 진정성에 충분히 공감하면서도 내심 지각을 피할 수도 있었을 후배에게 아쉬움을 느낀다. 새벽 3시까지 이어진 회식 다음 날 퀭한 얼굴로 지각을 한 후배에게도 비슷한 감정이다. 하물며 차가 막혔다든지, 배탈이 났다든지, 어머니가 편찮으셨다든지 등의 각종 이유로 지각이 반복된다면 그 신입사원에 대한 조직의 평가는 무조건 마이너스다. 아무리 다른 일을 잘해도 결코 상쇄할 수 없는 불신을 지고 회사 생활을 하는 셈이다. 어떤 조직에서든 출근 시간을 지키는 것은 기본 중의 기본이라고 여기기 때문이다. 그걸 누가 모를까 싶겠지만 학창 시절의 습관을 고치지 못하고 종종 지각하는 이들이 적지 않다. 지각은 단 한 번이라도 절대로 안 된다는 생각으로 사회생활을 시작하라.

두 번째, 인사를 잘하면 반은 성공한다. 아직 그 조직의 분위기도 파악하지 못한 신입이 무얼 잘해보겠다고 애써보았자 선배들의 눈에 들기는 힘들다(사실 눈에 들어 사랑을 너무 받아도 곤란한 일이 많아진다. 적어도 조직 안에서는 지나치게 도드라지지 않는 게 미덕이다). 신입일 때는 서글서글하게 인사만 잘해도 충분히 좋은 점수를 받을 수 있다. 누가 누구인지 안면 인식이 안 되고, 인사를 해도 되는 상황인지 구분이 안 되더라도 쭈뼛거리지 말고 일단 인사를 하라. 그러면 사람들은 당신이 사회생활에 대한 기본적인 자세와 호의를 갖추고 있다고 생각할 것이다.

세 번째, 입을 무겁게 하라. 사회 초년생들이 가장 많이 하는 실수가 회사 안에서 만나는 사람들과의 관계를 이제까지의 사적인 관계와 같은 것으로 혼동하는 일이다. 회사에서 억울하게 부장에게 혼이 난 당신은 30분째 하소연을 들어주고 있는 친절한 사수에게 형제애를 느끼게 될지도 모른다. 그러나 사수는 속으로 '내가 왜 이런 투정까지 받아줘야 하지? 프로 의식도 없는 놈!'이라고 점수를 깎고 있을 가능성이 크다. 뒷담화가 오가는 현장에서 몇 마디 보탰다가 당사자에게 봉변을 당할 수도 있고, 개인적인 이야기를 했다가 그게 약점이 되어 누군가에게 악용될 수도 있으며, 이 모든 것이 경력에 영향을 미칠 수도 있는 곳이 조직이다. 무엇보다 회사 같은 조직은 기본적으로 입이 무거운 사람을 좋아한다. 일단은 입이 무거워야 믿을 만하다고 생각하기 때문이다.

조언을 해준 알파맨들은 출근 첫날 막막한 신입사원들이 이 세 가지만 염두에 두어도 조직 적응 전까지 크게 문제는 없을 거라고 말한다. 그러나 그들이 안타까움으로 덧붙인 조언이 하나 더 있다. 결국 사회생활을 잘하는 것은 조직에서의 일상에 최선을 다하는 것이며, 이 시기에 일과 사생활 간의 균형을 잡으려고 너무 애쓰지 말라는 것이다.

❖

일과 사생활의 균형이란 일과 인생에 노련하기 짝이 없는 40대 알파맨들에게도 난제 중 난제였다. 그들도 각자의 철학으로 겨우 균형점을 찾아냈는데, 이제 막 사회생활을 시작한 20대들이 일과 삶의 균형을 맞추기란 불가능에 가깝다는 것이다.

뭘 잘 모를 때에는 차라리 일을 중심에 두고 최선을 다하는 게 낫다. 일을 할 때 지나친 일인지 아닌지 일일이 고민하고 판단하는 것이 실은 가장 어렵다. 할 수 있는 한 최선을 다하는 편이 차라리 쉽다. 균형의 추를 일에 기울게 맞추고 살다가 차차 개인적 삶의 영역으로 옮겨야 한다. 20대 사회 초년생 시절에 어설프게 균형을 맞추려다가는 일도 삶도 잃는 수가 있다.

신입사원 시절에는 자신의 에너지를 절약해 보려고 머리 쓰지 말라. 대단한 고속 승진이나 드라마틱한 성공 신화 같은 것을 위해서가 아니라도, 인생 2라운드 초반에 인생의 가치를 찾기 위해서는 그런 자세가 필수다. 나중에 경쟁 구도에서 벗어나 진정한 삶을 찾았다는 이들도 한때는 다 그렇게 살았던 이들이다. 한 번도 숨차게 뛰어본 적이 없는 사람은 여유롭게 걷는 것의 가치를 알 수 없다. 20대, 초보 시절은 일단 뛰어야 한다.

왜 회사는 아부만 잘하고
능력 없는 상사를 해고하지 않을까?

막 사회생활을 시작하는 청춘들을 혼란에 빠뜨리는 것 중 하나가 '무능한 상사'다. 일을 합리적으로 잘하는 것도 아니고 인격이 훌륭해 부하 직원들을 잘 관리하는 것도 아닌데 그 많은 연봉을 받으면서 자리를 보전하고 있는 게 이해되지 않는다. 그가 잘하는 것이라고는 윗사람에 대한 아부뿐인 것 같은데, 왜 회사는 그를 내버려두면서 막대한 돈을 낭비하는 것인지! 회사 생활에 회의를 느끼기 시작하면서 신입들은 조금씩 의욕을 잃는다.

"열심히 일해서 뭐해? 아무도 알아주지 않는걸. 아부와 권모술수로 윗사람에게 잘 보이기만 하면 탄탄대로일 텐데."

이런 결론에 이르면 일이 참 허망한 생업으로 전락하고 만다. "단지 급료에 얽매여 일하는 사람만큼 불쌍한 사람도 없다"고 한 카네기의 말대로 월급 말고는 아무런 존중감을 느끼지 못하는 회사를 다니다 보면 그만큼 삶의 질도 추락한다.

그러나 조직은 눈에 보이는 것보다는 훨씬 영리하다. 그곳이 당신의 이해력 밖에 존재하는 다른 종류의 합리성으로 돌아간다는 사실을 알면 훨씬 마음 편하게 그 일원으로 일할 수 있을 것이다.

❖

고등학교 시절, 60명이 바글대는 교실에서 수업을 받을 때 뒤쪽 자리에 앉아 몰래 라디오를 듣거나 간식거리를 먹는 친구들이 있었다. 나 역시 느슨한 선생님의 수업 시간에는 교과서를 엄폐물로 세워놓고 턱을 손으로 받친 채 졸곤 했다. 그땐 우리가 선생님들을 재주껏 잘 속여 넘겼다고 생각했다.

수십 년이 흘러 내가 강단에 서게 되면서, 그때 선생님들이 진짜로 속았던 것이 아니었음을 알게 되었다. 혼자서 수백 명을 마주하고 있어도 강단에서 말을 하다 보면 청중 하나하나가 얼마나 잘 보이는지 모른다. 세 번째 줄에서 폰으로 메시지를 보내고 있는 사람, 첫 번째 줄에서 눈을 부릅뜨고 졸음과 사투를 벌이고 있는 사람, 중앙에서 메모를 하는 사람, 맨 뒤에서 같이 온 친구와 잡담을 하는 사람……. 일 대 다수의 관계라고 해서 그 모든 것들을 보지 못하거나 모른다고 생각한 건 어린 시절의 내 착각이었다. 선생님들은 몰랐던 게 아니라 못 본 척한 것일 뿐이었다.

사업체를 경영하거나 조직의 상층부에서 일하고 있는 알파맨들이 부하 직원을 바라보는 시각도 이와 비슷하다.

"한창 일을 하다가 물이라도 마시려고 일어나면 순간 사무실 안이 한눈에 들어오거든요. 각자 파티션이 쳐진 자기 자리에 파묻혀 머리 꼭지만 겨우 내놓고 일을 하는데, 신기하게도 누가 열심히 일을 하는지, 딴짓을 하고 있는지 다 보이더라고요. 여우처럼 상사 앞에서만 일하는 척하는 동료들 때문에 분통 터지지 마세요. 모르는 척해도 다 알아요."

중소기업을 경영하고 있는 S의 말이다.

그렇게 다 아는 경영진들이 당신 눈에는 무능하고 아부만 하는 것으로 보이는 상사들에게 헛돈을 쓰는 이유는 그들에게 당신은 이해하지 못하는 쓸모가 있기 때문이다.

요즘 기업들이 혁신이나 창의력 같은 구호를 외치고 있지만, 그들이 추구하는 절대 변하지 않는 최고 가치는 사실 '생존'이다. 회사가 생존하는 데 가장 필수적인 인재는 능력보다는 충성스러운 사람이다. 경영을 해본 알파맨들은 대개 유능한 사람과 일했다가 배신당해서 큰 곤혹을 치른 경험을 한두 번씩은 갖고 있었다. 그런 경험을 하고 나면 무조건 '믿을 만한 사람'이 최고의 인재라는 것을 깨닫게 된다고 한다. 당신 눈에는 무능하고 아부만 잘하는 상사이지만, 다른 시각으로 보면 조직의 경영 철학을 대변하고 조직의 안정성을 수호하는 역할을 하고 있을 수도 있다는 말이다. 일본전산이라는 회사가 따로 스펙을 보지 않고 '밥 빨리 먹기'나 '목소리 큰 순서'로 직원들을 뽑고도 불황기에 독야청청 열 배 성장을 이룬 것을 보면, 기업은 똑똑하기보다는 충성스러운 인재를 더 필요로 한다는 주장이 일리 있어 보인다.

또한 경험이 부족한 당신이 영어나 컴퓨터 활용 능력 같은 스펙을 갖추지 못한 상사의 관리 능력을 제대로 평가하지 못하고 있을 가능성도 적지 않다. 입사 후 몇 년 동안 일을 경험하고 나서 비로소 상사의 능력을 다시 평가하는 이들이 많은 걸 보면 말이다.

이런저런 이유로 일단 조직에 몸을 담고 일을 하기로 결정했다면 조직의 경직성과 비합리성에 불만을 품기보다는 그들의 경영 철학에 동의하고 함께 간다고 생각하는 편이 마음 편하다. 그럴 수 없다면 그럴 수 있는 조직으로 가는 것이 효율성이나 도덕성 면에서 더 낫다.

중견 기업 간부인 T는 동기들 중 가장 능력이 떨어지는 자신만 임원으로 살아남았다고 이야기했다. 그가 다니는 회사는 동종 업계에서 비교적 연봉이 떨어지는 회사였지만, 회사의 문화가 마음에 들고 일하기가 편했다. 그러다 입사 몇 년 후부터 회사에서 야심차게 추진하던 프로젝트에 투입된 자신의 팀에서 이탈자가 속출하기 시작했다. 프로젝트가 길어지고 일이 힘들어지자 팀의 실력자들이 더 많은 연봉을 주는 곳으로 이직했던 것이다. T는 회사를 옮길 생각이 없었기 때문에 변함없이 자기 자리를 지켰다. 이런 일이 10년 넘게 몇 번 반복되자, 어느 순간 임원으로 승진해 있더라는 것이다. 결과적으로 더 높은 연봉에 이끌려 자리를 박차고 나간 동기들은 애매한 위치에서 일하고 있다고 한다.

　조직은 충성도를 검증받지 못한 인재는 '사용'은 하되 가까이 오래 두려고 하지 않는다. 그들이 그토록 중요시하는 충성도는 사생활을 다 포기하고 일만 하거나 회사를 신처럼 떠받드는 것을 뜻하지 않는다. 자신들이 내세우는 가치에 동의하고 배신 없이 따라온다는 믿음을 주는 것을 말한다. 그리고 이를 연기하기보다는 진심을 품는 것이 더 편하다.

　조선 초, 두 명의 왕을 섬긴 유명한 가신들이 있었다. 태조 이성계의 사람이었던 정도전과 태종 이방원의 사람이었던 하륜이 그들이다. 정도전은 향후 500여 년간 존재할 조선이라는 나라를 설계한 사람이었다. 누가 왕이 되든 나라가 잘 돌아갈 수 있는 완벽한 국가 시스템을 만드는 꿈을 가진 천재였다. 하륜은 충직하고 온화한 성품의 문신으로, 이후 왕권 강화에 공헌했다. 모두 격동의 시대에 자신이 섬기는 사람을 왕으로 만들었지만, 정도전은 사실상 태조에게 버림받고 일찍 죽음을 맞았고 하륜은 끝까지 태종의 사랑을 받으며 천수를 누렸다. 두 사람의 운명을 가른 차이는 따지고 보면 조직의 일원으로서 적합한 사람인가, 그렇지 못한가 여부였다. 적을 많이 만드는 성격에 혁명가 기질을 가진 정도전은 조직의 일원이 되기보다는 왕이 되어야 할 사람이었고, 태조가 그에 위협을 느낀 것이었다.

앞으로 사회라는 곳에 발을 내디디려면 자신이 정도전에 가까운 사람인지, 아니면 하륜과 비슷한 사람인지 판단해야 할 것이다. 애플을 창업한 스티브 잡스는 창의적인 기업가이기는 했지만 좋은 회사원은 아니었다. 그는 조직 안에서 그 일원이 되면 정도전처럼 숙청의 대상이 되기 좋은 성향을 가졌고, 실제로 자기가 창업한 회사에서 쫓겨난 아픈 경험도 있었다.

당신이 정도전 쪽이라면 조직의 얌전한 일원이 되기보다는 자신의 끼를 마음껏 펼칠 수 있는 길을 찾아야 할 것이고, 하륜 쪽이라면 이왕 몸담기로 한 조직이니, 그 성격을 이해하고 호감을 품는 쪽으로 노력을 기울이는 게 좋을 것이다. 그 노력이야말로 '좋은 게 좋은 것'이라는 비겁한 논리와는 다른, 당신만의 인생철학과 직업윤리의 시작이다.

"사회가 정말
창의력을 원하는 게 맞나요?"

기업인들을 만나면 꼭 묻고 싶은 게 있었다. 새로운 시대에 창의적인 인재가 필요하다고 그렇게 외치면서 왜 주입식 교육에 성공적으로 적응한 사람만 뽑고, 젊은 사원들이 자유로운 사고를 펼칠 수 있는 기회를 주지 않느냐고. 그들의 대답은 저마다 달랐으나 "현실적으로는 적용하기 힘든 부분이 많다"거나, "그래도 새로운 시도들을 많이 하고 있어서 예전과 달라졌다"는 등 틀렸다고도, 만족스럽다고도 할 수 없는 것뿐이었다. 그렇게 그들의 이야기를 듣다가 문득 아주 중요한 사실을 깨달았다. 사회와 기업에서 외치는 창의성과 우리가 알고 있는 창의성이 실은 아주 다르다는 것이다.

유명한 영화감독이자 제작자인 스티븐 스필버그는 고달픈 학창 시절을 보냈다. 몸이 작고 약한 데다가 유태인이었기 때문에 심술궂은 아이들의 표적이 되었던 것이다. 괴롭힘을 견디다 못한 그는 상황을 타계할 방법을 생각해 냈다. 자신을 가장 괴롭히던 덩치 큰 남자아이에게 한 가지 제안을 한 것이다.

"내가 영화를 찍을 거거든. 영웅이 등장하는 액션 영화지. 네가 주인공 역을 맡아줄래?"

한창 겉멋이 중요한 나이였으니 영화의 주인공으로 만들어준다는 데 거절할 이유가 없었다. 학교 폭력의 가해자와 피해자 관계였던 아이들은 곧 배우와 감독으로 입장이 바뀌었고 그 이후에는 친구가 되었다.

사회가 진짜 원하는 창의력은 스필버그의 빛나는 영화적 아이디어가 아니라 이 일화에서처럼 자신의 장점을 이용해 곤경을 벗어난 기지다. 다시 말해서 무에서 유를 창조하는 천재성이 아니라 '문제 해결 능력'이 곧 사회나 기업이 말하는 창의력의 정체인 것이다. 실제로 스필버그는 진짜 창의성과 문제 해결 능력을 동시에 갖고 있는 사람이었기에 영화감독과 제작자로서 전설적인 성공을 이룰 수 있었다. 그런데 나를 비롯한 많은 이들은 서로 다른 가치를 같은 것으로 오해하며 혼란을 느끼고 있었던 것이다.

❖

'진짜 창의력'으로 따지자면 인류사에 레오나르도 다빈치만 한 사람이 없다. 그는 인류가 존재했던 이래 가장 아이큐가 높았을 것이라고 추측되며, 오늘날의 기준으로 20여 개의 박사 학위를 소유한 것에 맞먹는 각종 전문 지식을 갖추고 있었다. 〈모나리자〉를 그린 그는 새로운 원근 표현법을 고안한 예술가였으며, 사람들이 상상조차 하지 못하던 시대에 오늘날의 중장비나 비행 장비와 닮은 기구를 설계했던 위대한 과학자이기도 했다. 심지어 요리에도 정통했다. 오늘날 흔하게 접하는 스파게티와 포크, 포도주 병, 코르크 마개와 따개 등을 레오나르도 다빈치가 발명했다는 사실을 아는 사람은 많지 않다. 그런 천재 중의 천재 레오나르도 다빈치도 생전에는 그리 인정을 받지 못했다. 동시대의 미켈란젤로가 메디치가의 파격적인 후원을 받으며 위대한 예술가로 추앙받았던 것과 대조적이었다. 당시 메디치의 수장이었던 로렌초는 너무나 천재적이어서 머릿속의 이상을 도무지 그림으로 완성해 내지 못했던 그를 쓸모없는 인간이라며 못마땅해했다. 적어도 그 시대의 세상은 그를 창의적인 사람이라고 여기지 않았다. 그에게는 세상이 내준 숙제를 풀 수 있는 '문제 해결 능력'이 없기 때문이었다.

대학 시절에 과자 회사에서 모니터 요원 아르바이트를 한 적이 있다. 신제품을 맛보고 평가하는 일은 재미있었지만, 동네 슈퍼마켓을 돌며 그 회사 제품이 얼마나 진열되어 있나 조사하고 체크하는 일은 고역이었다. 문전박대를 당할 때도 있었고, 일을 하는 동안 성가셔하는 주인의 눈초리를 견뎌야 했다. 나중에는 작은 물건이라도 사며 미안함을 덜기도 했다.

그런데 이후 이 일을 거쳐 간 한 후배는 나보다 몇 수 위였다. 자비로 그 과자 회사의 로고를 넣어 명함을 만들었던 것이다. 슈퍼마켓에 들어서며 인사를 꾸벅 하고는 '○○제과 모니터 요원 ○○○'이라고 쓰인 명함을 당당하게 내밀었고, 주인들은 별다른 설명을 늘어놓지 않아도 큰 거부감 없이 그에게 협조했다. 어물쩍 가게에 얼굴을 들이밀며 진열된 물건을 봐야 하는 이유를 횡설수설 말하던 나 같은 아르바이트생에 비해 신뢰를 느꼈을 것은 당연한 일이다. 누구나 생각할 수 있는 쉬운 방법이지만, 자신의 일에서 막힌 부분을 뚫을 방법을 찾는 능력이 바로 세상 사람들이 '같이 일하고 싶은 사람이 가졌으면 하는' 창의력인 것이다. 오늘날 입사 시험을 본다면 스파게티를 발명했던 20대의 레오나르도 다빈치가 아니라 명함을 아르바이트에 활용할 줄 알았던 그 후배가 식품 회사에 합격하고 인정받을 가능성이 더 크다.

경영학의 아버지 피터 드러커가 "지식 노동자에게 중요한 것은 능률이 아니라 목표 달성 능력이다"라고 했듯이, 인생과 사회는 결국 성과를 원한다. 꼭 대단하고 자랑할 만한 성과일 필요는 없지만 소시민의 일상에서도 가치를 결과로 환원하는 능력은 꼭 필요하다. 당신이 세상으로부터 창의력을 인정받고 싶다면 문제 해결 능력을 기르는 연습을 해야 한다. 살면서 문제에 부딪혔을 때 주변에 의지하지 않고 스스로 방법을 생각해 보는 일을 거듭하다 보면 분명히 그 힘은 길러진다.

사소한 문제조차 해결하지 못하고 내버려두는 습관을 가진 사람들이 자주 보인다. 문제를 해결하기 위해 어느 정도는 자신의 욕구를 희생해야 하지만, 그러기가 싫은 것이다. 내버려두다 보면 문제가 저절로 가라앉거나 해결되기도 하는데, 그들은 이를 기다린다. 이런 사람들은 당장 큰일은 벌어지지 않더라도 점점 질이 낮아지는 삶을 살게 된다. 아무리 사소한 일이라도 자신에게 일어난 일이라면 기본적으로 '내가 해결해야 하는 일'이라고 생각할 줄 알아야 한다.

　만약 당신이 예술이나 과학 같은 분야에서 순수한 의미의 창의력을 가진 사람이고 이를 인정받고 싶다면, 세상이 나를 알아주지 않는다고 원망만 하지 말고 세상과 당신을 단절시키고 있는 벽을 허물 수 있도록 창의력을 쏟아보아야 한다. 레오나르도 다빈치가 미켈란젤로처럼 조금만 융통성을 발휘해서 후견인의 입맛에 맞는 성화라도 몇 점 완성했다면 그의 창의력은 훨씬 실질적으로 인류에 기여했을지도 모른다. 사실 그는 천재성에 비해 후손들에게 남긴 결과물이 너무 없다.

　앞으로 살면서 당신에게 필요할 창의력은 골방이 아닌 거리에서 나온다. 백일몽과 불만 가득한 혼자만의 영역에서의 갈등을 끝내고 새로운 환경에서 문제를 해결하는 법을 연습해야 한다.

쓸데없어 보이는
일을 배워보기

　　도무지 실마리가 풀리지 않는 연쇄살인 사건의 단서를 찾
아 현장에 온 수사관은 피해자의 유품을 뒤지다가 음반을 발견한다.
음반을 재생시켜 본 수사관은 그 뮤지션의 이력을 떠올리다가 사건
간의 연관성을 찾게 되는데…….

　얼마 전에 본 수사물의 한 장면이다. 추리소설이나 형사물에 조금
이라도 관심 있다 싶은 이들이라면 기시감이 들 것이다. 이런 이야기
의 수사관들은 뒷골목 세계뿐 아니라 생활과 문화 전반에 대해 해박
한 지식을 갖고 있어서 사건 해결에 결정적으로 기여한다. 문화적 감
성까지 갖춘 형사는 극에서 중심인물이고, 무식하게 사건을 사건 그
대로만 보는 동료는 주변 인물에 머문다. 이제까지는 그것을 이야기

를 다채롭게 포장하기 위한 겉멋으로만 여겼는데, 이런 구조가 현실 세계에도 적용되고 있다는 사실을 깨달았다.

인터뷰에 응한 알파맨들의 상당수는 오래전부터 자신의 부족한 문화 감성을 보충하기 위해 다양한 노력을 기울이고 있었다. 스터디 그룹을 만들어 인문학을 파고들기도 하고, 공연을 관람하기도 하며, 때로는 각자의 인맥을 통해 초청한 문화 인사들과 즉석 강연회를 열기도 했다. 악기를 배워 아마추어 실내악단을 결성하는 이들도 있었고, 밴드 활동을 하는 사람도 있었다. 동종 업계 지인들과 해외 미술관 투어를 기획하는 사람도 보았다.

바쁜 사람들이 무엇 때문에 뒤늦게나마 시간과 노력을 투자해 문화에 대한 지식과 감성을 쌓으려고 애쓰는 것일까? 속내를 모르는 사람들은 이제 어느 정도 성공했으니 교양인의 면모까지 갖출 욕심이 생기나 보다 할 수도 있겠지만, 그들이 그러는 데에는 이유가 있었다. 세상의 변화에 예민한 그들은 자기 분야만 들이파서는 머지않아 한계가 오리라 예감한 것이다.

대기업 임원인 K는 이렇게 말한다.

"우리나라 기업 문화가 경직되어 있다고 하지만, 요즘 같은 때에 시대의 감성을 읽지 못하면 틀림없이 도태됩니다. 어떤 일이든 결국 문화와 결합이 되어 있어요. 문화 감성은 회사에서 일 잘할 때만 필요한 게 아니더라고요. 개인의 삶의 질에도 연관되어 있어요. 그런 식견과 감성이 없는 사람들은 은퇴 후 노후가 암담하죠."

대기업처럼 큰 조직에서 직급이 높은 이들은 엄청난 권위를 가지고 신처럼 떠받들린다. 그런 이들이 50대라는 젊은 나이에 무방비로 은퇴하면 치킨집을 창업하거나 아파트 경비원이 되는 것이 이번에 취재를 하면서 확인한 쓸쓸한 현실이었다.

그래도 가능성을 발견한 것은 젊어서부터 사진에 심취했다가 은퇴 후 아마추어 사진작가로 활동하며 동년배들과는 다른 인생을 살고 있는 전 대기업 임원의 사례를 접했을 때였다. 문화적 감수성이 있는 사람들은 직업, 고용 불안정, 정년이라는 틀에 얽매이지 않고 자기만의 길을 찾아내고 있었다.

오랜 시간 메말라 있던 문화 감수성을 찾아내려 애쓰는 알파맨들은 후배들에게 당부한다. 지금 쓸데없어 보이는 것들을 많이 배우라고. 악기, 그림, 춤…… 무엇이든지 좋다. 20대는 다양한 문화에 대해 흡수성이 가장 좋으면서도 배움에 사치를 부릴 수 있는 유일한 시기다. 인생에서 가장 바쁜 시기인 30~40대는 열외로 하더라도 은퇴 후 한가할 때부터 시작하면 되지 않겠냐고 생각할 수도 있겠지만, 40대 후반부터는 전두엽의 노화가 시작된다. 우리가 알고 있는 '노인의 고집'의 원흉인 전두엽의 노화는 새로운 사고를 받아들이거나 새로운 것을 배우는 능력을 떨어뜨린다. 나이 들어서도 뭔가를 잘 배우는 사람은 젊은 시절부터 끊임없이 새로운 자극을 받아들여 전두엽 노화가 늦춰진 사람이다. 결국 젊은 시절에 쌓아놓은 문화적 감성이 죽을 때까지 삶의 질을 결정하는 것이다. 데이트가 아니면 영화 한 편 찾아보지 않는 사막과 같은 감수성을 가진 남자들은 미래가 위험하다.

먼 미래를 보지 않더라도 20대에 저축해 놓은 문화 감수성은 당장 닥칠 삶에도 영향을 미친다. 펀드 매니저 S는 수십억 매출을 올려주는 고객들에게 유명 공연 티켓을 선물한다. 각각의 성향을 파악해서 좋아할 만한 것으로 골라 부부 동반으로 예매해 주는데, 언제나 부인 쪽이 더 열광해서 반응이 아주 좋다고 한다. 문화 감수성이 없다면 적용하기 어려운 영업 비법이다.

무엇보다 문화 감수성은 삭막한 생업에서 숨 쉴 여지를 준다. 고등학교 때까지 첼로를 배우다가 재능이 없다는 걸 깨닫고 지금은 유능한 마케터가 되어 있는 B는 틈만 나면 첼로를 켜며 휴식을 취한다.

"한창 배울 때는 첼로가 지긋지긋했는데 지금은 제 생애의 축복인 것 같아요. 제가 표현력이 없어서 뭐라 말해야 할지는 모르겠지만 뭐랄까, 이게 저한테는 힐링이에요. 누구든 악기 하나는 꼭 배우라고 권하고 싶어요."

더구나 평생 세 개 정도의 직업을 갖게 된다는 요즘 20대에게 문화적 소양을 쌓는 일은 사치가 아니라 생존의 문제일지도 모른다.

3장

실천하는 남자가 아름답다

일단,
행동!

복학 전까지 몇 개월의 시간을 어떻게 보낼까 생각 중이라는 남학생이 있었다. 나는 그에게 별다른 계획이 없으면 작정하고 동서양 철학사를 제대로 읽어보라고 권했다. 그게 남은 평생을 통해 조금씩 해답을 줄 것이고, 지금이 아니면 그럴 시간이 없을 거라고. 당시 그는 제대 후 복학을 준비하며 아르바이트를 하고 있었다.

말은 그렇게 했지만, 솔직히 그가 금 같은 청춘의 공백기에 철학서나 통독하며 보낼 거라고 기대하지는 않았다. 나도 여러 경험을 하고 오랜 시간 돌고 돌아 겨우 깨달은 일을 어린 그가 어떻게 공감하고 행동으로 옮기겠나 싶었다. 그런데 다음에 만나보니, 그는 정말로 실천하고 있었다. 아르바이트비 받은 것으로 전집을 사서 거의 반이나 읽었다는 그의 말을 듣고 정작 내가 할 말을 잃었다.

예전의 나는 '눈이 빛난다'라는 말을 단지 크고 예쁜 눈, 혹은 진지하거나 호감 가는 표정에 대한 문학적인 표현으로 알았다. 그런데 사람들을 두루 만나다 보니 어떤 젊은이들은 정말로 글자 그대로 반짝반짝 빛나는 눈을 하고 있었다. 그런 이들은 대개 남이 하는 말을 호기심을 갖고 듣고, 관심이 생기면 실천에 옮기는 공통점이 있었다. 당연한 말일 수도 있지만, 그런 이들을 몇 년 후에 보면 의미 있는 위치에 서 있는 경우가 많았다.

니체가 "그 어느 시대보다 행위를 중요시하는 야만적인 시대"라고 개탄했을 때보다 더한 세상을 사는 당신은 지금도 신중할까, 행동할까를 고민할 것이다. 그에 대해서는 비교적 명확한 답이 존재한다. '적어도 20대에는 신중함보다는 행동이다'라는 것이다. 잘못된 길로 움직이다가 젊음을 낭비할까 봐 걱정하는 이들의 상당수는 행동에 옮길 때 따르는 스트레스를 감당하기 싫어서 시간을 끄는 것을 신중함으로 착각한다. 20대에는 무언가 판단을 할 수 있는 경험적 근거가 없기 때문에, 생각한다는 핑계로 걱정만 하기보다는 움직이면서 근거를 찾아야 한다. 그게 그 나이에 할 수 있는 최선의 신중함이다.

작은 생각이라도 움직이고 실천하면서 현실화하는 것을 몸에 익힌 사람들은 그렇지 않은 사람들과 전혀 다른 삶을 누리게 된다. 내가 취재를 위해 알파맨들을 만나면서 나중에야 새삼 발견한 공통점 하나가 있다. 그들 중에는 오래전부터 알고 지낸 이들도 있고, 소개를 받거나 내 쪽의 요청으로 처음 만난 이들도 있지만, 어쨌든 그들의 입에서 '~해야 하는데……'라는 말을 들어본 적이 거의 없다는 것이다. 인사말로 "우리 밥 한번 먹어야 하는데……"라고 말하지 않고, "식사 한번 하시죠"라며 그 자리에서 시간을 맞춘다. 이번 인터뷰에서 "운동을 하시나요?"라는 질문을 했는데, 운동에 관해서라면 가장 많이 나오기 마련인 "운동을 좀 해야 하는데……"라는 답이 없었다. 운동을 하고 있지 않은 이들은 "운동은 따로 안 하고 있어요" 하고 평서형 완결문으로 말했을 뿐이다. 무엇이건 해야 한다고 여기는 일이라면 그때그때 실천하며 살아온 그들은 말줄임표 속에 무한한 변명을 집어넣을 수 있는 '~해야 하는데……'의 어법이 오히려 익숙하지 않은 것이다.

다이어트 중 몸이 저항하는 작용 가운데 '가짜 피로'라는 것이 있다고 한다. 다이어트를 시작하면 몸이 지방을 빼앗기는 것을 두려워해서 실제로 있지도 않은 피로를 느끼게 해 운동을 하지 못하게 한다는 것이다. 진짜 피로와 가짜 피로를 구분하는 방법은 단 하나, 그 피로감을 이겨내고 슬슬 몸을 움직여보는 것이다. 가짜 피로는 막상 운동을 시작하면 거짓말처럼 사라진다.

지금 움직이고 행동하기를 거부하는 당신은 어쩌면 가짜 피로에 빠진 것일지도 모른다. 지금 좀 더 생각하라고, 좀 더 신중하라고 하는 마음속 울림은 어쩌면 생명을 이어나가는 데 유리한 상태만을 맹

목적으로 고집하는 DNA의 장난일 수도 있다. 타인에게 하는 말은 할까 말까 할 때 하지 않는 편이 후회가 적고, 지금 어떤 행동을 할까 말까 하는 갈등을 하고 있을 때에는 하는 편이 후회가 적다.

운동을 시작하려고만 하면 자꾸 술 약속이 생긴다. 독파하려는 책 목록을 뽑아놨는데 감기에 걸려 두통 때문에 글을 읽을 수 없다. 스페인어를 배우고 싶어서 동아리에 들었더니 갑자기 스트레스가 많아져서 모든 게 귀찮아진다……. 이제까지 당신을 붙들고 있던 게 가짜 피로였다면, 애써 몸을 일으켰을 때 전에는 보이지 않던 것들이 보일 것이다. 그렇게 차츰 행동하는 일의 위력을 알게 되면, 어느 날 또래와는 다른 삶을 살고 있는 자신을 발견하게 될 것이다. 그게 마흔 살 언저리에서 남부럽지 않은 삶을 일구어놓은 사람들이 공통적으로 갖고 있는 작지만 큰 차이였다.

젊은 남자에게
운동을 권함

"× 만드는 기계."

3년간 준비하던 고시를 포기하고 스무 개 회사의 입사 시험에서 떨어진 뒤 M은 자신을 그렇게 불렀다. 좋은 대학에 합격해서 동네에 플래카드까지 나붙었던 과거의 영화와는 상관없이, 그때 스스로 느끼기에 그는 먹고 배설하는 게 전부인 동네 백수에 불과했기 때문이다. 노느니 당분간 집에서 하는 가게 일이라도 도우라는 주변의 핀잔도 있었지만, 그러면 영원히 주저앉게 될까 봐 무서웠다. 우울증과 불면증, 만성위염을 달고 살던, 끝날 것 같지 않던 시간들이었다.

그러던 그가 어느 날 모델 제의를 받았다. 오랫동안 헬스 트레이너 생활을 한 끝에 체육관을 연 친구의 형이 비포앤애프터 홍보 모델이 되어달라고 한 것이었다. 그가 한 번도 운동을 제대로 해본 적이 없어서 자신이 없다고 하자, 형은 이렇게 말했다.

"그러니까 네가 적임자지. 넌 내장형 비만에다가 키가 작고 뼈대가 굵어서 조금만 근육이 잡혀도 확 티가 나는 체형이야. 내가 공짜로 몸 만들어줄 테니까 열심히 따라와봐."

도저히 칭찬으로는 들을 수 없는 형의 말에 설득되고 만 그는 이후 몇 달 동안 그 결정을 후회했다. 몸에서 어린애 하나를 덜어냈다고 할 만큼 살을 빼고 근육을 만드는 일이 더 이상 다른 수사를 넣을 것도 없이 딱 '지옥 체험' 그 자체였기 때문이다.

그러나 몸의 변화가 느껴지면서 지옥은 차츰 모습을 달리하기 시작했다. 어느 순간부터 운동이 편해지고 불면증과 우울증이 사라졌던 것이다. 그는 밝아진 얼굴과 몸선이 살아난 정장 차림으로 다시 면접을 보러 다녔고, 체육관 벽에 걸 '애프터 사진'이 채 완성되기도 전에 취업에 성공했다.

그는 원하던 회사에서 마음껏 일하고, 이후 미국 MBA를 거쳐 컨설턴트로 일하며 제법 성공했다 싶은 삶을 살고 있다. 그때의 운동 습관을 지금도 유지하고 있다는 그는 젊은이들에게 조언을 할 기회가 생기면 언제나 "운동하세요"라는 말로 입을 뗀다.

M의 성공 요인이 꼭 운동이라고만 단정할 수는 없다. 운동을 결심하게 된 시기의 여러 가지 노력이 복합적으로 작용해 좋은 결과를 이끌어냈다고 보는 편이 더 타당할지도 모른다. 하지만 한 사람의 가치를 순식간에 히말라야 14좌에 올려놓기도 하고 마리아나 해구 밑바

운동을 지속적으로 하면 우리 몸의 성질은 예상이 미치는 지점 너머까지 변한다. 오랜 시간 앉아 공부를 해도 허리가 아프지 않고, 일을 할 때수월하게 집중할 수 있으며, 필요할 때 몸이 뜻대로 움직여준다는 말이다.

닥에 처박기도 하는 것이 자신감인데, 신체 능력은 우리가 생각하는 것보다 훨씬 더 직접적으로 자신감에 영향을 미친다는 사실을 간과해서는 안 된다. 운동은 엔도르핀이라는 호르몬을 분비시키고, 피를 구석구석 돌게 해서 당장 기분을 좋게 만든다. 우리가 행복이나 희망이라고 부르는 감정들이 체내 화학작용의 일종이라는 걸 상기해 보면, 운동을 하지 않고 우울하다고 불평하는 것은 양심 없는 게 아닌가 생각될 정도다.

운동을 지속적으로 하면 우리 몸의 성질은 예상이 미치는 지점 너머까지 변한다. 대체의학에서 '제2의 심장'이라고까지 말하는 근육의 힘이 좋아지는 것은 수영복을 당당하게 입을 수 있다는 것 이상의 의미다. 오랜 시간 앉아 공부를 해도 허리가 아프지 않고, 일을 할 때 수월하게 집중할 수 있으며, 필요할 때 몸이 뜻대로 움직여준다는 말이다.

내가 인터뷰한 50여 명의 알파맨 중 40명 이상이 정기적으로 운동을 하고 있었다. 그것도 나이 들고 호되게 데인 후 아차 싶어 시작한 게 아니라 젊어서부터 꾸준히 운동을 해온 사람이 대부분이었다. 하지만 그들이 엘리트에 대한 환상에 맞게 남자다운 격렬한 운동만 하는 것은 아니었다. 그들은 각자 적성과 사정에 맞게 운동을 선택한다.

사업가 C는 자신만의 '3분 운동법'으로 지인들 사이에서 유명하다.

일이 너무 바빠서 하루 30분도 못 내겠다 싶었던 그는 제자리뛰기, 팔굽혀펴기와 윗몸일으키기를 각각 1분씩 3분 동안만 매일 하기로 했다. 고작 3분의 운동으로 뭐가 달라질까 싶겠지만, 그는 내가 만난 남자 중 슈트를 입은 맵시가 가장 근사한 사람으로 꼽힌다. A는 애완견과 산책하는 것으로 운동을 대신하고 있었고, D는 오래전 배워둔 아령 운동을 하고 있었다. 언뜻 운동이랄 것도 없어 보이지만 별것 아닌 운동을 거르지 않고 매일 한다는 점이 여느 사람과는 다르다.

모든 좋은 습관과 마찬가지로 운동도 하다 보면 꼭 '하지 말아야 할' 이유가 생긴다. 체육관에서 땀을 흘리고 나면 꼭 감기에 걸려서 못하겠다는 사람, 불면증이 있는데 의사가 늦은 저녁에는 운동을 하지 말라고 했다며 그만두는 사람 등 다들 '반드시 그만둘 수밖에 없는' 이유들을 갖고 있다. 하지만 나이가 들어 신체 능력이 떨어지면 정말로 할 수 있는 운동들이 더 줄어든다. 실제로 사람의 몸은 25세 이후부터 노화가 시작되며, 그 이후로는 지나치게 격렬한 운동을 해서는 안 된다고 한다. 20대에 운동을 전혀 하지 않다가 뒤늦게 중년이 되어 몸의 한계를 느끼고 운동을 시작한 한 알파맨은 무턱대고 고강도 근육 운동을 시작했다가 오히려 건강을 해쳐서 회복하는 데 아주 오랜 시간이 걸렸다고 한다. 지금 그는 간단한 체조와 가벼운 근육 운동으로 컨디션을 유지하는 데 만족하고 있다. 나이 들어서 근육을 만들려는 노력은 오히려 노화를 촉진해서 득보다 실이 많다고 하니, 20대인 당신이 지금 만드는 근육이 인생에서 가질 수 있는 최대치라고 보면 된다.

하지만 근육의 가치를 영화배우들에게서나 볼 수 있는 그림 같은 복근에만 국한시키다 보면 더러 주객이 전도되는 상황도 벌어진다. 만드는 것도, 유지하는 것도 어려운 비현실적인 몸에 집착하다 보면 '인생에 도움이 되는 운동'과 오히려 멀어지기도 한다. 연예계와 관계된 일을 하는 한 알파맨은 매체를 통해 보는 배우들의 몸에는 운동뿐 아니라 혹독한 식이 제한이 필수이기 때문에 항상 그 몸을 유지하기가 불가능하다는 이야기를 해주었다. 몸이 재산인 그들조차도 평소에는 적당히 포기하고 있다가 촬영을 앞두고 단기간에 만들어 잠깐 유지하는 조각 같은 몸인 셈이다. 내가 아는 트레이너는 고도로 관리된 근육질 몸이 오히려 저항력이 약하고 추위를 잘 타는 등 건강과 거리가 멀다고 귀띔해 주기도 했다.

젊은이가 운동을 한다는 것은 삶에 좋은 변화를 일으키는 가장 즉각적이고도 직접적인 방법의 실천이다. 더구나 여자들보다 피하지방이 적고 근육량이 많은 남자들은 상대적으로 몸의 변화가 빨리 오기 때문에 운동의 유익을 체감하기가 좋다.

살을 빼려면 최소 40분 이상 유산소 운동을 해야 한다거나, 근육을 만들려면 죽을 만큼 힘들어야 한다거나 하는 전문가들의 말에 너무 부담을 느끼지 말라. 시간이 너무 없고 피곤해서 운동을 못하겠다는 생각이 드는 것은 모두 그런 부담 때문이다. 아무것도 안 하는 것보다는 10분이라도 운동을 하는 편이 백 배 낫다.

일과를 마치고 소파와 혼연일체가 되어 TV 시청과 스마트폰 서핑을 동시에 하는 걸 휴식이라 여기고 있다면 당장 동네라도 한 바퀴 돌고 오라. 그동안 몽롱하게만 보냈던 저녁 시간의 질이, 앞으로의 삶이 달라질 것이다.

성공하는 남자들은
자꾸 무언가를 적는다

H와 인터뷰를 하기 위해 약속 장소에 나갔을 때 그는 일찌 감치 자리를 잡고 앉아 노트에 무언가를 적고 있었다. 그는 틈만 나면 좋은 글귀나 아이디어를 노트에 적고, 신문이나 잡지에서 인상 깊은 기사를 보면 스크랩한다고 했다. 그는 그렇게 몇 년째 같은 회사에서 나온 같은 규격의 노트에 자기 발전의 역사를 적는데, 때때로 내면의 고갈을 느낄 때마다 지난 노트를 다시 펼쳐보며 힘을 얻는다고도 했다. 그가 보여주는 노트를 넘겨보며 어지간히 인상적인 습관이다 싶어서 연신 감탄사를 내뱉었는데, 이후 인터뷰를 진행하면서 나는 똑같은 습관을 가진 사람을 몇 사람이나 더 만날 수 있었다.

이처럼 노트를 치밀하게 정리하는 게 아니라도 알파맨들은 대체로 생각한 것을 적어두는 습관을 갖고 있었다. 손에 잡히는 메모지에 생각난 것을 적어 모아두거나, 스케줄을 적는 다이어리에 빼곡히 메모하는 사람도 있었다. 요즘 많이들 가지고 다니는 스마트폰에 메모를 하는 이들도 적지 않았다. 최소한 남에게 들은 인상적인 이야기나 순간적으로 떠오른 생각들은 그냥 흘려보내지 않고 기록으로 남기는 것이 몸에 배어 있는 사람들인 것이다. 무언가를 적는다는 것. 그 사소한 행위가 어떤 차이를 만들까?

가끔 너무나 선명하고 논리적인 꿈을 꿔서 잠에서 깨고도 한동안 꿈속에서 느낀 감정에 사로잡혀 있을 때가 있다. 한번은 한 편의 영화 같은 꿈을 꾸고 나서는 그 감정을 놓치기 싫어서 노트를 찾아 적었다. 그런데 막연히 되짚는 동안에는 전개가 뚜렷했던 꿈의 내용이 막상 글로 옮겨 적다 보니 도무지 앞뒤가 안 맞는 것이었다. 그대로 옮기면 불후의 시나리오 한 편이 나올 것 같았던 꿈이 한낱 '개꿈'에 지나지 않았다는 걸 그때야 깨달을 수 있었다.

이런 일이 가능했던 것은 '적는다'는 행위가 기본적으로 기록에만 그치지 않기 때문이다. 적는 그 순간에도 우리 안에서는 중요한 일들이 많이 일어난다. 무언가를 언어와 문자로 적는다는 것은 방만하게 어질러진 개념의 창고에서 쓸 만한 것을 골라 정리해 내는 작업이다. 그래서 자기 생각을 자주 문자로 옮기는 사람은 자신이 누구고, 어떤 상황에 처해 있으며, 어떤 일을 해야 하는지 훨씬 더 잘 알 수 있다.

만약 지금 걱정되는 일이 있다면 그 일의 원인, 진행 상황, 최악의 경우 일어날 일, 해결을 위해 내가 할 수 있는 일을 차례로 적어보라. 그 행위만으로도 30분 안에 걱정의 30퍼센트 이상은 줄어들 것이다. 사고 과정이 정리되면서 해결의 선택지가 보이기도 하고, 할 수 있는 일이 없다면 자신을 들볶는 걸 그만두고 결과를 신에게 맡길 수 있다. 심지어 전업 작가로서 글 쓰는 일이 삶의 가장 큰 스트레스 요인 중 하나인 나도 마음이 복잡할 때면 마음을 풀어놓는 글을 따로 쓰면서 스트레스를 푼다.

무언가를 적는 일의 위력은 현재를 정리하고 문제를 해결하는 데에 그치지 않는다. 감동받았던 꿈이 실은 '개꿈'이었다는 아픈 현실을 깨닫게 해주기도 하지만, 한낱 백일몽에 지나지 않던 꿈을 현실화할 수 있는 아이디어를 불쑥 튀어나오게도 한다.

비행 청소년으로 살다가 어느 순간 제대로 살아보고 싶다는 열망을 갖게 된 G는 학교 교육에 몰두해 본 적이 없는 자신이 무엇을 잘할 수 있을까 고민하다가 빈 노트 한 권을 마주하게 되었다. 거기에 '내가 잘하는 것', '내가 못하는 것'을 제목으로 하여 생각나는 대로 써 내려갔다. 그저 답답해서 해본 일이었는데 그는 밭 매다가 호미에 금덩이가 걸린 듯 중요한 것을 발견했다. 자신이 운동을 좋아하고 소질이 있다는 것, 가르치는 일을 좋아한다는 것 등을 조합해 '체육 교사'라는 목표를 찾아낸 것이다. 지금 그가 체육 교사는 아니지만 그때의 방식으로 길을 적절하게 수정해서 하나씩 목표를 이루어나가고 있다. 한 가지 분명한 것은 그가 처음 노트를 마주했을 때보다 훨씬 자신만만하고 자신을 잘 아는 사람이 되어 있다는 것이다.

고등학교 시절 무심코 네 장 분량의 꿈 계획서를 적었다가 인생이 바뀌었다는 C는 사업가로서의 성공에 이어 거액을 기부하여 사회에 기여하겠다던 문구의 일부를 현실로 만들어가고 있다. 수십 년이 지난 지금도 간직하고 있다는 그 계획서는 수많은 선택지가 놓인 삶의 전환점을 마주칠 때마다 가야 할 길을 알려준 내비게이션이었다.

무언가를 적는 사람은 자기 인생의 답을 가장 진지하게 고민해 줄 현자에게 질문을 던지는 사람이다. 그런 이들은 자기 안의 현자와 함께 빠르게 성장하며 효율이 높은 삶을 산다. 글을 쓰는 일에 부담을 느낀다면 굳이 온전한 문장의 형태로 명문을 써보려고 기를 쓸 필요는 없다. 자기 내면을 언어화하는 일에 작가가 될 필요는 없기 때문이다. 본인이 알아볼 수만 있다면 단문의 나열이어도 좋고, 리스트나 그래프의 형태여도 좋다. 재능만 허락한다면 만화여도 좋다. 어떤 형태든 좋지만 쉽고 자유롭게 종이 위를 유영할 수 있는 펜으로 쓰기를 권한다. 아날로그적인 방식은 창의력이나 상상력을 더욱 자극하는 것 같다. 나도 글을 쓰기 전에는 글의 얼개를 펜으로 끼적이며 설계하고, 본고를 쓸 때에만 워드프로그램을 사용한다. 어떻게 해도 글이 쓰이지 않을 때에는 아예 컴퓨터를 내버려두고 손글씨로만 쓰기도 한다.

남자와 언어, 글쓰기. 이것들이 그리 편안하지 않은 조합이라고 생각한다면 당장이라도 생각을 바꾸고 펜을 들자. 당신이 신용카드 전표에 서명할 때에만 펜을 쥐어보는 디지털 시대의 총아라 해도 절대로 포기해선 안 될 일이다. 적고, 또 적음으로써 당신은 분명히 더 나은 사람이 될 수 있을 것이다.

5분이라도 3년 동안 매일 하는 일을 만들어보라, 그 자체가 성공이다

사람들은 누구나 잘 살고 싶어 한다. 그러나 '잘 사는' 삶의 형태가 사람마다 다르다는 것은 잘 모르며, 더구나 자기 자신이 정말 살고 싶어 하는 삶을 아는 사람은 매우 드물다. 다들 아는 것 같지만 실은 아무도 모른다. 자신이 진짜 원하는 것이 무엇인지 모른다는 사실은 인생의 가장 큰 비극이다. 자신이 원하는 것과 반대되는 것을 불러들이는 행동을 하면서도 끝까지 그 이유를 모르기 때문이다.

아들이 서울대에 진학하는 것이 소원인 아버지가 있다면, 그 소원 뒤에 숨겨진 그의 진짜 열망은 무엇일까? 아들의 행복일까? 배움이 부족했던 자신의 대리만족일까? 자신의 노후를 위해서일까? 아들이 서울대에 가든 못 가든 이 질문에 대한 답은 중요하다. 진짜 열망이 아들의 행복이라면 서울대라는 목표가 아버지의 소원이라는 전제부터가 잘못된 것이고, 대리만족은 아들 대신 아버지가 교육을 받는 방법을 찾아야 근본적인 욕구 충족이 이루어지며, 노후 때문이라면 그거야말로 서울대와 아무 상관이 없다. 자신이 원하는 것이 무엇인지 알아야 아들이 서울대에 진학할 실력이 못 되어도 서로가 불행해지지 않고 합당한 대안을 찾을 수 있고, 목표를 달성했을 때 다음에 가야 할 길도 알 수 있지 않겠는가.

◆

알파맨이라고 해서 자신이 원하는 삶을 항상 정확히 알고 있는 것은 아니다. 다만, '현재' 원하고 있는 가치를 위해 투자하는 것이 남다를 뿐이다. 노력을 투입해 보면 자신이 그것을 정말 원하는지, 그렇지 않은지 알게 되기 때문에 자신이 살고 싶은 삶의 조건들을 추려낼 수 있다.

그래서일까. 자기 삶에서 비교적 많은 답을 찾은 알파맨들은 단 한 명의 예외도 없이 공통적으로 뭐든 '꾸준히 하는 능력'을 갖고 있었다. 그들이 지나가는 말로라도 "요즘 뭘 배우기 시작했다"라고 하면 몇 년 후에도 계속하고 있는 걸 보고 깜짝 놀라는 경우가 많다. 운동, 취미, 교육 등에 시간을 할애하며, 애초 자신이 얻으려고 했던 것을 얻게 될 때까지 진득하게 한다.

취재를 하며 내가 발견한 또 다른 공통점은 알파맨 중 흡연하는 사람이 드물다는 것이었다. 50명 이상을 만나면서 담배를 피운다고 밝힌 사람이 불과 서너 명 정도였으니, 2013년 41퍼센트에 이르던 한국 남성 흡연율을 고려해 보면 굳이 표본 집단을 분석하는 수고를 들이지 않더라도 유난스러운 현상임에는 틀림없어 보인다. 처음부터 피우지 않았던 사람보다는 몇 년 전부터 금연에 성공한 사람들이 많았다. 재미있는 것은 흡연을 하고 있는 소수의 사람들은 금연할 계획이 전혀 없다는 점이었다. 그들은 담배 피우는 즐거움을 포기하지 않는 대신 규칙적으로 운동하고 흡연가에게 좋다는 음식들을 부지런히 챙겨 먹는 등 다른 노력을 하고 있었다. 정리하자면 알파맨들 중에는 '못 끊어서' 아직 담배를 피우는 사람은 없었다. 천성이 게으르건 부지런하건, 세일즈맨이건 예술가건 간에 그들에게는 자기 습관을 통제하는 독한 구석이 있다는 것이 내 관찰의 결론이다.

그들은 원하는 방향으로 나아가기 위해 좋은 습관을 들이는 고통을 감수하는 데는 이골이 나서 그런 것이 당연한 줄 안다. 그래서 20대 후배들을 위한 충고를 부탁해도 자신의 습관에 대해 떠올리는 이들이 별로 없다. 그런데 이런 성향 역시 그렇게 타고난 것이 아니라 여러 가지를 시도해 보면서 얻은 좋은 결과의 열매를 맛본 경험이 반복되어 굳어진 것이다. 20대 때부터 습관을 내 편으로 만드는 일에 조금씩 익숙해진다면 그것 자체가 성공이다. 돈, 명예처럼 남들 다 좋다는 것이 당장 굴러들어오지는 않더라도 '내가 원하던 삶'에 쉽게 가까워질 수 있는 체질이 만들어진다면 그것만으로도 성공한 삶이라 할 것이다.

강연가이자 사업가인 H는 20대 시절, 자신의 비전이나 긍정적인 내용 들을 담은 뉴스레터를 불특정 다수의 사람들에게 보내기로 했다. 많은 사람들과 생각을 공유하고 교류하고 싶다는 바람이 그 동기였다. 평범한 젊은이가 보내는 메일에 누가 반응할까 하면서도 그는 2년 동안 정기적으로 160여 통의 뉴스레터를 꾸준히 발행했다. 처음에야 정기구독자도 적었고 피드백도 없었지만, 발행 횟수가 더해지면서 점차 기대 이상의 반응이 돌아오기 시작했다. 그의 생각에 동조하고 답을 보내는 이들이 늘었고, 그 일을 계기로 강연의 기회도 주어졌으며, 의외의 인연이 닿아 고급 네트워크까지 얻은 것이다. 무엇보다 무언가를 꾸준히 한다는 일의 위대함을 경험한 것이 그 시도의 가장 큰 성과였다.

무엇이든 좋다. 지금부터 5분의 시간만이라도 할애해 매일 하면 좋을 일을 정해서 3년 동안 해보자. 그 시간 동안 근육 운동을 한다면 어떤 옷이든 자신 있게 걸칠 수 있는 몸을 가지게 될 것이고, 스트레칭을 한다면 요통이 사라질 것이다. 명상을 하면 스트레스에 대한 내성이 생겨서 일이 더 즐거워질 것이며, 아침에 긍정적인 글쓰기를 하면 세상을 향한 가치관이 훨씬 더 살 만하게 바뀔 것이다. 시도와 결과가 과장된 것은 아닌가 싶겠지만, 모두 경험담을 그대로 옮긴 것이다.

"그게 말이 쉽지, 사람이 살다 보면 그렇게 꾸준히 하게 되나?"라는 보통 사람들의 말을 반증하는 주인공이 되어보라. 10년 후 다들 고만고만하게 사는 것 같은 또래들과는 전혀 다른 삶을 사는 시작점이 될 것이다.

그들에게 군대가
터닝포인트로 작용한 이유

　　나는 인터뷰에 앞서 알파맨들에게 할 몇 가지 공통적인 질문을 준비했다. 그중 하나가 "당신의 20대를 바꾼 터닝포인트가 무엇이었나?"였다. 고비를 넘어 무언가를 얻어낸 사람들에게는 각자 드라마가 있게 마련이라, 그들이 터닝포인트로 삼은 사건도 특별하리라 기대했다. 그러나 인터뷰한 50여 명 중 무려 절반에 가까운 사람들이 이렇게 답했다.

　　"터닝포인트요? 군대요!"

　　군대는 징병제를 택하고 있는 대한민국에서 남자들에게 상처와 자부심의 정서를 동시에 느끼게 하는 그 무엇이다. 부름에 기꺼이 응하긴 해도 오지 말라면 굳이 마다하고 싶지는 않은 곳, '나'가 아니라 순전히 나라를 위해 2년여간 꽃 같은 청춘을 피처럼 뿌리고 오는 곳이 아닌가 말이다. 여행, 유학 혹은 멘토나 소울메이트와의 정신적 교감 등의 그럴듯한 장면이 아니라 군대에서 길을 찾았다니 그 이유가 궁금해질 수밖에 없었다. 그들의 이야기를 취합해 풀어보니 군대를 터닝포인트로 만든 조건은 크게 두 가지였다.

첫 번째 조건은 다름 아닌 책이다. 군대에서는 여가를 보낼 수 있는 수단이 지극히 제한적이다. 대다수의 남자들이 영혼의 휴식이라고 느끼는 컴퓨터 게임을 할 수 없고 휴대폰 반입도 불가능하다. 다만 독서 환경만큼은 좋아서 평소 책을 읽지 않는 이들도 어느 정도는 책과 친해지게 되어 있다. 이때 책과의 만남에서 무언가를 깨달은 사람들은 본격적으로 독서에 몰입하게 되고 사람이 달라져서 제대한다.

두 번째 조건은 '멍하니 있을 수 있는 환경'이 주어진다는 것이다. 일본의 원로 뇌과학자 사토 토미오는 '멍하니 있는 시간'의 유용함을 강조한다. 외부로부터 아무런 자극을 받지 않는 시간에 뇌가 그간 수집한 정보들을 재배치하고 정리해서 자신만의 것으로 만든다고 한다. 이런 시간을 자주 가져야 창조적인 아이디어도 떠오른다. 재독 철학자 한병철 교수가 『피로사회』에서 발터 벤야민을 인용해 인류의 창의적 진보는 모두 '깊은 심심함'에서 나왔다고 한 것도 같은 맥락으로 이해할 수 있다.

하지만 일상에서는 이렇게 멍하게 있는 시간이 허락되지 않는다. 다른 사람과 함께 있을 때 이런 모습을 보이면 '넋 빠졌다'는 비난을 듣기 일쑤고, 혼자 있을 때는 도무지 심심해서 그럴 수가 없다. TV를 보거나 게임을 하면서 다른 생각을 하지 않을 수 있을 때 비로소 뇌가 휴식을 취하고 있다고 착각한다.

하지만 군대에서는 보초를 서거나 행군을 하는 등 어쩔 수 없이 뇌의 자극이 최소화되는 환경에 주기적으로 내몰린다. 심심하고 무료하며 시간 낭비로밖에 생각되지 않는 이런 과정을 거치면서 누군가는 뇌를 청소하고 인생을 바꾸는 계기로 삼은 것이다.

이 비슷한 과정을 자신의 터닝포인트로 꼽은 알파맨이 있었다. 그는 가까운 사람들에게 배신을 당하고 만신창이가 되어 세월을 낭비하고 있었다. 그러다가 우연한 기회에 해외 오지로 봉사활동을 떠나게 되었고, 집 짓는 것을 돕는 시간 외의 대부분을 광활한 초원을 멍하니 바라보며 보냈다. 그 기간을 거치며 자신도 알 수 없는 원리로 몸과 마음이 회복되어 다시 의욕적으로 살 수 있게 되었다고 한다.

❖

자, 그렇다면 답답한 인생의 터닝포인트를 마련하기 위해 군대에 가야 할까? 한 번 다녀와서 별 소득이 없었다면 한 번 더 지원해야 하나?

여기서 중요한 것은 많은 남자들이 군대를 계기로 인생을 재설정할 수 있었지만, 모든 군필자들이 터닝포인트를 만난 것은 아니라는 사실이다. 군대에서 처음으로 책과 친해졌지만 제대해서 이내 다시 책과 서먹서먹해지는 사람들이 더 많고, 멍하니 있는 시간을 통해 자신이 철들고 있다고 자각했지만 민간인으로 돌아오면서 백지 상태로 돌아가는 사람도 많다.

군대가 주는 두 가지 조건의 공통점은 처음으로 많은 시간 동안 자기 자신과 밀착되는 경험을 한다는 것이다. 책도, 멍하니 생각하는 시간도 결국은 자기 내면을 여행하는 일이다.

보통 사람들은 인생의 터닝포인트가 극적인 사건을 통해 오리라고 기대한다. 현명하고 능력 있는 사람을 만나서 깨달음과 기회를 받는 것이 흔히 상상하는 인생의 변곡점이다. 그러나 터닝포인트는 바깥이 아니라 안으로부터 온다. 누구를 만났든, 어떤 상황을 겪었든 자신이 마음을 열고 전환점을 찍지 않으면 변화는 오지 않는다.

이 책을 읽는 사람들 중에서 몇 명은 '그럴듯한 이야기네' 하고는 금세 잊어버릴 수도 있다. 몇 명은 내용이 마음에 들지 않는다고 욕을 하고 던져버릴 수도 있다. 하지만 몇 명은 인생을 바꾸는 터닝포인트로 삼을 수도 있다. 책의 내용이 훌륭해서가 아니라, 여기서 이야기하고 있는 어떤 내용이 마음속의 열망에 부응해 불을 붙일지 그 누구도 알 수 없기 때문이다.

터닝포인트는 열망하는 사람에게 아무리 사소한 계기로라도 찾아온다. 그러므로 자신과의 만남을 의식하고, 변화에 마음을 열고, 책을 가까이하라. 그러면 굳이 군대에 가지 않아도 터닝포인트를 맞을 수 있을 것이다.

한 번쯤 '도서관 귀신'이 되어보지 않고
어떻게 살아야 할지 모르겠다고 말한다면

대학 시절, 문학을 전공한 P는 소설 외에는 책에 전혀 관심이 없었다. 소설가가 되겠다는 미래 설계 같은 건 없었지만 그에게는 문학도 특유의 자부심에서 나온 편견 같은 것이 있었다. 문학 외의 책들은 모두 성공한 사람들의 자기 자랑 리스트, 혹은 약효를 확인할 수 없는 장터 약장수의 비법서라고 생각했다. 약점투성이인 사람들이 자기 인생 관리도 완벽하게 못하면서 내놓는 책들이 내 인생에 무슨 도움이 될까, 그런 의문이 들었다.

그런 그도 취직을 하고 서른을 앞두고 있었다. 하루는 그에게 신세를 진 직장 동료에게 취향에 안 맞는 선물을 하나 받았는데, 당시 유행하던 경제 관련 책이었다. 경제 지식이 없는 독자도 슬슬 넘기면서

볼 수 있도록 만든 책이어서 그는 못마땅한 와중에도 순식간에 수십 페이지를 읽어 내려갔다. 그러면서 점차 내용에 빠져들었고, 몇 시간 후 크나큰 충격에 빠진 채 책을 내려놓았다. 거기에는 그가 모르던 세계가 있었다. 이제까지 살면서 그가 품었던 여러 의문들, '왜 우리 부모님은 가난한가', '나는 왜 가난한가', '어떻게 하면 가난에서 벗어날 수 있는가' 하는 것들에 대한 답이 있었던 것이다. 지금 돌이켜보면 지극히 기초적인 경제 상식이지만 돈에 대해 어두워도 너무 어두웠던 그에게는 그 책을 읽은 것이 천지개벽 같은 사건이었다.

책을 읽는다는 행위에 대한 개념을 완전히 뒤집은 그는 이전과는 전혀 다른 독서를 시작했다. 인문, 고전, 실용 등 이전에 거의 손대지 않았던 여러 분야의 책들에 골고루 손댔고, 관심이 가는 분야에는 좀 더 깊이 빠져들었다. 몇 년의 독서 끝에 자신에 대해 뭔가 깨달음을 얻은 그는 일하고 있던 분야를 바꿔 이직했다. 단순 행정직에서 문화산업 쪽으로 새출발한 것이다. 연봉이나 복지가 더 좋아졌냐는 질문은 웃어넘길 수밖에 없지만, 확실히 전보다 훨씬 행복하게 일하게 되었다고 말할 수 있었다.

요즘 책이 위기라는 말을 많이 듣는다. 하지만 내가 뉴스를 이해할 수 있을 정도로 철이 든 이후 출판계가 활황이라는 소식을 들은 적이 한 번도 없었고 책은 항상 위기에 처해 있었다. 세상은 늘 책보다 재미난 것들을 발명해 냈고, 사람들이 휴대폰으로 둔갑한 컴퓨터를 주머니 속에 넣어 다니면서부터 출판계는 이전의 위기설을 '실은 엄살이었다'고 말해도 될 정도로 진짜 위기를 맞고 있다. 이대로라면 지상에서 책이 사라질 것만 같다.

그런데 막상 알파맨들을 만나보니 책의 위기의 대척점에는 또 다른 세상이 존재하고 있었다. 자기가 속한 사회와 자신의 삶을 주도적으로 이끌어나가는 사람들 대부분은 여전히 책을 일상적으로 읽는 이들었다. 대학 졸업장이 없는 사람도, 독서와 무관할 것 같은 직종인 사람도 마찬가지였다. 요식업 체인점을 운영하는 O에게서 요즘 회자되는 인문학 담론에 대한 사견을 들었을 때는 속으로 얼마나 놀랐는지 모른다.

분명히 사람들은 점점 더 책을 읽지 않는다. 그러나 책을 읽는 사람들은 결코 사라지지 않을 것이다. 책이 사라지지 않도록 지탱하는 소수의 사람들은 세상에 떠도는 얕은 정보들을 넘어서는 깊은 깨달음을 자신들끼리 유통시킬 것이고, 세상은 그들에 의해 움직이게 될 것이다. 생각해 보라. 그동안 우리를 거쳐간 게임기들은 그 시대의 심심한 이들을 매혹시켰고, 그때마다 책은 무참하게 외면당하며 고객을 빼앗겼다. 그러나 그 많은 게임기들이 한 시대를 풍미한 뒤 사라져갈 동안, 책은 오래전 그 형태 그대로 아직 살아남아 있다. 이는 절대적으로 책을 필요로 하는 사람들이 여전히 존재하며 그 효용성이 만만치 않다는 뜻이다.

한때 세계 부자 1, 2위를 다투던 워런 버핏과 빌 게이츠가 세계적

162

인 독서광이기도 하다는 사실은 우연이 아니다. 꼭 부자나 유명인이 아니더라도 세상과 인생의 주도권을 쥔 사람들, 그래서 주변 사람들과 스스로에게 당당한 사람들의 그룹에 입성하는 가장 쉬운 방법은 책을 읽는 것이다.

인터넷으로 손쉽게 접할 수 있는 정보들이 책을 대신할 수 있다고 믿는다면 그것만큼 어리석은 일이 없다. 나는 책을 쓸 때마다 이력이 날 정도로 자료를 수집한다. 그리고 그때마다 인터넷에서 찾을 수 있는 정보들이 얼마나 얕고 보잘것없는지 깨닫는다. 주제가 정해져 있다면 열 시간 동안 인터넷에 매달리는 것보다 도서관에서 두세 시간 동안 책 더미를 파헤치면서 얻는 정보가 더 쓸모 있는 경우가 많다.

게다가 책을 읽는다는 것은 기존 정보의 양과 질의 차원을 벗어나는 일이다. "배움이라는 것은 안다고 생각했던 일을 다른 눈으로 깨닫게 되는 것이다"라는 말이 있다. 그런 일을 가능하게 해주는 것이 바로 책이다. 그래서 한 가지 주제를 통째로 관통하는 시각을 고스란히 담은 결정체인 책이 누군가의 인생을 바꾸는 일도 가능하다.

만약 당신이 어떻게 살아야 할지 모르겠다면, 그리고 이를 알아내기 위해 무엇을 해야 할지 모르겠다면 당장 도서관으로 달려가라. 수만 권의 책 중에 분명히 당신이 찾는 해답이 있을 것이다. 앞서 간 사람들이 치열하게 남긴 기록에서 무언가를 찾아보려고 몸부림친 적이 한 번도 없다면, 당신은 아직 체념할 자격이 없다.

그나마 시간에 사치를 부릴 수 있는 시기가 20대라면 한때는 꼭 '도서관 귀신'이 되어보라고 권하고 싶다. 20대에 해보는 많은 미친 짓들은 종종 후회를 동반하지만, 책에 미쳐보고 후회하는 사람은 본 적이 없다.

흥미로운 사실은 인생을 바꾸는 책이 꼭 위대한 사람의 훌륭한 명작만은 아니라는 것이다. 음악을 하는 한 지인은 사람에게 상처를 크게 받고 실의에 빠졌을 때 누군가가 건넨 책을 우연히 접하게 되었다. 그 책은 당시 베스트셀러였는데 공감 가는 문구로 인기가 많으면서도, 한편으로는 한국 독자들의 낮은 독서 수준을 반영한다는 비판도 동시에 받았다. 평소 독서를 그리 즐기지 않던 그는 무심코 책을 펴드는 순간 신기한 체험을 하였다고 한다. 마치 돋보기를 쓴 것처럼 글자가 선명하고 커다랗게 보이면서 내용이 빨려들듯 눈에 들어오더라는 것이다. 책의 내용이 하나하나 공감과 위로로 박히면서 책장을 넘기는 내내 눈물을 흘렸고, 한바탕 땀을 흘리고 몸살을 이겨낸 듯 슬럼프에서 벗어날 수 있었다. 한참 시간이 흐른 후, 그는 책장에서 그 책을 발견하고 다시 읽어보기로 했다. 그런데 이상한 일이었다. 아이들 그림책처럼 커다랗게 보이던 활자가 깨알같이 작아 보이고 글이 눈에 들어오지 않더라는 것이다. 내용도 전처럼 감동적이지 않아서 두 페이지를 못 넘기고 책을 덮었다고 한다.

책을 두루 읽다 보면 꼭 수준 높은 양서가 아니더라도 그 시기에 나에게 필요한 것을 꼭 맞게 채워주는 책을 만나는 경우가 있다. 오래전 나를 절망에서 구해준 것도 지금은 제목도 기억나지 않는 가벼운 수필의 한 구절이었다. 너무 책 편식을 하지 말아야 하는 이유다.

많은 사람들을 만나면서 느끼는 것 중 하나는 어떤 한 사람을 전

인격적으로 보았을 때 위로나 가르침을 받을 수 있는 사람은 매우 드물다는 것이다. 일에 대한 완벽주의는 배울 만하지만 대인관계에 있어서 비호감인 경우도 있고, 창의력과 열정은 높이 사고 싶으나 사생활이 엉망인 경우도 있다. 완벽할 수 없는 사람들 속에서 그들의 장점만 쏙쏙 뽑아 배우기에는 인간은 너무 감정적인 동물이다. 하지만 책은 미완의 사람들이 배울 만한 점만 추출해, 심혈을 기울여 응축해놓은 것이다. 그래서 작가의 인간적인 장점과 단점에 휘둘리지 않고 배울 점만 배우고 흡수할 수 있다.

'사회계약론'으로 유명한 사상가 장 자크 루소는 교육 철학을 담은 『에밀』로 당시 많은 부모에게 위로와 가르침을 주었고 현대 교육학에도 큰 영향을 미쳤다. 하지만 그는 한때 여성들 앞에서 툭하면 성기를 노출해 경찰에게 끌려가던 '바바리맨'이었고, 애인과의 사이에서 아이를 다섯이나 낳고도 단 한 명도 책임을 지지 않은 채 모두 고아원에 맡긴 비정한 아버지이기도 했다. 『에밀』은 자기반성의 결과물이기도 했다. 그가 요즘 세상에 태어났다면 인터넷으로 신상을 탈탈 털리고, 시대의 조류를 바꾼 사상도 탄생할 수 없었을 것이다. 당시의 사람들은 그를 모르고 그의 책을 접했기에 무언가를 배울 수 있었다. 책은 어쩌면 누군가가 직접 줄 수 있는 것보다 더 많은 것을 독자에게 줄 수 있는 수단이다.

20대를 사는 이들은 자신이 지금 살고 있는 시기만큼 바쁜 때가 없다고 생각하기 쉽다. 그러나 살아보니, 은퇴해서 집에만 있기 전까지는 20대만큼 여유 있는 시기가 없다. 돌이켜보니 그때 바빴던 건 할 일이 많아서라기보다는 내가 한가하기 싫었기 때문이다. 그나마 시간에 사치를 부릴 수 있는 시기가 20대라면 한때는 꼭 '도서관 귀신'이 되어보라고 권하고 싶다. 20대에 해보는 많은 미친 짓들은 종종 후회를 동반하지만, 책에 미쳐보고 후회하는 사람은 본 적이 없다. 그것은 언제나 남는 장사였고, 투자였다.

이렇게 말하는 나에게 '책 좀 추천해 달라'는 요구는 그만하고, 제발 아무 책이라도 먼저 펼치기 바란다. 아무리 책에 문외한이더라도 꾸준히 읽다 보면 자신에게 필요한 책이 무엇인지 스스로 알아내게 된다.

인터넷이라는 정보의 바다에
빠지지 말고 낚시만 할 것

지인들과 저녁식사를 하던 자리였다. 약속 장소였던 이탈리안 레스토랑에 자리가 빼곡하게 차 있기에 주변을 둘러보던 내가 한마디했다.

"역시 '불금'이라 사람들이 많네요."

내 말에 식탁에 둘러앉아 있던 나머지 세 사람이 어리둥절한 표정을 지었다. 처음에는 왜 그런 반응들인지 알 수 없어서 나도 덩달아 어리둥절이었다.

"불……금? 그게 뭐예요?"

그들이 되묻는 말에 나는 혼자만 다른 세상에 속해 있는 듯한 기분이 들었다. 아는 사람은 잘 알겠지만, '불금'은 '불타는 금요일'의 준 말이다. 다음 날부터 휴일이 이어지니 금요일 저녁은 마음 놓고 즐긴다는 뜻이다. 국어사전에 등재되기 직전의 신조어 정도로 인식하고 그 말을 쓰던 나는, 나 외에는 아무도 그 뜻을 모른다는 사실에 몹시 혼란스러웠다. 그들이 트렌드에 뒤쳐지는 사람들도 아니었다. 각기 영화, 방송, 출판계에서 활발히 활동하며 인정받는 이들이었다. 한참 생각한 끝에, 그제야 나는 '불금'이라는 말을 인터넷 게시물이나 SNS에서 말고는 주변에서 접한 적이 없었음을 깨달았다. 그날 밤, 나는 인터넷을 좀 더 줄여야겠다고 결심했다.

인터넷은 그 어느 수단보다 멀리, 넓게 타인과 소통할 수 있기에, 자신이 접하는 정보나 의견들이 '대세'라고 착각하게 만드는 맹점이 있다. 그러나 한 번쯤 자세히 따져보자. 인터넷 안에서 정말 다양한 사람들을 만나고 여러 의견을 들을 수 있는지.

실제 삶에서는 생활 반경 안에서 만날 사람들을 선택할 수 없다. 자신이 속할 집단을 선택할 뿐이다. 학교나 직장 등을 그곳에 속한 사람을 보고 선택하지도 않을뿐더러, 사람들이 내 취향이 아니라고 쉽게 그만둘 수도 없다. 하지만 인터넷은 다르다. 자신의 기호에 맞는 사람들이 모여 있는 곳을 쉽게 선택할 수 있고, 아니다 싶으면 가지 않으면 그만이다. 그래서 인터넷 공간만큼 한없이 폐쇄적일 수 있는 공간도 없다.

사람들이 "다들 그렇게 말하던데" 하고 말할 때 '다들'은 평균 세 사람이라고 한다. 세 사람에게만 같은 말을 들어도 그게 모두의 의견이라고 받아들이는 것이 사람이다. 그런데 자신이 즐겨 드나드는 한정된 인터넷 공간, 그것도 비슷한 사람들만 모인 곳에서 수없이 같은 논지의 말을 들으면, 그게 세상 모든 사람들이 인정하는 진리라고 착각하게 되는 건 당연하다. 그만큼 세상 보는 눈이 좁아질 수밖에 없다.

　특히 자기 가치관이 확립되지 않은 20대 젊은이들이 인터넷 공간에 지나치게 빠져드는 것은 독이다. 인터넷에 어떤 의견을 올리면 즉각 피드백이 올라온다. 그러나 그것은 깊은 생각 끝에 올라온 답변들이 아니다. 즉흥적이고 파편적이다. 당신의 주관은 스스로 깊어지기도 전에 남의 설익은 판단의 공격을 받아 흔들리고 이리저리 동화된다.

　특정한 인터넷 공간에서 권력을 누리는 익명의 사람들은 그 공간의 성격을 잘 아는 사람들이다. 그러려면 그곳에 상주해야 하고, 게시물을 올리고 수정하는 과정에서 사람들의 호응을 얻는 요령을 터득해야 한다. 진짜 세상에서 열심히 사는 사람이라면 하기 힘든 일이다.

❖

　기본적으로 인터넷은 세상에서 상처받은 사람들이 주도하는 공간이다. 생산과 창조보다는 비관과 불평이 난무한다. 사람들이 갖고 있는 여러 모습 중 얼굴을 드러내놓은 채로는 쏟아놓을 수 없는 부분적인 진심들이 중심 화두가 된다. 때로는 절대 본보기가 되어서는 안 될 사람들이 궤변을 전파하기도 한다. 물론 가치 있는 말들도 많고 일정 부분 귀 기울여볼 필요는 있으나, 한창 정체성을 빚어나가는 자아의 재료로는 적합하지 않다. 그러니 영리한 거리 두기가 필요하다.

태생부터 '정보의 바다'라는 별칭을 달고 나온 인터넷은 사실 푹 빠져 수영할 만한 곳이 아니다. 물 밖에서 낚시질을 하며 필요한 것을 낚아 올리는 곳이다. 삶의 배경이 아니라 철저하게 수단이 되어야 한다는 말이다. 세계에서 가장 위대한 언어학자 중 한 사람이자 진보 인사인 노암 촘스키는 국제 정세에 대해 최고급 정보를 가지고 있고, 그 정보를 바탕으로 미국 실세들의 간담을 서늘하게 하는 소신 발언을 하기로 유명하다. 그런데 그 정보는 전 세계에서 그의 친구들, 다시 말해 그와 '실제 세상에서 친분을 쌓은 사람들'이 '인터넷으로' 보내주는 것이다. 이것이 알파맨들이 인터넷을 사용하는 방식이다. 내 인터뷰이 중 한 명이었던 인터넷 업체 대표는 인터넷을 업으로 삼으면서도 며칠째 포털 검색 순위 1위를 하고 있는 이슈도 몰랐다.

인터넷은 어디까지나 수단으로써 최소한의 시간만 이용하라. 인터넷은 분명 세상을 바꾸었지만 그 변화의 중심에 있던 사람들은 인터넷에 접속하지 않은 시간에 훨씬 열심히 산 사람들이었다.

왜 알파맨들은 대부분
기부나 봉사를 할까?

기부나 봉사는 대단한 '결심'을 하게 만든다. 나에게 아무런 득이 되지 않는 일에 경제력과 노동력을 투입하는 일인 데다가 아직 기부 문화가 발달하지 않은 탓에 장애 요인도 많다. 내가 남을 도울 만한 깜냥이 되는 사람인가에 대한 회의, 남에게 위선적인 사람으로 보이지 않을까 하는 우려, '피 같은 돈'이 어려운 사람들에게 정당하게 쓰일까 하는 의심 등이 그것이다. 그래서인지 정기적으로 기부나 봉사를 하는 사람들을 주변에서 만나는 건 그리 흔한 일이 아니다. 그러나 이번에 알파맨들을 인터뷰하면서 여러 가지 편견을 깨게 되었다.

언론을 통해 '가진 자', '배운 자' 들의 횡포를 지켜본 우리는 '남을 등쳐먹지 않고는 성공할 수 없다'거나 '있는 놈들이 더하다'는 말에 망설이지 않고 동의하곤 한다. 하지만 내가 만난 알파맨들은 달랐다. 처음 인터뷰를 진행할 때에는 '기부나 봉사를 하고 있느냐'는 내용이 질문지에 없었다. 그러나 두어 명을 인터뷰하다가 우연히 그들이 기부나 봉사를 꾸준히 해오고 있다는 사실을 알게 되면서 그 항목을 추가했다. "혹시 기부나 봉사를 하고 계신가요?"라고 물으면 그들은 놀라면서 "그걸 어떻게 아셨어요?" 하고 되물었는데 그 비율이 생각보다 높아서 되레 내가 더 놀랐다. 그들은 수입의 일정 비율을 정기적으로 자선단체에 기부하기도 하고, 불우 아동을 위한 기관을 후원하기도 했다. 몇 년째 노인과 아동 시설 혹은 유기견 보호 센터 등을 정기적으로 찾아가 봉사하는 이들도 있었고, 제3세계 극빈 아동을 위한 학교를 세운 이도 있었다. 방법은 다양했지만 '대부분'이라고 말해도 좋을 정도로 그들은 자신이 가진 것을 대가 없이 나누며 살고 있었다.

나는 스스로에게 '왜?'라는 질문을 던질 수밖에 없었다. 세상은 사실 착한 사람들이 성공하는 동화 같은 곳인데 아직 성공하지 못한 사람들만 그 비밀을 알지 못했던 것일까? 아니면 내게 착한 사람을 알아보는 초능력이 있어서 그런 이들만을 골라 인터뷰를 요청했던 걸까?

나는 TV 채널을 돌리다가 목격한 드라마의 한 장면에서 그 질문에 대한 답이 될 만한 것을 발견했다. 드라마는 의로운 도둑 '일지매'를 다룬 것이었다. 그날은 그가 위험을 무릅쓰고 부도덕한 관원의 집에 침입해 부당한 세금을 면제하게 하는 공을 세웠다. 다음 날 고을 백성들을 잠 못 들게 하던 무거운 세금이 면제되었다는 방이 일지매의 이름으로 나붙는다. 나는 당연히 백성들이 풍악을 울리면서 "일지매 만세"를 외치는 식으로 전개될 줄 알았다. 그런데 방을 읽은 백성 하나가 시큰둥하게 이렇게 한마디하고는 곧 장면이 바뀌었다.

"세금이 면제되면 뭐하나? 입에 풀칠하기도 힘든데⋯⋯."

살면서 너무나 많이 들어본 말이었다. 자신에게 무언가 좋은 것이 주어져도 그에 대해 감사할 줄 모르고 없는 것만 탓하던 이들의 한숨. 그들은 대개 자신의 처지에서 벗어나 더 나아지려는 노력을 꾸준히 해본 적 없는 사람들이었고, 당연히 자신의 힘으로 작은 성공이나마 일궈본 경험도 없었다. 나 역시 그런 적이 있었다.

내가 만난 알파맨 중 든든한 뒷배경을 타고났거나 타고난 능력이 출중한 사람은 별로 없었다. 그들의 공통점은 더 나아지기 위해 자주 시도하고, 꾸준한 노력으로 자기 분야에서 어느 정도 경지에 올랐다는 사실뿐이었다. 20대인 당신은 믿기 힘들지 모르겠지만 그렇게 노력하는 사람은 반드시 성공을 경험한다. 하지만 노력과 성공은 일대일의 관계로 정직하게 찾아오지는 않는다. 어떤 때에는 뼈가 녹을 만큼 힘을 쏟았는데도 결과가 허탕일 때도 있고, 별달리 손댄 것도 없는데 복권에 당첨된 것처럼 일이 풀릴 때도 있다. 길게 보면 모든 결과가 노력의 산물이지만, 오히려 삶에는 죽도록 노력해 본 사람만이 깨

닿는 행운의 영역이라는 게 있다. 그래서 그들은 자신의 성공이 혼자만의 노력과 재능으로 이루어진 것이 아니라는 생각을 갖게 된다. 또한 남과 나누고 베풀면 언젠가는 자신에게 돌아오리라는 막연한 믿음도 따라온다. 그런 가치관들이 자연스레 기부나 봉사로 연결되는 것이다. 기부나 봉사는 천성이 착한 사람들이나 희생적인 사람들만이 한다는 전제부터가 잘못된 것이다.

성공한 사람들이 기부나 봉사를 많이 하기도 하지만, 그 반대의 경우도 적지 않았다. 알파맨 중 일부는 자리를 잡기 훨씬 전부터 적은 돈과 시간이나마 나누며 살아왔다. 사업가 C는 어릴 때 생애 계획을 정리하면서 부자가 되는 것을 목표로 잡았다. 막연히 돈 많은 사람이 아니었다. 돈을 많이 벌어서 100억 원은 자신을 위해 쓰고 1,000억 원은 남을 위해 쓰기로 했다. 더 많이 기부하기 위해 더 많이 버는 사람이 되겠다는 발상은 그가 힘든 고비를 넘기고 사업체를 키우는 데 큰 힘이 되었다. 기부나 봉사는 성공의 결과이기도 하지만 강력한 동기가 되기도 하는 것이다. 알파맨 대부분이 기부나 봉사를 하는 이유는 이런 상호작용에 의한 선순환 때문이었다.

나는 요즘 "대체 괜찮은 남자들은 어디 가면 만날 수 있느냐"고 묻는 여성 독자들에게 기부나 봉사를 하는 모임에서 찾아보라고 귀띔하곤 한다. 일부의 예상대로 적정선을 몰라서 제 식구 속을 터뜨리는 성인군자나 잠깐 허세를 부려보려는 사람들도 없지 않겠지만, 자기 삶을 성실하고 영민하게 꾸려가는 자긍심 있는 이들이 더 많기 때문이다. 세상에는 우리가 겁내는 만큼 나쁜 사람들이 많지만, 상상하는 것 이상으로 좋은 사람들도 많다.

기부나 봉사는 쉬운 일이 아니다. 대가 없이 내 것을 나누고 나서도 고맙다는 말 한마디 듣기 힘들다. 때로는 좋은 마음으로 베풀었다가 "물에 빠진 사람 구해줬더니 보따리 내놓으라"는 경우를 당하기도 한다. 그런데도 내가 20대부터 기부나 봉사를 시작해 보라고 권할 수 있는 이유는 그런 사람들이 어떤 의미에서든 다들 잘 살고 있기 때문이다. 사회적 성공을 거둔 알파맨만을 말하는 것이 아니다.

전에 한 봉사 단체에서 20년 이상 봉사를 한 분들과 인터뷰를 한 적이 있었다. 범접할 수 없는 사명감이나 테레사 수녀와 같은 아우라를 떠올렸던 내 기대와 달리 그들은 평범한 주부들이었다. 그러나 인터뷰가 진행될수록 그들 안에 공통적으로 자리 잡고 있는 단단한 무언가를 느낄 수 있었다. 한결같은 색깔로 강렬한 빛을 뿜어내는 그것은 다름 아닌 '행복감'이었다. 자신이 해온 일에 대해 생색도 내지 않고, 공치사가 없어도 섭섭해하지 않았던 것은 봉사가 남뿐 아니라 자신을 위한 일이기도 하다는 사실을 알고 있어서였다.

종(種)이 생존하도록 진화해 온 인류는 이타적인 일을 할 때 쾌감을 느끼는 감정 체계를 가지고 있다. 그래서 내 것을 나누는 일은 의외로 '나 하나 잘 먹고 잘살자'는 것보다 개인의 성장에도 도움이 된다. 당신이 좌절하고 있거나 정체되어 있다면 다른 사람들을 위한 일들을 조금씩 시도해 보기 바란다. 그 일이 당신이 길을 찾을 수 있도록 도울지 모른다.

내 것을 나눌 줄 아는 사람들은 착하다기보다는 오히려 현명하다는 표현에 더 가까운 사람들임을 잊지 말자.

시동 걸린 자동차 같은 사람들을
곁에 두어야 하는 까닭

20대의 터닝포인트를 묻는 질문에 A는 한동안 기억 속을 거슬러 올라가는 것 같더니, 비장한 표정과 어울리지 않는 말을 꺼냈다.

"대학 시절, 신입생 유치 활동을 하던 여자 선배의 미모에 홀려 현악기 연주회에 가입한 일이요."

무역업에 종사하고 있는 그를 지금의 삶으로 안내한 계기라는 것이 현악기 연주 동아리라니 의외였지만, 그의 이야기를 좀 더 들어보기로 했다.

A를 이끈 여자 선배는 동아리 내의 한 남자 선배와 다른 남자를 동시에 사귀다가 들켜서 사람들 입에 무한정 오르내리다가 이내 자취를

감췄다. 그의 첫사랑은 그렇게 허무하게 끝났지만 그는 동아리에 남았다. 어쩌다 보니 떠밀려 운영위원이 되어 연주회니 뭐니 행사를 몇 번 치르는 동안 자기도 모르게 열성 멤버가 되어 있었던 것이다. 자연히 같은 과보다는 동아리 사람들과 어울려 지내는 시간이 많아졌다.

그런데 그 동아리 사람들이 참 유별났다. 이전부터 A가 딱 싫어하던, 자기계발 우화에서 튀어나온 것 같은 사람들이 많았던 것이다. 무엇이건 필요 이상으로 열심이었고, 웬만한 건 할 수 있다고 말하고 그걸 또 해냈다. 동아리 연주회를 할 때에도 학교 앞 업체와 대기업에까지 전화를 걸어 스폰서를 구하는 극성스러움을 보여줬다. 누가 그 시작이었는지는 알 수 없었으나 그런 분위기는 이내 전염되었고, 사람들은 동아리 내 활동뿐 아니라 각자의 삶에도 열정을 쏟아냈다.

"뭐랄까, 사람들이 항상 시동 걸린 자동차 같았어요. 예열이 되어 있고, 부릉부릉 곧 튀어나갈 것 같은 느낌이랄까? 선배들이 참 열심히 사는데 아직 학생이니 결과가 눈에 보이지는 않죠. 그런데도 그 열심인 모습 자체가 감동인 거예요. 나도 저렇게 살고 싶다는 생각이 저절로 들더라고요. 제가 어렵게 자라서인지 좀 냉소적이고 비관적이었는데, 그 사람들하고 어울리면서 변한 거죠. 터닝포인트가 뭐였냐는 질문을 받고 다시 생각해 보니 그 동아리에 가입하지 않았으면 지금의 저도 없었을 것 같아요."

사람들을 만나고 탐구하는 과정에서 재차 확인하게 되는 것은 '사람은 환경의 동물'이라는 것이다. 그리고 그 환경이란 상당 부분 '사람'을 뜻한다. 아무리 주관이 굳건한 사람이라도 결국엔 주변 사람이 그 사람이 된다. 타고난 성향과 관계가 있다고만 생각했던 노력과 열정조차 인적 환경의 영향을 받는 것을 보면, 한시도 아무 사람과 아무렇게나 어울릴 수 없겠다는 생각이 든다.

이 말을 접하는 순간, '무기력하지만 맘 편하고 착해빠진 친구 녀석과의 관계를 정리하라는 건가' 하는 반감을 느낄지도 모르겠다. 물론 이런 추상적인 이유 때문에 기존의 인간관계를 정리하고 성격이 별로 맞지 않는 사람들과 억지로 어울리며 스트레스를 받을 필요는 없다. A가 말한 '시동 걸린 자동차 같은' 사람들은 꼭 깊이 교감하며 친하게 지내지 않아도 그 존재만으로도 에너지를 전염시키기 때문이다. A도 사실 그에게 가장 큰 영향을 준 동아리의 한 선배와 말을 섞어본 적이 별로 없다고 했다.

❖

당신은 성인이 되기 전까지 인적 환경을 자기 의지로 바꿔본 적이 없을 것이다. 가족과 학교 친구들이 인적 환경의 거의 대부분을 차지하는데, 의지가 개입할 여지가 별로 없기 때문이다. 그래서 주변 사람들을 자신이 선택할 수 있다는 사실을 인식하지 못하고 있을지도 모르겠다. 이제부터라도 가족, 대학, 직장 등 주어진 환경 안에서만 사람을 만날 수 있다는 편견을 깨야 한다.

10여 년 전부터 영어 회화 새벽반을 다니고 있다는 한 알파맨은 영어 공부보다는 사람들 때문에 학원을 포기 못한다고 말했다. 아무리

작심삼일로 시작하는 이들이 태반이라고 해도 엄청난 의지가 없으면 그 이른 아침에 수업을 들으러 달려 나오기는 힘들다는 것이다. 그는 그들의 열기가 자기 삶의 에너지로 변환되어 힘을 준다고 말한다.

이렇듯 마음만 먹으면 내게 좋은 영향을 미칠 새로운 사람들을 만나는 일은 어렵지 않다. 인터넷과 SNS로 사람들과 쉽게 연결되는 세상을 살고 있는 당신은 이전 세대보다 인적 환경을 더 풍성하게 만들 수도, 철저히 고립되고도 크게 불편하지 않을 수도 있는 선택의 자유를 누린다. 그러므로 "왜 내 주변에는 불평만 하면서 옆 사람 기운을 빼놓는 사람만 있는지 모르겠어"라고 말하는 사람은 그런 이들 곁에 있기를 선택한 사람이다. 그리고 그 자신도 그런 사람일 가능성이 높다.

나는 가장 희망 없는 사람이 '만만한' 사람들과만 어울리면서 그들을 무시하며 자기만족에 빠지는 사람이라고 생각한다. 주변 사람들은 자기 자신의 거울이나 다름없는데 그들을 낮추어 본다는 것은 스스로를 멸시하는 것이나 다름없기 때문이다. 자아상에 문제가 있는 사람은 결코 앞으로 나아가지 못한다.

20대는 한 번쯤 뜨겁게 살아가는 사람들 무리에 섞여보아야 하는 시기다. 본인이 '쿨한' 성격이라서 맞지 않는다고 생각할 수도 있겠지만, 스스로 뜨거울 수 없는 사람일수록 주변 덕으로라도 열기에 빠져보아야 한다. 그래야 워밍업을 하고 운동하는 사람처럼 더 폭넓게 움직일 수 있고 기술이 부족하더라도 덜 다친다.

A가 활동했던 동아리 사람들 중에는 유난히 자기 꿈을 이룬 사람들이 많아서 지금도 서로 연락하며 도움을 주고받으며 지낸다고 한다. 얼결에 그들의 열정에 묻어가던 A도 그중 한 사람임은 말할 것도 없다. 마음을 열고 뜨겁고 긍정적인 사람들 곁에 서 있어보라. 그 일이 앞으로의 삶을 바꿀 수도 있고, 또 그런 당신의 모습을 멀리서 지켜보는 누군가의 삶이 바뀔지도 모를 일이다.

리더의 임무를
경험해 봐야 아는 것들

공예가인 I에게 인생의 터닝포인트를 물어보았을 때, 나는 그때까지 들었던 것 중 가장 이상한 대답을 들었다. 대학 시절 한 동아리의 회장으로 활동했던 일이 지금의 자신을 만들었다는 것이다. 시작부터가 프리랜서였고 앞으로도 웬만해선 리더십이 필요할 것 같지 않은 예술가가 동아리, 그것도 지금 일과 아무 상관없는 외국어 관련 동아리 회장 일을 하면서 길을 찾았다니 사연이 궁금하지 않을 수 없었다.

예술 계통 전공 학과에서는 소질을 타고난 학생과 그렇지 못한 학생이 뚜렷이 구분된다고 한다. 같은 학교, 같은 과라고 해도 입시 미술을 익혀 입학의 필요조건만 충족시키고 들어온 학생들은 타고난 재능으로 일취월장 실력이 느는 동기들을 보며 엄청난 좌절감을 느낀다. I는 재능을 타고나지 못한 쪽이었다.

그런 그가 얼떨결에 동아리 회장이 된 것이었다. 정기 모임을 공지하기만 하면 되는 줄 알았던 회장 일은 만만치 않았다. 정기 모임에 최소한의 회원이 나오게 하는 것만도 골치 아픈 미션이었고, 예상치 못했던 잡일로 신경 써야 할 것이 많았다. 그중에는 '업적'이라고 할 만한 것도 있었는데, 학생회관 리모델링이 끝난 후 치열한 쟁탈전에서 이겨서 그동안 뜨내기 신세였던 동아리에 방을 얻어낸 일이었다.

후임자가 없어서 2년이나 회장 자리에 있던 그는 무얼 해도 나댄다는 손가락질받을 일이 없는, 오히려 나대야 인정받는 그 자리에서 적극적으로 뭔가를 해내는 습관을 얻었다고 한다. 그 과정에서 안 될 것 같아도 해보면 되는 일들이 꽤 많다는 것을 경험적으로 알게 되었다. 이 깨달음은 그의 전공에도 영향을 미쳤다. 타고난 재능은 부족하지만 노력하다 보면 자기 눈높이의 애호가들에게 사랑받을 만한 작품을 만들 수 있겠다는 자신감이 생긴 것이다. 우여곡절이 많았지만 그는 오래전 그의 기대대로 살고 있다.

연봉과 권한이 늘어나야 할 맛이 나는 기업의 리더와 달리 자발적인 사모임의 리더는 어떻게든 구실을 찾아내 귀찮은 일을 떠맡기는 사악한 구성원들의 희생양이다. 시간과 사비까지 털어야 하는 일이 심심치 않게 생기고, 이득은 없으면서 욕이나 먹지 않으면 다행인 자리니 피하고 싶다. 나이가 가장 많다거나 가장 어리다는 등 말 같지 않은 이유로 리더 자리를 뒤집어쓴 사람은 지뢰를 밟은 기분이 된다.

그러나 겉보기와는 달리 리더는 많은 것을 얻을 수 있는 자리다. 특히 20대에게는 짧은 기간에 자신을 성장시키고 인간 존재를 이해할 수 있는 절호의 기회다. 다들 기피해서 자원만 하면 차지할 수 있는 자리니만큼 한 번쯤은 꼭 해보라고 권하고 싶다.

우선 사람들을 자연스럽게 접촉할 기회가 많아진다. 대표로서 모임 외의 사람들을 고용하거나 설득할 일도 많고, 회원 모두와 일대일의 관계로 교류하게 된다. 사모임의 목적과 의의가 '사람'이라면 리더만큼 그 장점에 근접할 수 있는 사람이 없는 셈이다. 실제로 사회에 나와 인터넷 사모임을 결성해 리더로 활동하면서 많은 사람을 통해 실질적인 도움을 받는 사람들도 여럿 보았다. 겉보기에는 다수를 위해 사생활을 희생하는 것 같고 회원들은 그걸 몰라주는 것 같지만, 사실 회원들은 그 노고에 대해 보이지 않게 보답을 한다.

리더로 일을 하다 보면 문제 해결 능력도 길러진다. 문제 해결 능력이란 자기 인생을 스스로 얼마만큼 통제할 수 있는가와 관련된 것으로, 잘 통제할 수 있다고 느끼는 사람일수록 행복지수가 올라간다. 이 능력이 나중에 자신의 경력에 도움이 되는 것은 두말할 나위가 없다. 어느 조직에서나 두 팔 벌려 환영하는 사람이 바로 문제 해결 능력이 뛰어난 사람이기 때문이다.

리더십이라는 개념이 한 차례 훑고 지나간 뒤, 요즘 새삼 '팔로어십(followership)'이 관심의 대상이 되고 있다. 어느 조직이나 리더보다는 그를 따르는 팔로어가 더 많은데, 이제 막 사원증을 받은 햇병아리들에게 리더십이 왜 필요하겠느냐는 회의론이 그것이다. 그런데 사람들을 잘 관찰해 보면 리더십이 훌륭한 사람이 팔로어십도 뛰어난 경우가 많다.

❖

　W는 동종 업계에 종사하는 소수의 동창들과 몇 년째 사모임을 가지면서 리더십과 팔로어십에 대해 깨달은 게 많다고 한다. 그 모임에서는 서로 미루다가 회원 전체가 1년에 한 번씩 차례로 회장 자리를 맡기로 합의를 보았다. 2012년에는 그가 회장 자리에서 모임을 주관했는데 한 번씩 모임이 있을 때마다 회장 자리를 거친 사람들과 아직 거치지 않은 사람들의 태도가 확연히 다르더라는 것이다. 회장을 해 본 사람들은 모임 공지와 참석 여부를 알려달라는 요청에 재빨리 답을 했고, 모임 장소 추천에도 적극적이었다. 반면 그 외의 사람들은 모임 직전까지 연락이 안 되거나 참석 여부를 알려주지 않아 속을 태우는 경우가 많았다.

　다음 해 골치 아픈 회장 자리를 내놓고 평회원으로 돌아온 W는 이제야 그 상황을 이해할 것 같다고 한다. 모임은 정해졌는데 몇 명이 올지 모르면 장소를 예약하는 데 얼마나 애를 먹는지 경험상 잘 알기에 회장에게서 공지가 오면 최대한 빨리 참석 여부를 알려주게 되더라는 것이다.

　리더의 경험이 있는 사람들은 리더의 입장을 더 잘 이해해서 더 좋은 팔로어십을 발휘할 가능성도 높다. 그런 팔로어십이 밑바탕이 되어 커리어 범위 안에서도 리더로 올라서는 데 도움이 되는 것이다.

"세상에 공짜는 없다"라는 말은 내가 얻는 것에 치러야 할 대가가 따른다는 뜻이며 거의 진리에 가까운 말이라고 생각되지만, 그 반대도 성립한다. 내가 먼저 베풀고 희생하면 반드시 얻는 게 생긴다.

당신이 몸담고 있고 얻고 싶은 것을 얻는 사람들의 모임이 있다면 한 번쯤 봉사하는 마음으로 리더를 자청해 보라. 그리고 마지못해 임기만 채우지 말고 열심을 발휘해 보라. 미래에 몽골 초원에서 홀로 양을 치는 목동이 되거나, 다락방에 스스로를 가두고 각운과 다투는 시인이 된다고 해도 사람들 사이에서 리더가 되어보는 일은 분명 삶에 도움이 될 것이다.

스쳐가는 일도
평생 할 것처럼

평소처럼 카페에서 글을 쓰고 있을 때였다. 바로 옆 스터디 그룹용 좌석에 빼곡히 둘러앉은 대학생들이 나누는 이야기가 귀에 들어왔다.

"아르바이트가 인생 경험에도 도움이 되는 것 같아?"

가장 후배로 보이는 여학생이 묻자 너도나도 자기 의견을 말했다.

"애, 배우는 거 하나도 없어. 부모님 능력만 되면 더러운 세상 꼴 미리 볼 필요 없어."

"맞아. 시급도 너무 짜고, 그 시간에 공부해서 스펙 쌓는 게 미래를 위해서는 더 낫지."

대여섯 명의 학생 중 긍정적인 의견을 말한 이는 단 한 사람뿐이었다.

"난 괜찮은 것 같아. 사람 대하는 법도 배우고, 세상 돌아가는 것도 알게 되고."

그들끼리의 질문을 어느새 나도 모르게 속으로 곱씹어본 끝에 얻은 나름의 대답은 이랬다. 사람마다 다르다고. 얻을 것을 얻을 줄 아는 사람에게는 어떤 일이라도 분명 가치가 있다고.

사람들은 알파맨들의 전형적인 모습을 옛 장인에게서 찾곤 한다. 10대 때부터 스승을 보필하며 오랜 세월 기술을 연마한 장인처럼, 처음부터 한 가지 일에 재능과 열정을 보여 지금 여기까지 와 있는 것만 같다. 그러나 그런 기대와 달리 대부분의 알파맨은 처음부터 그 자리에 있지는 않았다. 그들은 유목민처럼 여러 가지 일을 거쳤으며, 아르바이트와 부가가치가 낮은 일을 하기도 했다. 하지만 툭하면 직장에서 뛰쳐나와 메뚜기처럼 옮겨 다녀서 제대로 된 경력을 쌓지 못하는 이들과 같다고 생각하면 오산이다. 그들에게는 단 몇 달을 한 아르바이트라도 평생 할 것처럼 일한 사람들이라는 공통점이 있었다.

사업가 B는 대학 시절에 빵집에서 아르바이트를 한 적이 있다. 빵을 좋아하는 그는 다른 아르바이트생들처럼 주인이 시키는 일만 하지 않았다. 주인에게 이 빵이 잘 팔리더라며 더 많이 만들 것을 제안하기도 했고, 유통기한이 다 되어가는 빵은 시식용으로 내놓기도 했다. 품절된 빵을 찾는 손님이 있으면 그 취향에 맞을 만한 다른 빵을 추천해 주기도 했다. 그의 태도가 적극적이다 보니 손님들이 그를 아르바이트생이 아닌 매장 매니저로 착각할 정도였다. 그가 일을 하고부터 매상이 오르자 주인은 정식 직원으로 일하지 않겠냐고 제안했지만, 그는 두 달 후 복학해야 했다. 방학이 되면 파트타임으로라도 꼭 일을 하러 오라는 주인의 신신당부와 함께 아르바이트를 그만두었다.

스타 강사 Y는 군대에 입대하기까지 9개월의 시간이 있어 통신사의 고객센터에서 계약직으로 일을 하기로 했다. 그가 맡은 일은 서비스 해지를 요구해 오는 고객들을 설득해 계속 서비스를 이용하도록 하는 것이었다. 애초 그곳에 전화를 걸어오는 사람들은 모두 불만이 있는 사람들이다. 그들과 대화를 하면서 모욕감을 느끼거나 스트레스를 받는 건 어찌 보면 당연한 일이었다. 하지만 Y는 보통의 직원들과 조금 마음가짐이 달랐다. 전화를 받으면 어떻게든 이 사람을 잘 구슬려 이 위기를 넘겨야겠다는 방어적인 자세를 취하기보다는 그 사람의 불편에 공감한 것이었다. 이야기를 듣고 보니 정말 불편하고 짜증났겠다 싶었고 그걸 해결해 주기 위해 내가 뭘 해주면 좋을까 고민했다. 그런 진심이 무슨 대수인가 싶겠지만 전화기 너머의 고객들은 즉시 알아차렸다. 일단 그가 전화를 받으면 처음 마음먹은 대로 서비스를 해지하는 사람들이 거의 없었고, 되레 만족해서 전화를 끊었다. 그는 입대하기 전 9개월 동안 통신사 상담원으로 일하면서 해지 방어율 전국 1위까지 해보았고, 아르바이트 계약직 신분으로 팀장 권한까지 부여받고 일했다.

사업가 I가 사회생활 초기에 경험했다가 자신의 길이 아님을 깨닫고 그만둔 연예 기획사 일을 할 때도 비슷했다. 일을 오래 하지는 않았지만, 그는 사표를 내고도 출근하는 마지막 날까지 최선을 다해서 일했다. 일을 하는 열정과 효율이 남달랐기에 그가 사표를 내자 회사 전체가 뒤집어졌다. 회사 대표는 그를 불러 독대하고는 누가 그를 힘들게 한 적이 있는지, 자신이 섭섭하게 한 게 있는지 물으며 그를 끝까지 붙잡았다.

어떤 분야에서 일하든, 어떤 성향의 알파맨이든, 그것이 일이라면 일단 열심히 하고 보는 것이 공통적인 성향이었다. 그들은 그렇게 함으로써 자신이 가진 재능을 발견했고 발휘하는 법을 배웠다. 이는 시급 몇 천 원을 뛰어넘는 가치였고, 그런 과정을 거쳐 지금 엄청난 부가가치를 가진 일을 할 수 있는 것이다.

기성세대에 한창 반감을 가진 젊은이들이 대개 그렇듯, 나 역시 어릴 때에는 아르바이트생을 착취의 대상으로만 보는 것 같은 고용주들이 꽤씸했다. 사해 소금물보다 더 짠 시급에서 10원어치의 가치도 더하지 않도록 받은 만큼만 일을 하는 것이 형평성에 맞는 듯했다. 그런데 지금 생각해 보면 고용주들이 이득을 보는 게 아니꼬워 나까지 손해를 본 어리석은 일이었다. 내가 수동적으로 시키는 일만 하며 받는 돈과 하는 일의 경계를 가늠하느라 에너지를 쓰고 있을 때, 아르바이트는 내 청춘을 시간 단위로 푼돈과 바꾼 일 그 이상도, 그 이하도 아니었다. 좀 더 철이 들어서 하게 된 아르바이트에서는 받는 돈과 상관없이 홀랑 빠져들어 몰입했는데, 그때 지금까지 하고 있는 일의 실마리를 얻게 되었다.

어떤 일에든 성실하고 열심인 사람이 어떤 의미에서건 성공하는 것과 그가 이전에 경험한 일이 직접적으로 도움이 되는가는 별개의 문제다. 무슨 일이든 성실한 태도와 문제 해결 능력이 필요한 법인데, 이는 분야가 달라도 통하는 데가 있다. 한 가지 일을 잘하려고 노력해 보았던 사람이 전혀 다른 일을 하면서도 능력을 발휘하는 것은 그래서다.

때로는 아르바이트를 하면서 자신이 지독히도 싫어하거나 못하는 일을 발견할 수도 있는데, 앞으로 진로를 정하는 데에 큰 자료가 된다. 하지만 그것도 일단은 열심히 해보아야 알 수 있는 것이다. 사람들은 대개 손에 익지 않은 일은 무조건 어려워하고 싫어하기 때문이다.

그런 점에서 덕을 볼 수만 있다면 '아르바이트가 좋은 경험이 될 수 있냐'던 어느 학생의 질문에 대한 답은 무조건 '예스'다.

성공한 세일즈맨인 H는 지점장이 된 지금도 매장에서 지저분한 것이 눈에 띄면 반사적으로 달려가 직접 청소한다.

"왜냐구요? 이게 내 일인가 아닌가 생각하고 뭘 하는 건 아니에요.

그냥 지저분하니까 치우는 거예요. 깨끗한 게 보기 좋으니까요."

알파맨들에게는 어떤 일이 자기 손에 들어온 이상 잘되는 모습을 보고 싶어 하는 욕망이 있는 것 같다. 일이 잘되는 걸 보고 싶어서 능동적으로 생각하고 일을 하다 보니 저절로 자기 성장이 이루어지는 것이다. 결국은 내 이익을 위해 하는 일이지만 사소한 손익계산에 집중하다 보면, 딱 그 사소한 수익에서만 멈추고 더 성장할 수 없는 사람이 된다.

대학 시절, 조 단위 발표 수업에서 유독 게으름을 부려 다른 조원들에게 피해를 주는 이를 한 번쯤은 만나본 적이 있을 것이다. 다른 학생들의 노력에 얹혀 학점을 받아 가는 그들의 이기심에 이가 갈렸겠지만, 그 습관은 어느 누구도 아닌 그 사람 자신이 가져가는 것이다. 그런 이들은 나중에 생존의 전장에서 유탄을 맞아 낙오돼도 그 누구도 손 내밀지 않는다. 끝내 도태되고 만다.

반면 실무에 쓸모없다고 생각되는 대학 교육조차 열심히 하면 직장 생활에 큰 도움이 되는 경우도 있다. 엔지니어인 T는 대학 시절에 조별 과제에서 자신이 맡은 부분을 정말 열심히 공부해서 아예 그 관련 기술을 자기 것으로 만들었다고 한다. 당시에는 한 분야를 정복했다는 단순한 만족감일 뿐이었는데, 일을 하면서 그때 공부해 놓은 것이 큰 도움이 되었다.

자신이 만족할 수 있는 삶을 당당하게 살아내는 남자와 열등감을 분노와 시기로 분출하며 살아가는 남자의 차이는 여기에서 나온다. 인생의 모든 시기에 성실할 수는 없다 해도 어느 순간 뭔가 삶에 대한 변화를 진심으로 느꼈다면, 다시 말해 철이 들기 시작했다면 아마도 스쳐가는 일에조차 영혼을 담을 수 있는 사람이 되어 있을 것이다.

자신이 하는 일에 자꾸 '열심'을 부어본다면 어느 한순간뿐 아니라 삶 전체를 잘 경영할 수 있는 사람으로 변모할 것이다.

4장

인맥이 목숨처럼 귀해 보일 때

재미있는
남자가 되는 법

　　20년 전, 동아리 MT에서였다. 내가 속한 조에서 돌아가면서 의무적으로 웃기는 이야기를 하나씩 해야 하는 시간이었다. 나는 그때까지 남을 웃길 수 있다거나 웃기고 싶다는 생각을 해본 적 없는, 생각만 많은 책벌레였다. 속으로 불평하며 며칠 전 잡지에서 본 농담을 기계적으로 내뱉은 것도 그래서였다.

　　"어떤 철학자가 삶이란 무엇인가 하는 고민에 빠졌대요. 어느 날 '길에서 답을 찾을 것이다'라는 계시를 꿈에서 받고 무작정 밖으로 나갔어요. 그러다 정말로 자기 물음에 대한 답이 시장길 벽에 쓰여 있는 걸 보고 충격을 받았대요. 거기에 뭐라고 쓰여 있었느냐면, '삶은…… 돼지고기'."

잠시 침묵이 흘렀다. 예상대로 망했구나 싶었는데, 다음 순간 말뜻을 이해한 선배와 친구 들이 갑자기 배를 잡고 나뒹굴기 시작했다. 너무 웃어서 눈물을 흘리는 사람도 있었다. 그 상황은 당시 유머의 정서와 나라는 사람의 캐릭터에서 나온 반전 등 여러 가지가 절묘하게 맞아떨어져서 나온 우연의 산물이었다. 그때 나는 처음으로 다른 사람을 자지러지게 웃게 만드는 것이 어떤 기분인지 느꼈다. 남을 웃긴다는 것은 그 자리에서만큼은 '모두에게 사랑받는 독재자'가 된다는 뜻이다.

　사실 유머라는 것은 남성성과 아주 관계가 깊다. 남을 웃기는 것은 그 상황을 장악하고 있다는 기분을 느끼게 해주는데, 이는 남자들이 특히 좋아하는 것이다. 실제로 심리학자들은 유머를 인간이 갖고 있는 공격성의 변형이라고 본다. 남성호르몬이 공격성과 관계가 있고 유머가 공격성에서 나오는 것이다 보니 웃기는 남자, 재밌는 남자가 우월한 수컷이라는 인식이 당연시되는 것이다. 종종 유머를 성공하는 남자의 필수조건이라고 보는 것도 같은 맥락에서다. 유머가 성공적인 연애의 필수조건이라고 믿는 남자들도 많다. 그래서 어떤 남자들은 유머를 가르치는 책을 사서 읽기도 하고, 유행하는 농담을 찾아 외우기도 하며, 때로 정신 나간 것처럼 보이는 행동을 하기도 한다.

　하지만 이런 노력들은 전후관계가 틀렸다. 유머는 공격성과 장악력의 문제이기 때문에, 웃기는 농담 좀 알고 어이없는 행동을 한다고 해서 재미있는 사람이 되지 않는다. 우선 권력이 있으면 그는 그 상황에서 가장 웃기는 사람, 혹은 웃길 권리가 있는 사람이 된다. 가령 사장과 함께 있는 회식 자리에서라면 말단 직원은 설사 전직 개그맨이라고 해도 유머를 섣불리 시도하지 못한다. 윗사람들이 독려하면 마지못해 성대모사 같은 개인기를 보일 뿐이다. 부디 그분들이 웃기를 간절히 기도하면서 말이다.

수평적인 관계에서라면 풍부한 이야깃거리를 가지고 대화의 주도권을 갖는 게 중요하다. 그러다 보면 자연스럽게 농담이 흘러나오고 또 그게 잘 먹힌다. 이 방법을 위해서는 사람들을 많이 만나서 많이 듣고, 많이 읽어야 한다. 우선 화젯거리가 끊이지 않아야 대화의 주도권을 잡을 수 있기 때문이다.

작정하고 웃기는 사람이 되고 싶다면 농담 따위를 외울 게 아니라 순발력 훈련이 필요하다. 여러 상황을 가정하고 그 상황에서 나올 수 있는 말들을 100개씩 적어보는 것이다. 이런 과정을 반복하면 어떤 상황에서도 재치 있는 말을 할 수 있게 된다. 실제로 개그맨들이 훈련하는 방법이기도 하지만 많은 시간과 노력이 필요한 일이기도 하다.

사람들을 포복절도하게 하는 남자가 되는 건 생각만큼 천재적 재능이 필요한 일은 아닐지도 모른다. 분명 노력하면 나아진다. 하지만 꼭 그렇게까지 해서 웃기는 남자가 되어야 하는가에 대해서는 회의적이다. 사람들은 오히려 개그맨처럼 웃기려 드는 사람에게 피로를 느끼기도 한다. 계속 농담을 던지는 사람 앞에서는 예의상으로라도 뭔가 반응을 해야 하는데, 그 사람이 진짜 웃긴다고 해도 보통 에너지가 소모되는 일이 아니다.

일상의 웃음은 개그 프로그램의 웃음과는 다르다. 개그의 웃음은 '반전'이 핵심이지만 일상의 웃음에서는 '공감'이 더 중요하다. 그래서 실제 삶에서는 빵빵 터뜨리는 사람보다는 공감을 바탕으로 유쾌하게 말하는 사람이 더 인기가 좋다. 남들이 '너는 사람이 참 재미가 없어'라고 한다면 웃기는 말을 못한다는 게 아니라, 남에게 관심이 없고 그들과 공감대를 형성할 의지가 없어 보인다는 뜻이라고 보면 된다.

한 알파맨과의 인터뷰에서 나는 유학파인 그에게 영어를 못한다고 말했다. 그러자 그는 자기도 처음엔 못했다며 미소를 지으며 손사래를 쳤다.

"제 영어 이름이 '레이'였거든요. 제 발음이 얼마나 이상했는지 1년이나 다녔던 단골 식당 주인이 저를 자꾸 '에이든'이라고 부르더라고요. 뭐 비슷한 이름이기라도 해야 자존심이 덜 상하죠. 몇 번 고쳐주다가 지쳐서 그냥 내버려뒀더니, 나중엔 종업원들이랑 동네 사람들까지 전부 에이든이라고 불러서 그냥 영어 이름을 에이든으로 바꿨다니까요."

그는 뛰어나게 재치 있는 사람은 아니었지만 나는 그와의 시간이 아주 재미있었다고 기억한다. 상대편 입장을 이해하고 늘 상대와 같은 시각으로 말하는 따뜻함 때문이었다.

공감이 주는 재미는 머리가 띵하도록 웃게 만드는 유머보다 힘이 세다. 우리 모두는 상대를 재미있게 하기 위해 개그맨이 될 필요가 없다. 재미있는 사람이 되고 싶다면 그들을 파안대소하게 만들겠다는 욕심을 버리고, 호의와 자신감으로 무장한 채 그들에게 한 걸음 다가가라. 그러면 그들은 당신을 재미있는 사람으로 기억할 것이다.

인기로는 나의
가치를 판단할 수 없다

어려서부터 알고 지낸 두 친구가 있었다. 둘은 중학교 시절부터 단짝으로 지내다가 서로 다른 고등학교에 진학했지만, 대학에서 다시 만나 본격적으로 붙어 다니기 시작했다. 둘 중 한쪽은 '사교적인 활동가'였고, 다른 한쪽은 '은둔형 모범생'이었다. 서로 다른 성격인데도 잘 지내는 그들이 늘 보기 좋다고 생각했다.

하루는 그들 중 모범생이 동석한 술자리에서 의외의 취중진담을 듣고 깜짝 놀랐다. 그는 활동가 친구와 함께 다니면서 늘 열등감에 시달렸다는 것이다. 여럿이 있는 자리에서 사람들은 늘 그 친구에게만 관심을 가지며 말을 걸었고, 혼자 있을 때에도 그 친구의 안부만 물었다고 했다. 그렇지 않아도 어딜 가나 사람들 사이에서 소외되는 느낌 때문에 외로웠는데 늘 스스로를 단짝 친구와 비교하게 되니 힘들다는 것이었다.

내가 놀란 이유는 모범생이 남의 시선에 연연하지 않고 자기 생활을 잘해나가는 걸로 보였고, 본인 생각만큼 인기가 없는 것도 아니었기 때문이다. 게다가 그 열등감의 대상인 활동가는 진중하고 공부도 더 잘하는 모범생을 한 수 위로 보고 부러워하던 참이었다.

20대에는 또래들 사이에서의 인기란 중요한 문제다. 이것은 생존 본능과 관계가 깊은 것이어서 독립 생존 능력이 떨어질수록 또래 집단에서의 평가에 민감하게 반응한다고 한다. 더군다나 20대는 짝짓기와 출산의 생물학적 절정기 아닌가.

리더십이나 인기가 있어서 어느 집단에서나 중심이 되는 소수를 제외하고는 누구나 이런 고민을 하게 마련인데, 이 문제 때문에 자기 비하에 빠지거나 사회생활에 문제를 겪는 20대들을 많이 보았다. 남자들은 이 문제를 돈이나 사회적 지위로 보상받으려는 생각에 집착해 인간관계에서 더 삐뚤어지기도 한다.

이 문제를 푸는 데 먼저 알아야 할 중요한 사실이 한 가지 있다. 인기는 필수적이지 않다는 것이다. 나 역시 20대를 지나고 많은 사람들의 이야기를 들으면서 인기가 공짜가 아니라는 사실을 알게 되었다. 인기는 일방적인 것이 아니라 상호적인 것이다. 그래서 인기 있는 사람들은 모든 사람을 배려하는 성격인 경우가 많다. 남의 마음을 움직이는 그들의 말과 행동이 오른발, 왼발을 번갈아 딛는 것처럼 저절로 되는 것이라면 일방적인 축복이라 할 만하겠지만 그렇지 않다는 게

가족, 친구, 연인을 포함해서 다섯 사람한테만 인기
있어도 당신의 20대는 성공이다. 가까운 사람들에 대한 정
성과 투자가 없는 인기는 허세에 불과하다는 것을 깨닫고,
먼저 주변의 민심을 당신 것으로 만들기를 바란다.

문제다. 의외로 그들은 남을 엄청나게 의식하면서 고민하고, 많은 희생을 감수하면서 남을 배려한다. 뭘 바라서가 아니라 그런 성격이기 때문이며, 인기 때문에 딱히 자신이 혜택을 본다고 생각하지도 않는다(모순되게도 혜택을 의식하면서 배려하는 사람들은 인기가 없다). 그들도 스트레스를 받는 것이다.

인기는 어떤 종류건 간에 거래의 대가다. 만약 인기가 없는 사람이라면 그만큼 남에게 관심을 가지고 그들의 마음을 얻는 행동을 하기가 귀찮은 사람인 것이다. 어떤 사람들은 많은 사람들에게 관심을 분배할 만한 에너지를 타고나지 못해서 아주 소수의 가까운 사람에게만 관심을 주기도 한다. 또 어떤 이들은 새로운 사람들과 만나는 걸 좋아해서 많은 사람과 넓고 얕은 관계를 맺기도 한다. 그러니까 인기는 겉보기와는 다르게 우열의 문제가 아니라 선택의 문제인 것이며, 따라서 인간관계의 질을 결정짓는 척도가 아니다. 오히려 인기 있는 사람들 중에는 정작 소수의 사람들과의 깊고 탄탄한 인간관계에 어려움을 겪는 경우도 많다. 어느 쪽이든 자신의 성향에 따라 관계의 형태를 선택하고 자신의 일부로 당당하게 받아들이면 된다.

현실적으로 말하자면 '인기'로 대변되는 표면적인 인간관계를 좌우하는 것은 나이가 들어갈수록 '매력'보다는 '돈과 지위'가 된다. 아무리 멋없이 행동하고 재미없게 말하는 사람이라도 가진 것이 많으면 주변에 사람이 모여든다. 그래서 나이 든 사람들이 더 많이 가지려고 기를 쓰는 것이다. 타인에게 관심받고 사랑받는 듯한 감정을 더 느끼고 싶어서. 이 무렵이면 젊은 날의 인기가 얼마나 부질없는 것인지 알게 된다. 그러나 그 모든 성향과 세월을 초월해서 변함없이 가치 있는 인간관계의 핵심이 있는데, 그것은 '가장 가까운 사람들을 대하는 태도'다.

당신을 잘 모르는 사람들에게 꼭 호감을 보일 필요는 없다. 그러나 당신이 가장 소중히 여기는 소수의 사람들인 친구, 연인, 가족에게만큼은 진심을 표현하고 최선을 다할 줄 아는 사람이어야 한다. 어른이 되었으면서도 이해관계에 크게 얽매이지 않는 20대에 이런 관계의 기본을 쌓지 못하는 남자들은 나머지 인생을 아주 적막하게 보내게 된다. 산후조리원이나 초등학교의 어머니 청소 모임에서도 평생 친구를 만드는 여자들과 달리, 남자들은 회사를 그만두면 인간관계 자체가 증발해 버리는 경우가 허다하다.

가족, 친구, 연인을 포함해서 다섯 사람한테만 인기 있어도 당신의 20대는 성공이다. 성공과 실패, 슬픔과 기쁨 등을 두루 경험한 알파맨 중에는 점차 가까운 사람들의 소중함을 깨닫고 그들과의 관계에만 집중하려는 이들이 많았다. 그들의 성공에 이끌려 주변에 모여드는 사람들에 도취되어 화려한 인기 잔치를 벌이는 이들은 드물었다. 어떻게든 저녁 약속을 줄이고 중요한 사람은 점심시간에 만나려 애쓰는 모습들을 보면서 인간관계의 우선순위를 엿볼 수 있었다.

가장 가까운 사람들과의 관계가 단단하게 지탱해 주지 못하는 사람의 모든 인간관계는 위태롭고 무의미하다. 가까운 사람들에 대한 정성과 투자가 없는 인기는 허세에 불과하다는 것을 깨닫고, 먼저 주변의 민심을 당신 것으로 만들기를 바란다. 다양한 사람들과의 얕은 관계를 즐기는 성향이든, 낯선 사람과 어울리는 것을 싫어하는 성격이든, 먼 훗날 본인이 후회하지 않을 길을 잊지 말라.

감정 낭비 금지!
이제는 관계의 우선순위를 정할 때

경영하던 사업체가 도산해 H가 큰 어려움을 겪을 때였다. 감당할 수 없는 빚을 진 채 도무지 앞이 보이지 않는 시간을 견뎌내고 있던 그때, 그는 생각도 해보지 못한 진기한 경험을 하게 되었다. 그가 알던 모든 사람들과 갑자기 연락이 전혀 안 되었던 것이다. 함께 술잔을 기울이던 친구들, 비전을 공유하던 젊은 사업가들, 오래 친분을 쌓아온 사업 파트너들 모두가 일제히 H만 지구에 남겨두고 화성으로 이주한 것처럼 연락이 닿지 않았다. 전화도 받지 않고, 찾아가도 자리에 없었다. 절망보다 그를 괴롭힌 감정은 지독한 외로움이었다.

하루는 모처럼 전화벨이 울려 받았더니 친절한 여자의 목소리였다.

"고객님, ○○론입니다. 첫 달은 무료 이자 혜택을 받으실 수 있고 요⋯⋯."

보통 때라면 첫마디를 채 듣기도 전에 끊었을 불법대출 홍보전화였다. 그러나 모처럼 자신에게 말 거는 사람의 목소리를 들은 그는 오히려 반가운 마음이 들었다. 전화기를 붙들고 이것저것 물으며 전화기 너머 그녀와 한참 대화를 나눴다. 나중엔 당황한 저쪽에서 서둘러 통화를 마무리할 정도였다. 뒤늦게 부러 미루던 어머니와의 재회가 이루어지고서야 그 극도의 외로움은 끝을 보게 되었다.

그 시간들을 통과하면서 그는 한계 상황에서의 인간관계라는 것을 두 눈으로 똑똑히 목도했다. 그가 애써 관리하며 유지하려던 수많은 인간관계, 의리에 죽고 살던 친구들과의 우정 모두가 오히려 소홀히 여겼던 가족에 비하면 먼지 같을 뿐이었다. 그렇다고 사람들을 원망하는 마음이 드는 건 아니었다. 그저 가장 중요한 관계가 무엇인지 깨달았을 뿐이다. 재기한 지금, 그가 인간관계에 투자하는 시간의 비중이 이전과 달라졌음은 말할 필요도 없다.

남자들 사이에서는 사적인 관계를 우선시하면 좀 모자란 취급을 받는 경향이 있다. 이런 경향과 무관하지 않은 한국의 직장 문화에서 남자들은 어버이날에 아무렇지도 않게 팀 회식을 잡고, 결혼기념일이어서 야근을 못하겠다는 말을 차마 입 밖으로 꺼내지 못한다.

친구들 사이에서 여자 친구나 아내 때문에 무슨 일인가를 못하거나 해야 한다고 말하는 것은 또 얼마나 자존심 상하는 일인가. 남자들은 의리라는 것을 남과의 관계뿐 아니라 자기 정체성으로 인식하는 경향이 있다. 의리를 위해 가족과 연인을 소홀히 하는 것이 자기 안의 '강한 남성성'을 증명하는 일인 것만 같은 기분도 든다. 연애 초기에야 진짜로 연인에게 소홀했다가는 제대로 시작도 해보기 전에 연애가 끝나기 때문에 그런 기분을 무시하지만, 관계에 익숙해질수록 "너는 아직도 그렇게 꼼짝 못하냐?"라는 친구들의 말에 예민해진다.

아직 또래문화에서 남성 정체성을 찾기 마련인 20대에는 그런 경향이 더 강하다. 아직은 나를 얽매는 관계에 자발적으로 충성하고 싶지 않다. 얇고 넓은 인간관계가 앞으로 할 일에 도움이 될 거라는 생각에 가치 없는 인간관계를 유지하며 시간과 에너지를 투자하는 경우도 많다.

물론 20대 초중반에는 되도록 많은 사람을 접하며 관계에 대한 경험을 넓히는 것도 좋다. 의리에 목숨을 걸어보는 것도 괜찮다. 그러나 이런 몇 년의 기간은 앞으로 평생 유지할 인간관계의 우선순위를 정하고, 단계별로 인생의 어느 만큼을 분배할지 결정하는 척도로 삼는 것으로 족해야 한다. 나이를 더해갈수록 가장 소홀하고 우습게 여기기 쉬운 가족에게 투자할 수 있어야 한다. 이것은 태도의 문제이며, 나중에 가정을 이루고 살아갈 때 삶의 만족도를 높이고 유지할 수 있는 능력과 관계가 깊은 일이다.

대개 40대 전후인 인터뷰이들은 이런 점들을 깨닫고 있었다. 자기 시간의 10퍼센트는 무조건 가족에게 할애한다는 원칙을 세우고 지키는 이도 있었고, 비즈니스 만찬 약속은 무조건 점심에만 잡는 이들도 많았다. 가족은 뒷전일 것 같은 알파맨들이 오히려 가족들과 좋은 관계를 유지하려고 기를 쓰는 모습을 보이는 경우가 많아 의외였다.

"인생 풍파를 겪고 보니 친구가 생각보다 중요한 게 아니더군요. 살면서 좋은 사람들과 함께 시간을 보내고 마음을 여는 것은 좋은 일이지만, 그들에게 인생의 너무 큰 지분을 할애할 필요는 없겠더라고요."

요식업 체인점을 운영하는 S의 말이다.

❖

가족만이 아니다. 그들은 가족 이외의 관계에서도 우선순위를 정하고 인생에서 가장 중요한 사람에게 그만큼 정서적 투자를 하고 있었다. 그들은 경력이나 인생에 도움이 될 줄 알고 숱한 밤을 무의미한 술자리로 보낸 젊은 날을 후회하고 있었다.

나는 젊은 날부터 우선순위에 맞게 시간과 정성을 투자하지 않은 남자들이 40대 이후부터 어떤 삶을 사는지 알고 있다. 고용자들이 비용 대비 효율이 가장 높다고 여기는 30대까지는 워낙 일로 바쁘기 때문에 외롭다는 것을 느낄 겨를도 없다. 일로 만나는 사람들과 잘 지내는 것만으로도 버겁다. 그러다 점점 일에서 밀려나다 보면 사적인 인간관계의 공백을 절감하게 된다. 휴일에 아내와 자식들이 자신과 시간을 보내는 것을 반기지 않는 상황을 겪으며 허무해하지만, 사실 그것은 그 관계에 투자를 게을리한 대가다. 한국에서 생계를 유지한다는 일의 엄혹함 때문에 그럴 여력이 없었다고 하기에는, 여가 시간에 가족으로부터 탈출하기 위해 기를 쓰는 가장들이 너무 자주 목격된다. 늘 가까이 있는 가족, 함부로 대해도 여전하기만 한 죽마지우에게 정서적 투자를 게을리하다 보면 언젠가 당신에게서 이익을 보려는 이들이 아니면 대화할 사람이 없어지는 상황이 올 것이다. 남자들이 40대 중후반에 이르면 갑자기 초등학교 동창회가 조직되기 시작한다는 말들이 우스개가 아니었던 것이다.

호스피스 병동에서 많은 사람들의 마지막을 지켜본 어느 봉사자는 그들이 마지막으로 하는 말이 모두 '사랑하는 사람들과의 관계'에 관한 것이었다고 한다. 인생을 정리했을 때 그 사람을 대변하는 가치는 생전에 쌓았던 커리어나 명성, 재산 같은 것이 아니었다.

여자들처럼 사교적이지 않은 남자들은 훨씬 외롭기 쉬운 존재다. 인생의 단계마다 인간적 고립을 면하게 해줄 친구를 조달할 능력이 없다. 그래서 남자들은 일찍부터 오래갈 인간관계를 소중히 여기고 관리하는 태도와 가치관을 길러야 한다.

지금이 바로 그때다. 가족, 연인, 친구…… 그 중요한 사람들에게 투자해야 한다. 많은 시간을 미련하게 들이부으라는 말이 아니다. 당신이 마음속으로 정한 우선순위에 충실하고 잠깐씩 그 마음을 표현하는 것만으로도 아직은 충분하다. 생일을 잊고 넘어가고도 마음만은 진심이라고 턱없이 변명하는 사람만은 되지 마라.

인맥이
인생 성공의 비결이라고?

복학생 N은 고등학교 동창 녀석이 또 술값을 뒤집어씌운 탓에 기분이 좋지 않았다. 이야기를 들어보니 이런 일이 한두 번이 아니었다. 툭하면 불러내서 데이트 비용을 대게 하기도 하고, N의 자취방을 제 집 드나들듯 하며 먹을 걸 축내고도 고마운 기색이 없었다. 자신이 필요할 때만 그를 부르고 정작 그의 부탁은 모른 척했다. 왜 이런 일방적인 관계를 지속하며 마음고생을 하느냐고 물었더니, 이렇게 대답했다.

"고등학교 때 친구다 보니 칼같이 인연을 끊기가 좀 그래요. 그리고 걔가 제 친구 중 제일 공부 잘했던 놈이거든요. 애가 좀 염치가 없어서 그렇지 머리는 진짜 좋으니까, 지금 사법고시 공부 하는 거 꼭 붙을 거예요. 판검사나 변호사 하는 친구 하나 있으면 든든하잖아요."

그는 미래의 인맥 관리를 위해 기꺼이 '호구'를 자청하고 있던 것이다. 어떤 사람들은 인맥을 만능열쇠로 본다. 여러 분야의 힘 있는 사람들을 알아두면 그들의 도움으로 모든 일이 일사천리로 해결되리라고 생각하는 것이다. 성공 스토리를 다룬 드라마에서도 꼭 결정적인 순간에 능력자가 나타나 상황을 평정해 주지 않던가.

나 역시 친화적인 성격과 인맥으로 경력의 스타트를 남보다 쉽게 끊는 사람들을 보고 부러워한 적이 많았다. 그러나 인맥으로 일하는 사람들의 성공은 스타트, 딱 거기까지였다. 실력보다 쉽게 기회를 얻어 부러웠던 이들 중 지금까지 자기 분야에서 살아남은 사람은 단 한 명도 없다.

사람들은 너나 할 것 없이 다들 힘들게 산다. 누군가를 안다는 이유만으로 생업이 달린 일을 맡길 사람은 없다. 물론 잘 아는 사이라면 처음 한 번은 자신의 권한 내에서 길을 열어주기는 한다. 그러나 그 기회에 제대로 실력을 보여주지 못하면 지인은 두 번 다시 기회를 주지 않는다. 인정으로 인한 손해는 한 번으로 충분하다고 생각한다. 본인의 실력이 뒷받침되지 않으면 인맥도 다 소용없는 것이 된다.

❖

간혹 인맥 자체로 일을 하는 사람들도 있는데, 그들은 인맥을 필요로 하는 사람들을 서로 연결해 주는 것으로 힘과 신뢰를 얻는다. 하지만 이런 이들은 많은 인간관계를 한꺼번에 유지하는 데에 최적화된 성품을 타고난 경우가 대부분이다. 우리의 생각과는 달리 딱히 사람들을 의식적으로 '관리'하지 않는다. 마구잡이로 먼저 연락해서 부담을 느끼게 하지도 않는다. 그들에게는 이상하게도 먼저 연락을 하게 만드는 힘이 있다. 그 힘의 정체가 뭘까 하던 차에, 누구보다 넓은 인맥을 가진 한 알파맨의 말에서 답을 찾을 수 있었다.

"그냥…… 그 사람이 궁금해요."

누군가를 궁금해한다는 것은 좋아하는 것보다 힘이 세다. 내 존재를 궁금해하는 사람 앞에서 마음이 열리지 않을 사람이 누가 있겠는가. 타인과의 얕은 관계에도 만족하며 초면에도 쉽게 호감을 느끼는 사람들이 인맥을 힘으로 사용할 수 있는 사람들이다. 한마디로 인맥이 주는 이익에 절박하지 않은 사람들이 오히려 인맥을 통해 힘을 얻는 셈이니 아이러니가 아닐 수 없다.

의외로 일에 도움이 되는 인간관계는 단단하고 끈끈하게 얽혀 있지 않다. 우리가 사는 세상은 사회학자들이 '느슨한 고리(weak ties)'라고 부르는 얕은 인간관계로 돌아가는 경우가 더 많다. 내가 만난 알파맨들 역시 어느 모임에서 우연히 만나 명함을 주고받은 사람과 일생일대의 프로젝트를 진행했다거나, 지인의 소개로 이메일을 주고받은 얼굴도 모르는 사람에게서 큰 도움이 되는 정보를 얻은 경험이 있었다. 그러나 그런 관계들은 인맥 관리에 각별한 공을 들여서 생겨나는 것이 아니다. 대인관계 기피증이 있지 않는 이상에야 당신이 남에게 줄 수 있는 게 생기면 필요한 만큼의 인맥은 저절로 생겨난다.

벌써부터 인맥을 의식하며 도움이 될 것 같은 사람에게 공을 들이기보다는, 그 시간과 노력을 들여 누군가에게 무언가를 '줄 수 있는'

사람이 되는 편이 낫다. 차라리 당신의 영혼에 휴식을 주는 사람들과 좋은 시간을 보내며 마음을 풍성히 하라. 그 여유가 낯선 이들에게 신뢰감을 주어 '느슨한 고리'를 엮는 데 도움이 될 것이다.

호구가 되는 것과
호의적인 것의 차이 구분하기

이제 막 사회생활을 시작한 남자가 입사 2년차 친구에게 이런저런 조언을 구하고 있었다.

"사람들하고 친해지고 싶어서 도와달라는 부탁을 다 들어줬는데 아무래도 내가 점점 사무실 머슴이 되어가고 있는 느낌이야."

사회 초년생 친구의 말을 듣던 2년차 친구가 안타깝다는 투로 되받았다.

"누구한테든 너무 잘해줄 필요 없어. 요즘 사람들은 잘해주면 고마워하기는커녕 오히려 호구로 본다고. 처음부터 센 척해야 '아, 저놈은 성깔 있는 놈이구나. 건들지 말아야지' 하고 포기하고 그다음부터 회사 생활이 편해지는 거야."

동석했던 몇몇 사람들은 그에 동조하는 듯 고개를 끄덕이고 있었다.

❖

'과연 얼마만큼 착한 사람이 되어야 하는가?'

20대들이 처음으로 어른이 되면서 부딪히는 가장 어려운 문제 중하나다. 도무지 호의가 되돌아오지 않는 무정한 세상에서 어떤 태도를 취해야 할지 막막하다. 사람들과 잘 지내고 싶은데, 그들은 그런 나를 이용하기만 하는 것 같다. 이 고민에 대한 답을 찾기 위해서 먼저 받아들여야 할 명제가 있다. 바로 '현명한 게 착한 것'이다.

어디에서나 관계 초반에는 호감이 중요하다. 인간이 꽤나 이성적인 존재라고 생각하지만, 사실 사람들이 내리는 선택과 결정 대부분에는 감정이 더 크게 개입한다. 친구 관계에서든 사회생활에서든, 사람들에게 호감을 느끼게 하는 일이 중요한 이유다. 그런데 호감 자체는 관계의 초반에만 힘을 발휘할 뿐이고 만남이 반복되면 호감보다 훨씬 더 중요해지는 것이 있다. 바로 '신뢰'다. 신뢰가 지원해 주지 않는 호감은 머지않아 힘을 잃는다. 회사에서는 업무 능력과 성실성이 곧 신뢰다. 내가 이 문제에 대해 물었을 때 한 알파맨은 이렇게 대답했다.

"매일 지각하고, 일을 시키면 엉뚱하게 해 와서 꼭 제가 다시 하게 만드는 부하 직원이 있어요. 그러면서 저도 찔리는지 자꾸 아부를 하고 제 일을 도와주겠다고 나서긴 하는데, 솔직히 하나도 고마운 마음이 들지 않고 비굴해 보이기만 하더라고요.”

내가 사람들에게 베푼다고 생각하는 호의가 탄탄한 신뢰를 바탕으로 한 것인지 먼저 점검해 보아야 한다. 만약 그렇지 못하다면 열 일 제쳐두고 신뢰의 기초부터 다시 다져야 한다.

현명하게 착해지기 위한 두 번째 미덕은 거절을 잘할 줄 알아야 한다는 것이다. 어떤 사람들은 무리인 줄 뻔히 알면서도 그 부탁을 다 들어주며 기운을 뺀 다음, 그 사정을 잘 알 리 없는 상대방의 김새는 반응에 실망하는 일을 반복한다. 사람들은 누군가가 내 부탁을 거절했다는 사실을 의외로 빨리 잊어버린다. 그러나 부탁한 일이 잘 안 되어 피해를 본 일은 오래 기억한다. 내가 문제없이 기분 좋게 할 수 있는 일만 돕는 편이 오히려 호감을 유지하는 데 더 도움이 되는 것이다.

물론 여기에는 화법이 중요해서 면전에서 무 자르듯 거절해서는 안 된다. “저도 도와드리고 싶지만 오후까지 제출할 보고서 때문에 어렵겠습니다”라는 예의를 갖춘 형식은 기본이다. 만약 나한테 무리한 일인지 아닌지, 어떻게 거절해야 할지 순간적으로 아무 생각도 나지 않는다면 얼떨결에 수락하지 말고 “잠깐만요. 제가 도와드릴 수 있는지 확인하고 바로 말씀드릴게요”라고 말하며 한숨 고를 시간을 벌면 된다.

또한 호의는 예상하지 못한 상황에서 간헐적으로 베풀어야 효과가 있다. 바쁘고 피곤해 보이는 오후, 선배의 책상에 아메리카노 한 잔을 놓아준다면 그 순간 그에게는 당신이 구세주로 보일 수도 있다. 그러나 같은 일이 매일 반복된다면 어느 순간부터 그 일은 더 이상 호의가 아닌 의무가 된다. 흔히 말하는 '호구'가 되는 것이다.

✦

마지막으로 당부할 것은 남에게 호의를 베풀 때는 당당하고 순수해야 한다는 것이다. 상대에게 잘 보이고 싶은 마음, 그 일을 통해 뭔가 대가를 받고 싶은 마음을 품으면 사람들은 귀신같이 알아본다. 심리학자들은 상대가 자존감이 없다고 판단될 때 사람들은 호의를 굴종의 신호로 받아들이는 경향이 있다고 한다. 그래서 어설프게 세상 경험을 해본 많은 이들이 "사람들에게 잘해줄 필요 없다. 잘해주는 사람을 만만히 본다"라고 생각하며 불특정 다수의 세상 사람들에게 적대적인 자세를 취한다.

나는 "성격 나쁜 걸 보여줘야 세상을 편하게 살 수 있다"고 주장하는 사람들이 실제로는 얼마만큼 필요 이상으로 힘들게 사는지 보아왔다. 사람들은 성격 나쁜 사람들을 피하기는 하지만, 결코 그들이 순탄하게 가도록 길을 열어주지는 않는다. 세상이 나를 만만하게 본다면 호의를 거둘 것이 아니라, 그들이 호의를 굴종으로 받아들이지 않도록 자아의 힘을 키울 일이다.

자신이 좋은 사람이라는 사실을 믿고, 그저 그 마음의 반영으로 호의를 베풀라. 인류는 공동체에 호의를 베풀면 그것이 언젠가는 돌아온다는 암묵적인 믿음 때문에 멸종하지 않을 수 있었다. 우리 모두의 DNA에는 호의에 반응하는 요소가 있다. 미리부터 겁먹지 말고 세상에 호의를 베풀 준비를 하라. 당장은 아니겠지만 돌고 돌고 돌아 당신의 인생에 그 대가가 찾아올 것이다.

친구의 돈 천 원을
우습게 본다면

"아, 그 돈 빌려가면 안 갚던 애?"

오래된 친구들을 만나 회포를 풀던 중 다른 친구 하나를 떠올리며 가장 먼저 튀어나온 말이었다. 내가 기억하기로 그 친구는 재담에 소질이 있어서 늘 친구들을 웃기는 아이였고, 춤 잘 추고 노래도 잘 불렀다. '그'라는 사람을 특징지을 수 있는 수많은 수식어가 존재하는데도 사람들은 그저 '돈 안 갚는'이라는 말로 이미지화해 기억의 저장고에 보관하고 있었던 것이다. 많지도 않은 돈이었다. 1천 원이나 2천원, 많아야 1만 원이었다.

사람들은 돈에 대해 말하면 어쩐지 자신이 치사해지는 기분을 느낀다. 특히나 많지 않은 돈이라면, 남자라면 더더구나 그렇다. 실제로도 푼돈 쓴 일에 대해 일일이 언급하는 이를 보면 속이 좁은 사람이라는 인상을 받게 된다. 그러나 한 가지 명심해야 할 것이 있다. 돈에 대해 대범해 보이는 사람은 자기가 잃은 돈에 대해 잊는 사람이 아니라 그것에 대해서 입을 다무는 사람일 뿐이라는 사실이다. 아무리 돈이 많거나 건망증이 심해도 자기가 누군가에게 베풀거나 빌려준 돈을 잊는 사람은 없다.

당신이 여럿이 밥을 먹은 자리에서 돈을 걷고 계산하며 돈을 적게 냈거나 포인트를 적립했다면 친구들은 아닌 척해도 그 사실을 모두 알고 있을 것이다. 친구가 돈이 없는 당신을 대신해 버스카드를 찍어 주었다면 그 친구는 버스를 탈 때마다 그 일을 떠올리게 될 것이다.

나는 철없던 시절에 어영부영 지인들의 푼돈을 떼먹은 몇몇 장면들을 후회한다. 그때는 타이밍을 놓치면 푼돈을 일일이 갚기가 무척 어색하게 느껴졌고, 어쩐지 상대를 치사한 사람으로 만드는 것만 같았다. 친구와 쇼핑을 하다 돈이 모자라 1, 2천 원을 빌린 일, 그리고 회식 후 술 취한 나를 택시에 넣어준 선배가 대신 내준 택시비를 잊은 일이 한동안 그들이 나를 떠올릴 때 낚시에 걸린 미역처럼 딸려 올라왔을 것이다.

❖

사람들이 자기 인생의 일부를 떼어 팔아서 바꾼 것, 그게 돈이다. 그래서 사람들은 아무리 적은 돈이라고 해도 자기 돈을 우습게 여기는 사람을 신뢰하지 못한다. 내 돈을 존중해 주는 사람에게 마음도 준다. 그러므로 누군가 나를 위해 돈을 썼다면 일일이 되갚지는 못하더라도 모른 척하지 말고, 내가 의식하고 있다는 걸 알려주고 고마움을 분명히 표시해야 한다.

당신이 자꾸 누군가에게 돈을 빚지게 된다면 사람들은 당신의 태도를 지켜보며 마음속으로 자기도 모르게 덧셈 뺄셈을 하게 될 것이다.

'소개팅을 시켜주었으니까 지난번 빌려간 건 퉁치고 잊자.'

'과제를 도와주었으니 지난번 밥값을 대신 낸 일은 없었던 일로!'

여기서 손해라고 생각될 때 사람들은 당신에게 물심양면으로 무척 인색해질 것이다. 당신이 셈이 흐리면서도 무난한 인간관계를 유지하려면 사람들에게 빚진 돈의 몇 배는 더 흘리고 다니는 사람이어야 한다. 사람들은 원래 준 돈보다 받을 돈을 더 정확히 기억하기 때문이다. 셈이 흐린 사람은 사람과 재산과 인생을 관리하는 데 여러모로 손해인 셈이다.

'목적을 위해서는 수단과 방법을 가리지 않는 권모술수의 원전'이라고 불리는 마키아벨리의 『군주론』은 제왕이 백성을 다스리기 위해 필요한 온갖 무자비한 방법들을 제시하며, 이를 눈 하나 깜박이지 말고 실천하라고 압박한다. 정치학적 가치와는 별개로 '악마의 책'이라는 별칭까지 갖고 있던 『군주론』에서조차 백성들의 돈만은 건드리지 말라고 경고한다.

"다른 사람의 재산에 손대지 말라. 인간은 아버지의 죽음은 쉽게 잊어도 재산을 빼앗긴 것은 좀처럼 잊지 못하기 때문이다."

그 반대의 경우로, 상대가 내 돈을 우습게 여기는 것도 허락하지 말아야 한다. 돈에 대한 감정은 당신도 마찬가지이기 때문에 상대에게 느끼는 감정과 관계가 변질되기 쉽다. 돈을 빌려주지 않아서 생긴 섭섭한 감정은 쉽게 잊히지만, 돈이 오가서 문제가 생긴 관계는 절대로 회복되지 않는다. 세상을 조금 아는 사람들 중에는 지인에게 돈을 빌려달라고 쉽게 말하는 사람이라면 아예 가까이하지 않는다는 이들도 적지 않다.

요즘에야 법적으로 제한이 생겨 패가망신하는 경우가 적어졌지만 얼마 전까지만 해도 친구의 빚 보증 때문에 인생에 큰 타격을 입은 사람이 많았다. 『성경』에도 '절대로 하지 말라'고 몇 번이나 나와 있는 보증을 서는 사람들이 왜 그리 많았는지 모르겠다.

어쩌면 당신은 아직 '인생을 떼어 돈으로 바꾸는' 본격적인 경험을 하지 못했을 수도 있다. 그래서 그 일이 어떤 것인지 피부로 느끼지는 못하더라도 이 원칙만은 기억하기 바란다. 절대로 남의 돈을 건들지 말고, 내 돈도 소신껏 지킬 수 있어야 한다는 것. 그렇게 하면 돈 이외의 많은 것도 지킬 수 있다.

타인의 질투를
관리할 것

J가 대학 시절에 공모전에서 상을 받았을 때의 일이다. 처음 경험하는 경사라 당시 유행하던 SNS에 관련 게시물을 올리고, 주변 사람들에게도 소식을 알렸다. 이 일로 사람들이 자신을 다른 눈으로 보게 되고, 스스로도 자신감을 갖게 된 것 같아 얼마나 기뻤는지 모른다. 그러나 그런 기분도 잠시, J는 자신에 대해 이상한 소문이 돌고 있다는 것을 알게 되었다. 공모전에서 상을 받은 디자인이 남의 아이디어를 도용한 표절이라는 것이었다. 그 소문이 조교에게까지 들어가서 좋은 기회가 될 뻔했던 기업 추천까지 놓치고 말았다. 며칠 밤을 새서 아이디어를 짜내고 작품을 만든 그는 억울해서 미치기 일보 직전이었다.

그는 한참 후에야 그 소문의 근원지가 다름 아닌 자신의 친구라는 것을 알게 되었다. 친구는 J가 완성한 도안을 다른 친구에게 보여주며 조언을 구하고 참고해 수정한 것을 두고 표절이니, 아이디어 도용이니 하는 말을 흘렸던 것이다. "도대체 나한테 왜 이러느냐"는 J의 물음에 친구는 이렇게 대답했다.

"너한테 악감정이 있어서가 아니야. 난 그냥 이게 옳지 않은 일이라고 생각했어."

J의 친구는 아마도 정말 그렇게 생각했을 것이다. J가 상을 받아 그 영광을 누릴 자격이 없으며, 많은 사람들이 그 사실을 제대로 알아야 한다고 믿었을 것이다. 그러나 자신이 정의나 이성이라고 믿는 그 판단이 실은 '질투'라는 감정의 그럴듯한 외피였음은 끝까지 인정하지 못하리라.

사람은 비교하기를 좋아하는 존재이며 언제나 비교하며 사는데, 비교 우위에서 밀릴 때 느끼는 감정은 처참하다. 그런데 비교는 자신과 아예 동떨어져 있는 사람과 하게 되는 것이 아니다. 지금 석사 학위 논문을 쓰고 있는 물리학도가 비교하고 질투하는 대상은 아인슈타인이 아니라 자신보다 먼저 논문이 통과된 고만고만한 동기 물리학도다. 사람들은 나와 본질이 비슷한 것 같은데 나보다 잘되는 이를 지켜보기를 몹시 고통스러워하며, 자신의 능력 내에서 어떻게든 그를 자신의 수준으로 끌어내리고 싶어 한다.

질투나 시기라는 게 드러내놓기에는 참 저열한 감정이다 보니, 누구라도 자신이 느끼는 감정을 있는 그대로 인정하지 않는다. 자신이 공격하고 있는 그 대상에게 잘못이 있고, 이 모든 과정이 세상의 정의를 실현하기 위한 것이라고 생각하게 마련이다. 질투의 대상이 되는 사람이 무너지는 이유는 아주 다양하고, 저마다 정당성을 갖는다. 그래서 보통 사람들은 얼마만큼 많은 사람들이 질투 때문에 파국을 맞는지 잘 모른다.

"명목은 다 다르지만 알고 보면 높이 올라갔다 떨어지는 사람들의 배경에 누군가의 시기나 질투가 있는 경우가 많아요. 주관적인 견해지만 저는 90퍼센트 이상이라고 생각해요. 세상은 제가 20대 때 알고 있던 것과 다른 원리로 돌아가더라고요. 벼가 익을수록 고개를 숙인다는 게 괜히 있는 말이 아니에요. 그걸 알게 되니까 고개를 숙이게 되는 거예요."

사업가 S의 말이다.

알파맨들 중에는 질투 때문에 무너지는 사람들을 많이 지켜보고, 또 직접 경험해 본 이들이 많았다. 그래서인지 겸손한 태도가 몸에 배어 있고, 자신의 성과에 대해 말을 아꼈다. 나는 초면일 때 무심히 대화를 나눴다가 나중에 우연히 언론에서 접하고 그가 얼마나 대단한 사람이었는지 알게 되어 깜짝 놀란 경험을 한두 번 한 게 아니다.

르네상스의 주역이며 피렌체의 명문가인 메디치 가문을 일으킨 조반니 디비치는 아들에게 이런 유언을 남겼다.

꿈, 경력, 근사한 여자 친구, 경제력…… 모든 좋은 것은 당신 안으로만 소중히 여기고 키워야 한다. 내보여 자랑하고 남의 부러움을 사고 싶은 욕구를 적당히 누를 수 있어야 한다.

"다른 사람들이 널 주목하게 만들지 마라. 만약 사람들 앞에 서야 한다면 꼭 필요한 곳에만 모습을 보여라. 대중의 시선에서 멀어져야 한다."

조반니의 아들 코시모는 부친의 뜻을 정확히 이해하고 있었고 부친 이상으로 현명하게 처신했다. 피렌체 시내에 나갈 때 시민들이 위화감을 느낄까 봐 말을 타지 않고 걸어서 다닐 정도였다. 그는 "질투는 물을 안 주어도 자라는 잡초"라고 하며 나날이 축적되는 부와 명예 앞에서도 몸을 낮추었다. '질투 관리'를 금과옥조로 삼은 메디치 가문은 무려 350년 동안이나 유럽을 지배했다.

✦

요즘은 보통 사람이라도 얼마든지 자신의 장점을 자랑하고 유명해질 수 있는 시대가 되었다. 그래서 겸손이 미덕인 시대는 가고 자신의 장점을 남에게 적극적으로 홍보해야 살아남는 시대가 되었다고 단언하기도 한다. 그러나 지금 이 순간에도 자신이 감당할 내성이 생기지 않은 상태에서 사람들의 질투를 샀다가 무너지는 이들이 얼마나 많은지 모른다. 사람들은 자신이 따라잡을 수 없는 탁월함에는 존경심을 보인다. 하지만 상대가 기대보다 못하다는 걸 알게 되었을 때, 존경이 질투와 분노로 바뀌는 것은 순식간이다.

좋은 것을 갖거나 남들이 부러워할 만한 능력이 생기면 가진 것을 조금씩 내보여야 한다. 그래야 관심을 가지게 된 사람들이 조금 더 정보를 알게 되었을 때 질투보다는 호감을 느끼게 된다. 제발 가진 것을 과장해서 내보이지 말라. 관심을 끄는 것이 곧 돈이 되는 세상에서 유혹을 느끼겠지만, 진짜 자신의 가치를 높이고 그 가치를 오래 유지하려면 사람들의 질투를 사는 일이 얼마나 위험한지 알아야 한다.

꿈, 경력, 근사한 여자 친구, 경제력…… 모든 좋은 것은 당신 안으로만 소중히 여기고 키워야 한다. 내보여 자랑하고 남의 부러움을 사고 싶은 욕구를 적당히 누를 수 있어야 한다. 지인들 사이에서 당신이 잘나간다는 소문이 퍼지는 것을 경계해야 한다. 젊은 당신이 이 점을 알고 행동한다면 앞으로 '도대체 내가 왜 이런 일을 당해야 하지?'라고 느낄 만한 영문 모를 봉변을 대다수 예방할 수 있을 것이다. 그리고 원하는 길로 천천히 오래오래 갈 수 있을 것이다.

가족이 준 상처에서
떠나야 하는 순간

"전쟁보다 가족에게서 상처받아 피 흘리는 사람이 더 많다."

어느 심리학자의 말이다. 꽤 성공적인 사업체를 꾸리고 있는 M이 바로 그랬다. 그의 아버지는 평생 단 한 번도 직업을 가져본 적이 없는 사람이었다. 아버지 대신 작은 가게로 근근이 생활을 지탱하는 어머니는 무기력하고 신경질적이었다. 지박령(地縛靈)처럼 안방 한구석을 차지하고 앉아 어린 자식들을 때리며 훈계하는 것으로 자기 존재를 확인하려 들었던 아버지 덕에 그는 사춘기 시절에 방황도 많이 했다. 자신이 친구들과는 전혀 다른 세상에 속한 '어둠의 아이'라고 느꼈다.

성적이 좋았는데도 대학을 포기하고 바로 지원했던 군대에서 그는 오히려 자유를 느꼈다. 가족에서 벗어난 삶 자체가 그에게는 휴식이었던 것이다. 난생처음으로 자신에 대해 생각하고 틈틈이 책을 읽던 그는 책 속에서 앞으로 살아갈 날에 대한 힌트를 얻게 된다. 원하는 공부를 하러 미국으로 떠나는 것이었다.

그는 제대하자마자 1년여 준비해서 단돈 300만 원을 쥐고 유학길에 올랐다. '딱 죽지 않을 만큼' 고생한 끝에 학위를 따고 현지 취업까지 한 그는 여러 기업에서 탐내는 인재가 되어 한국으로 돌아왔다. 그 모든 과정을 거쳐 다시 만난 가족은 더 이상 그를 어둠의 아이로 느끼게 하던 깊고 축축한 수렁이 아니었다. 이제 적당한 거리를 유지하며 자식 노릇을 하는 그에게 가족은 '그래도 없는 것보다는 훨씬 나은' 존재다.

요즘 세상에서는 무언가를 다루려면 대개 자격증이 필요하다. 남의 피부를 만지려면 피부관리사 자격증이 있어야 하고, 전기를 다루려면 전기기사 자격증이 있어야 한다. 그런데 하나의 인간 존재를 온전히 책임져야 하는 '부모'가 되는 일에는 자격증이 없다. 배워본 적이 없기에 모든 부모가 부모 노릇을 합당하게 할 수는 없다. 실은 우리의 생각과 다르게 좋은 부모는 아주 드물다. 자격증이 있는 부모만 아이를 낳게 하면 인류가 곧 절멸할 것이기에 선진국에서도 그런 제도는 만들지 않는 것이다. 다행히 자격 없는 부모 아래서도 훌륭한 자식이 나올 수 있어서 인류는 다양한 환경을 극복하고 잘 커준 인재들의 덕을 보며 무사히 생존하고 있다.

당신이 불행한 가정에서 자랐다면, 부모에 대한 원망과 동시에 죄책감을 갖고 있을 것이다. 아이들이란 원래 안 좋은 일의 원인을 자기 탓이라고 여기는 습성이 있는 데다가, 못난 어른은 자신의 잘못을 남의 탓으로 돌리는 습관이 있기 때문이다. 잘못도 없이 죄책감만 느끼게 되는 아이들은 혼란스럽다. 그래서 일부러 못된 짓을 저지르기도 한다. 그래야 죄책감의 이유가 생기고 인식의 혼돈이 정리되기 때문이다. 어른이 되어 이 부조리를 깨닫고 난 뒤에는 무기력과 책임감이 남는다. 그때야말로 그 모든 것을 떨치고 가족을 떠나야 하는 순간이다.

한국 사람들은 자신의 정체성을 자신이 속한 집단에서 찾는 경향이 서구인보다 훨씬 강하다. 한 방송국에서 한 심리 실험에 의하면 초등학생들에게 자기소개를 하라고 했을 때, 서구의 아이들은 "저는 축구를 좋아해요. 노래를 잘 부르고 친구들과 노는 것을 좋아해요" 하고 소개했지만 한국 아이들은 "저는 ○○초등학교 ○학년 ○반 ○○○예요. 우리집은 네 식구고 저는 그중 막내예요"라는 식으로 대답했다. 서구 아이들은 자신을 독립된 개인으로 인식하고, 한국 아이들은 소속으로 자신의 존재를 확인하는 것이다. 이런 자기 인식의 장단점을 떠나, 불량한 부모를 만났을 경우를 생각해 보면 한국의 자식들은 불행해질 확률이 훨씬 높다. 수준이 낮은 가족의 모습이 곧 자신의 모습이기 때문에, 앞으로도 영원히 벗어날 수 없을 것 같은 기분이 들기 때문이다.

그런 트라우마에서 벗어나기 위해서는 더 이상 가족에게 기대하지 말고 M처럼 멀어지는 것이 좋다. 경제적인 문제나 각종 사정 때문에 떠나지 못할 이유가 더 많겠지만, 과감히 결단을 내려야 한다. 그래야 가족으로부터 자신을 분리해 제대로 된 자아상을 재구축할 기회가 주어진다. 자신을 '어둠의 자식'으로 분류해 놓은 마음 그대로라면 평생 햇빛 아래로 나아갈 수 없다.

부모가 과중한 책임을 지운다면 거절할 수도 있어야 한다. 사회생활을 본격적으로 시작하기도 전에 부모의 채무보증을 섰다가 신용불량자가 된 20대들을 수없이 보았다. 월급 관리를 고스란히 맡겼다가 부모가 엉뚱한 곳에 탕진하는 경우는 또 얼마나 많은지 모른다. 매정해 보일지라도 당신의 인생은 당신의 미래를 준비하고 독립하는 데 우선적으로 사용해야 한다. 그래야 당신이 살고, 나중에 당신의 가족을 도울 수도 있다.

생각 없는 사람들의 온갖 악성 댓글에도 끄떡 않던 유명인이 악플러가 가족에 대한 치부를 건드렸을 때 단번에 무너지는 경우가 많다. 그것은 가족이라는 것이 '나보다 더 근본적인 나'이기 때문이다. 그래서 자기 안의 가족상이 부정적일 경우, 가장 극복하기 힘든 종류의 열등감에 시달릴 가능성이 높은 것이다.

20대에는 정신적으로, 그게 잘 안 된다면 물리적으로라도 가족과 적당한 거리를 두고 멀어져 자신을 객관화해 보는 작업이 필요하다. 그래야 부끄러운 가족상이 내 수치심의 이유는 될 수 없으며, 나는 그저 운이 없었을 뿐이라는 의연함에 이를 수 있다. 아이러니하게도 그런 경지에 이르러야 비로소 가족을 받아들일 수 있다. 독립을 하고 나서야 가족과 사이가 좋아지는 사람들이 많은 것은 그런 이유다.

지금 가족이 있는 집에서 안정감을 느낄 수 없다면, 그리고 그 일원인 자신마저 못나게 느껴진다면 일단 몸을 일으켜 도서관에라도 가라. 오로지 가족이 없는 곳에서만 당신은 미래를 도모할 힘을 얻을 수 있을 것이다.

절대로 여자와 여자 사이에서
중재자가 되지 말기를

지인의 집에 놀러 갔다가 그 집 모자의 대화를 듣게 되었다. 아마 그 전날쯤 아들이 어머니에게 결혼까지 생각하는 여자 친구를 소개해 준 모양이었다. 여자 친구 첫인상이 어땠냐는 물음에 모친은 웃으며 이야기했다.

"예쁘던데. 곱게 자란 공주님 같은 인상이더라. 요리 잘하게 생긴 얼굴은 아니던데 너 어디 밥이나 얻어먹겠니? 개랑 결혼하려면 장가가기 전에 엄마한테 요리나 전수받고 가라."

그 엄마는 여자 친구를 꽤 괜찮게 본 눈치였다. 그때까지만 해도 농담처럼 던진 그 말이 그토록 커다란 후폭풍을 몰고 올 줄은 아무도 몰랐다.

나중에 아들은 어머니가 자기를 어떻게 보셨는지 말해 달라는 여자 친구의 성화에 그 말을 그대로 전했다. 그러자 여자 친구는 어떻게 처음 본 자신을 두고 '아들이 밥도 못 얻어먹게 생겼다'라는 식으로 말씀하실 수 있냐며 울며 화를 냈고, 그렇게 번진 싸움에서 이별 이야기까지 오르내렸다는 것이다. 이 상황에서 잘못은 누구에게 있을까?

결론부터 말하자면 죄 있는 자는 아들이다. 원래 제삼자를 사이에 두고 말할 때와 바로 앞에 두고 말할 때의 화법은 달라지게 마련이며, 같은 말이라도 양쪽 상황에 따라 의도하는 바가 전혀 달라진다. 그래서 누군가가 없을 때 한 말을 전할 때에는 절대로 그 말을 그대로 해서는 안 된다. 그 말이 어떤 분위기에서 어떤 표정일 때, 어떤 말투로 나왔는지 알지 못하는 제삼자는 말의 내용을 오해하기 쉽다. 앞서 말한 상황에서 어머니가 한 말의 초점은 '공주처럼 예쁘다'였다. 뒤의 말은 그것을 부연하는 농담일 뿐이었다. 그러나 남자 친구에게서 말을 전해 들은 여자 친구는 이 긴장 충만한 첫 만남에서 '밥도 못 얻어먹게 생긴'이라는 말이 가슴에 들어와 박혔을 것이다. 아들이 어머니의 의도를 추출해서 '예쁘다고 하시더라'라고만 했다면 모두가 행복했을 것이다.

두 사람 사이에서 말을 전한다는 것은 양쪽 감정에 대한 종합적인 이해가 필요한 일이다. 한 사람이 한 말의 중심 의미를 정확히 전달하면서도 오해를 살 만한 곁가지 말은 빼거나 윤색해 전달해야 한다. 일종의 편집이 필요한 것이다. 이런 편집 과정을 거치지 않고 곧이곧대로 그대로 전할 때 오히려 왜곡이 생기는 것이 말의 오묘함이다.

문제는 남자들이 이런 작업에 너무나 서툴다는 것이다. 양쪽의 감정을 고려해야만 적절한 편집이 이루어지는데, 남의 감정을 읽어내는 일이 상대성이론 논문을 읽는 것만큼이나 어려운 남자들에게 쉬울 리 없다. 남자 사이에서의 중재라면 같은 남자로서 가지는 공감대 덕에 해결이 쉬울 수도 있지만, 여자와 여자 사이에서라면 차라리 아무 말도 전하지 않는 편이 나을 때가 많다. 오죽하면 나폴레옹도 "두 여자를 화해시키느니 유럽을 통합하는 것이 더 쉽겠다"라고 말했겠는가.

노련한 남자들은 여자와 여자 사이에서 일찌감치 발을 빼거나, 적당히 외곽에 머물며 딱히 손해는 보지 않는 말을 나열할 수 있는 매뉴얼을 갖고 있다. 어디까지나 경험의 산물이며 여자들 사이에서 새우등깨나 터져본 고통의 대가다. 나는 서툰 중재로 자기 등뿐 아니라 양쪽 고래의 머리까지 터지게 만든 어설픈 새우를 너무나 많이 보아왔다.

20대인 당신이 굳이 그런 경험을 해볼 필요는 없다. 그렇지 않아도 복잡하기만 한 여자들과의 교감은 일대일의 관계만으로도 숙제가 산더미다. 그러므로 회사 여자 동료와 여자 동료, 여자 상사와 여자 동료, 어머니와 여자 친구, 친구인 여자와 또 다른 친구 여자, 아는 여자와 다른 아는 여자 등 그 어떤 여자 사이에서도 말을 전하지 말고, 중재는 꿈도 꾸지 마라. 무언가를 전달해야 한다면 최대한 간략하게 표면적으로 전달하고, 자세한 내용은 직접 소통하도록 주선하라. 그러면 당신 앞에 펼쳐진 많고도 복잡한 인간관계 중 어느 한 부분의 시름은 미리 덜어낼 수 있을 것이다.

여자 앞에서
'쇼' 하지 맙시다

"이런 말을 하는 남자랑 계속 사귀어도 될까요?"라고 물어보는 여자들이 많다. 그들이 풀어놓는 말들은 그 자체로만 보면 인간성이나 가정교육 혹은 애정을 의심하게 만드는 것들이 대부분이다. 하지만 나는 남자의 진심이나 인격을 그 말 한마디로 판단할 수 없다고 생각한다. 종종 남자들은 연애 초기에 마음이 가는 여자에게 쇼맨십을 보여주려다가 터무니없는 실수를 하곤 하기 때문이다.

많은 남자들이 관심 있는 상대와 마주 앉으면 쇼 무대에 선 엔터테이너처럼 행동한다. 무슨 짓을 하든 상대의 관심을 끌고, 웃기고, 즐겁게 해주어야 이 만남이 성공한다고 생각하는 것 같다. 그래서 자신의 '쇼'로 즐거운 한때를 보낸 듯 보이는 그녀의 마음을 왜 끝내 사로

잡지 못했는지 이해하지 못하거나, 부족한 쇼맨십 때문에 연애를 못한다고 자괴감을 느끼곤 하는 것이다. 그들에게 꼭 해주고 싶은 말이 있다. 연애는 오디션이 아니다. 따라서 퍼포먼스를 보여줄 필요가 없다.

물론 상대를 재미있게 해줄 능력이 있어서 손해일 건 없다. 하지만 여자가 말재간이나 이벤트 때문에 남자를 사랑하게 된다고 생각한다면 큰 착각이다. 농담에 자신 있는 남자들이 연애를 잘하는 건 그 자신감 덕에 여자들에게 쉽게 다가설 수 있기 때문이다. 시도가 많으니 성공 확률이 높아지는 건 당연하다. 핵심은 쇼맨십이 아니라 자신감이다.

여자들이 가장 매력을 느끼는 남자는 '나에게 깊은 관심을 갖는 남자'다. 상대의 출신 학교와 연 수입, 아버지의 직업, 사는 동네 등등의 배경이 아니라 사람 자체에 대한 관심 말이다.

수십 년 전, 강남 유흥가에서 수많은 여성들과 스캔들을 일으킨 전설의 바람둥이가 있었다. 그가 여성들을 유혹한 비법을 털어놓았는데 여자로서 그 말에 공감하지 않을 수 없었다.

"아무리 못생긴 여자라도 자기가 예쁘다고 생각하는 부분이 있습니다. 그걸 찾아내서 칭찬해 주면 넘어오지 않는 여자가 없더군요."

당신은 갖은 이벤트와 원맨쇼를 준비하면서 그것이 관심의 표현이라고 생각하겠지만, 상대는 그렇게 생각하지 않는다. 오히려 무대 위에서 홀로 분주한 당신에게 억지웃음을 지어 보이며 소외감을 느끼게 된다. 생각해 보라. 퍼포먼스는 보는 사람을 위한 것이긴 하지만 기본적으로 공급자 중심의 표현이다. 무대 위의 공연자는 관객의 리액션에만 관심이 있을 뿐, 관객 자체에는 관심이 없다. 여자들은 만남이 몇 번이나 거듭되도록 자신을 관객의 위치에만 놓아두는 남자에게는 질려버린다.

자신이 굉장히 재미있는 남자라고 자처하는 한 독자가 이렇게 말한 적이 있다.

"여자들을 웃겨줘봤자 소용없다, 결국 자신을 울리는 남자한테 가더라……. 이런 말이 있는데 맞는 것 같아요. 여자들은 대체 왜 그런가요? 자기를 행복하게 해줄 수 있는 남자를 왜 몰라보는 거죠?"

그들은 의아해하지만, 정확히 반대편에서 그런 남자들을 대한 한 여자의 반응은 이렇다.

"어떤 남자들은 자기가 굉장히 재미있다고 생각하는데, 실없이 웃기려고만 드는 남자들 정말 피곤해요. 억지로 리액션을 보여주는 것도 한두 번이어야죠. 최악은 취미로 마술을 배운 남자였어요. 처음엔 재밌었지만 계속 자기 하고 싶은 말만 하고, 보여주고 싶은 것만 보여주니까 점점 정떨어지더라고요. 어쩌다 진지한 대화를 해보려고 하면 벽하고 얘기하는 것처럼 답답하고. 여자들이 좋아하는 재미있는 남자는 내가 하는 말을 재치 있게 받아치는 남자지, 혼자 쇼를 하는 남자가 아니에요."

당신이 연애를 시작하고 싶거나 좋은 연인이 되고 싶다면 여자의 마음을 얻기 위해 무슨 이벤트를 할까 고민하기보다는 '말이 통하는 사람'이 되려고 노력하라. 실제로 여자들이 바라는 연인상을 물어보면 '말이 통하는 남자'라고 대답하는 여자들이 압도적으로 많았다.

많은 것을 보고, 읽고, 접하며 그 어떤 화제를 두고도 막힘없이 대화할 수 있는 사람이 되자. 이는 연애뿐 아니라 어떤 상호관계에서든 유용한 미덕이다. 그리고 여자가 하는 말을 주의 깊게 듣고 공감의 메시지를 던져라. 여자가 하는 말에 동의하지 않더라도 일단은 그녀의 생각에 공감을 표하고 자기 주관을 더하라.

이도 저도 잘 모르겠으면 그녀의 말을 듣고, 그녀가 마지막 한 말을 따라 하며 반복해 주기라도 하면 기본은 된다.

"······요즘 대중문화는 예전 같지 않아요. 전 차라리 2000년대 초반 음악들이 좋았던 것 같아요."

"저도 그렇게 생각해요. 2000년대 음악들이 좋았죠."

이런 식으로 말이다. 기계적인 것 같고, 여자들이 금방 알아챌 것 같지만, 침묵을 견디지 못하는 남자들이 혼자 떠드는 것보다는 훨씬 낫다. 특히 여자가 우울해하거나 기분 나빠할 때에는 제발 어설프게 조언하려 들지 말고 무조건 공감 화법을 구사하라. 해결 방법이 있다면 그녀가 더 잘 알고 있는 경우가 많고, 여자들이 우울감을 털어놓는 건 문제를 해결하기 위해서가 아니다.

"오늘 회사에서 사수한테 억울하게 혼났어. 뭐 기분 나쁜 일이 있는 모양인데 그 화풀이를 왜 나한테 해?"

여자 친구가 이렇게 말할 때 남자들의 반응은 대체로 다음과 같다.

첫 번째, "사회생활이 다 그렇지 뭐. 잊어버리고 오늘은 맛있는 거나 먹으러 가자"라고 말하며 인내를 종용한다.

두 번째, "전부터 들어보니까 그 사수라는 사람 영 틀린 것 같아. 인사부에 요청해서 부서 옮기면 안 돼? 아니면 이직을 고려해 보든지." 이런 식으로 문제 해결 방법을 제시한다.

세 번째, 그 화제에 대해 말하는 것을 피하면서 눈치를 보며 여자 친구의 기분이 풀리기를 기다린다.

세 가지 모두 틀렸다. 특히 남자들은 세 번째 태도를 취하는 경우가 압도적으로 많은데, 그것이야말로 여자를 가장 외롭고 화나게 한다. 기분이 나빠진 여자 친구를 어떻게 대해야 할지 몰라 그런다고 하지만, 여자는 남자 친구가 자신에게 무관심하다고 느낀다. 이럴 때는 여자 친구의 말을 들어주고 공감해 주기만 하면 된다. 내가 강의에서 이렇게 말했더니 한 남성이 이렇게 되물었다.

"그냥 들어줬더니 두 시간 동안 같은 말만 하더라고요. 저도 사람인데 좋지도 않은 말을 어떻게 들어주기만 해요?"

여자가 같은 말을 반복하는 이유는 상대가 내 말을 듣고 있지 않다고 느껴서 그런 것이다. 남자들은 말을 들었어도 그 말을 알아들었다는 표현에 인색한 경우가 많은데, 여자 친구가 속상한 이야기를 두 시간이나 했다면 남자 친구가 적당한 리액션을 두 시간 동안 전혀 해주지 않았다는 방증이다. 이럴 때는 "그 사수 성격 참 이상하네. 정말 기분 상했겠다"라고 여자 친구의 마지막 말을 따라 하며 공감해 주면 된다.

아무리 이론을 설파해도 도무지 실전에 적용하지 못하는 남편이 아주 가끔 힘들게 일하고 투덜대는 내게 "그래, 힘들었겠다" 하고 말을 되받아줄 때가 있다. 그게 학습의 결과이고 그리 큰 진심을 담고 있지는 않다는 걸 알면서도, 일순간 스트레스가 사라지고 큰 위로를 받는다. 공감의 말 한마디에 마치 가전제품의 버튼을 누르는 것처럼 자동적으로 반응하는 내 마음에 스스로 놀라곤 한다. 여자의 마음이 그렇다.

남자들이 여자들을 이해할 수 없는 것은 여자가 느끼거나 감지할 수 있는 감정의 스펙트럼이 남자보다 넓기 때문이다. 누가 우월한가의 문제가 아니라 원래 뇌가 다르게 설계됐다. 그러므로 남자가 여자를 완벽하게 이해하는 것은 불가능하다고 봐야 한다. 여자들도 남자들에게 완벽한 이해를 바라지는 않는다. 그저 자신이 느끼는 감정을 사랑하는 사람과 일부라도 공유하기를 바랄 뿐이다. 때로는 '공감하는 척'에 불과할지라도 용인된다.

인간의 암컷은 새와는 달라서 '구애의 춤'을 팔짱 끼고 지켜보다 '저 녀석 유전자가 쓸 만하겠군' 싶으면 자신을 허락하는 식으로 마음을 열지 않는다. 자신의 말을 들으려고 애쓰고, 그 말이 의미하는 것을 공감하려는 남자에게 끌린다. 따라서 여자의 마음을 읽지 않은 채 혼자만의 세계에서 건져 올린 허풍 가득한 무용담이나 농담, 이벤트 같은 건 지양하라. 미디어나 문학에서는 자주 보이지만 현실에서는 성공한 사람을 많이 보지 못했다. 여자 회사에 집채만 한 꽃바구니를 보내지도 말고, 사람 많은 곳에서 요란스러운 프러포즈를 하지도 말라. 그녀의 마음을 열고 싶다면 차라리 '크고 좋은 걸 몰아서 해주겠다'는 마음을 버리고 작은 선물이나 소소한 애정 표현을 자주 하라. 그리고 정말 중요한 것인데, '예쁘다'는 말을 아끼지도 말라. 상대가 페미니스트나 외모지상주의 혐오론자, 지적 우월주의의 결정체라고 해도 '예쁘다'고 말하라. 그걸 꼭 말로 해야 아느냐고 되묻지 말고 화분에 물 주듯 정기적으로 '예쁘다'고 말하라.

이제까지 '남자의 본성'에만 충실해 마음을 표현해 온 당신이 시각을 조금만 바꾼다면, 여자의 마음을 얻는 것은 당신의 생각만큼 어렵지 않을지도 모른다.

드물기에 값지다,
잘 들어주는 남자

간혹 식당이나 술집에서 중년배 이상의 남자들끼리 앉아 반주를 곁들여 하는 이야기를 듣게 될 때가 있다. 달리 들으려 해서가 아니라 시간이 갈수록 볼륨을 더해가는 목소리가 무방비로 이쪽 테이블로 넘어온다.

그런데 그저 소음으로만 들리는 그들의 대화에 귀를 기울여보면 신기한 사실을 발견하게 된다. 저마다 말을 하고는 있는데 아무도 듣는 사람이 없는 것이다.

한 사람이 "요즘 돈 10만 원 들고 마트에 가봐. 별로 살 게 없어요. 세상 돌아가는 걸 보면 서민들은 그냥 죽으라는 거야" 하고 말을 하면 상대는 "이 집 오늘 서비스가 왜 이 모양이야? 반찬도 영 부실하고. 다음부터 오지 말아야겠다" 하고 엉뚱하게 받는 식이다. 형체뿐인 말이 맥락 없이 오간다. 아무도 듣지 않고 자기 말만 하다 보니 목소리도 점점 커진다. 이쯤 되면 대화가 아니라 각자의 투명 단상을 앞에 둔 동시다발적 웅변대회다.

대체 왜 남자들은 나이가 들수록 이 모양인가?

이와 상반되는 모습으로 할리우드 영화에서는 젊은 주인공의 말벗이 되고 중요한 순간에 결정적인 깨달음을 주는 할아버지들이 자주 등장한다. 관객들은 가슴을 울리는 멋진 충고에 집중하지만, 그 노인들이 그 한마디를 하기 전에 훨씬 오랜 시간 동안 주인공의 신세 한탄에 귀 기울여준다는 것을 눈치채지 못한다. 눈부신 젊음과 아름다움을 지닌 주인공이 노인과 친구가 될 수 있는 이유는 "난 이야기를 들어줄 시간이 많아"라고 말하는 넉넉함이지, '네가 모르는 걸 나는 알지' 하는 식의 독선이 아니다.

남자들은 원래 '듣는 일'에 별로 소질이 없다. 주로 움직이는 것을 좇고, 목표를 이루는 데 관심이 쏠리다 보니 실질적인 정보와 이득이 없는 사적인 대화의 중요성을 납득하지 못한다. 그래서 여자 친구가 왜 한 시간째 성격 나쁜 상사의 욕을 하는지 이해할 수가 없는 것이다.

그들은 듣는 것은 피곤하지만 말은 하고 싶다. 말을 한다는 것은 자기표현의 수단이기에 여럿이 모인 자리에서 말을 하면 자신이 가치 있는 사람인 것 같은 기분이 든다. 여자들끼리 모일 때에는 말하는 기회가 비교적 골고루 주어지지만, 남자들끼리의 대화 방식은 좀 다르다. 서열이 높은 자, 주도권이 있는 자에게만 말을 할 기회가 주어지고 나머지는 듣는 척할 뿐이다. 말머리에서 언급한 것같이 서로 떠드는 경우는 서열이 동등한 친구 관계라서 그렇다. 나이나 직급이 아래인 이들에게 하는 일방적인 말(주로 훈계나 썰렁한 농담)과 마지못한 맞장구를 대화라고 믿는 나이가 든 남자들은 정말 최악의 대화 상대다. 그들은 상대가 하는 말은 나한테 도움이 안 되는데, 자기가 하는 말은 상대에게 유용하리라고 착각한다. 그 착각은 죽을 때까지 이어지며 절대로 고쳐지지 않는다.

그들은 사회적 지위가 유지되는 동안은 자신이 진정한 대화가 불가능한 인간이라는 점 때문에 별다른 불편함을 느끼지 못할지도 모른다. 자주 외로움을 느끼기는 하겠지만 그저 '남자의 숙명'이라고만 여길 것이다. 은퇴한 뒤 억지로 이야기를 들어주던 사람들과의 관계가 모조리 끊어지고 나면 그제야 무언가 잘못되었다는 것을 알게 된다. 아내와 사별한 남자 노인의 40퍼센트 이상이 5년 이내에 사망하는 것은 자신의 말을 들어줄 사람이 세상에서 완전히 사라졌기 때문이다.

알파맨들과 인터뷰를 하면서 느낀 점은 그들 중 상당수가 또래 남자들에 비해 듣기 능력이 뛰어나다는 점이었다. 그들은 자신이 하는 말에 심취해 내 말을 끊거나 무시하지 않았고, 내가 하는 말의 핵심을 정확히 짚어내 반응했다. 20대 시절부터 타인의 말을 경청하고 배우려는 습관이 몸에 밴 덕이다.

보통은 사람을 홀리는 혀가 있어야 성공할 수 있다고 생각하지만, 일에서도 사생활에서도 말하는 능력보다는 듣는 능력이 더 도움이 된다. 알파맨 중 남의 말을 진중하게 들어줄 인내심이 없는 몇몇 사람들은 그 단점을 상쇄할 만큼 능력이 출중하거나 남들보다 고전하면서도 근성 하나로 성과를 내는 이들이었다. 평사원으로 입사해 사장 자리까지 올라간 이도, 판매왕 자리에 올랐던 세일즈맨도 말을 유려하고 들큰하게 하는 사람들이 아니었다. 다만, 그들은 특이하다 싶을 정도로 경청을 잘했다.

가뜩이나 여자보다 산만하고 활동적이며, 공감 능력이 부족해 타인의 말에서 재미를 찾지 못하는 천생 남자인데, 당신은 서구에서 태어난 남자들처럼 토론 중심의 교육마저 받지 못하고 자랐다. 도무지 남의 말에 귀를 기울이는 훈련을 받을 기회가 없었다. 서열과 권위에 물들지 않은 20대는 '듣는 능력'을 그나마 키울 수 있는 마지막 시기다. 대부분의 남자들이 상대의 말을 듣는 능력이 부족하기 때문에, 귀가 열려 있는 남자들은 당신이 상상하는 것보다 훨씬 많은 부분을 선점할 수 있다. 스스로를 갈고닦아 희소성 있는 '듣기 선수'로 거듭나면 어디에서나 환영받는 사람이 될 것이다. 이는 대단한 이점이다.

남의 말을 들을 때에는 '상대방 말이 끝나면 무슨 말을 할까'만 생각하지 말고 온전히 상대방의 말에 집중하라. 상대가 무슨 말을, 왜 하는지 정확히 이해하고 나면 그에 대한 당신의 답은 저절로 떠오른다. 상대의 말에 길게 답할 필요도 없다. 상대가 핵심을 이해했다고 느끼기만 해도 말한 사람은 좋은 기분을 느낀다.

그리고 말을 들으면 듣고 있다는 반응, 즉 리액션을 좀 보이기 바란다. 남자들은, 특히 나이 들어갈수록 더더욱 여자들 앞에서 이야기하기를 좋아한다. 여자들은 말을 들으면 습관적으로 리액션을 해서 '말하는 맛'이 나기 때문이다. 여자들은 누군가 말을 하면 주기적으로 고개를 끄덕이거나 "그랬군요", "정말요?" 하면서 추임새를 넣지만, 상당수의 남자들은 저 사람이 내 말을 듣고 있는 건지, 찻잔을 만지며 딴생각을 하고 있는 건지 알 수가 없다. 그래서인지 남자들과 이야기를 하고 나면 훨씬 피곤하다. 휴대폰이 산골에서 희미한 신호를 잡아내느라 쉽게 방전되는 것처럼, 상대의 반응을 살피느라 기운이 고갈되는 것이다. 그래서 어쩌다 리액션을 잘하는 남자를 만나면 그가 얼마나 돋보이는지 모른다.

전에 사석에서 유명한 방송 진행자를 만난 적이 있다. 맥주를 곁들이며 여럿이 대화를 나눈 그 자리에서 나는 왜 그가 최고의 진행자인지 깨닫고 감탄하지 않을 수 없었다. 그는 직접 재미있는 말을 하지는 않았지만, 남이 하는 말을 어쩌나 적절하게 받아치고 맛깔스럽게 웃어대던지, 그 옆에 있으면 누가 하는 말이라도 몇 배나 재미있게 들렸다. 그는 몇 마디 말을 하지 않고도 그 자리의 분위기를 존재감 있게 떠받치고 있었다. 타고난 재능이건 훈련의 산물이건, 리액션의 힘이 얼마만한 것인지 알게 된 인상 깊은 사건이었다.

대화할 때 유려한 말로 상대를 움직이는 것은 성공할 때도 있고, 실패할 때도 있다. 사실 아무리 말재주가 좋은 사람이라도 상대를 설득하거나 웃기는 데 실패할 때가 더 많다. 하지만 남자가 남의 말을 진심으로 경청하려고 애쓰는 것은 언제나 성공한다. 사업이나 일반적인 대인관계는 물론 연애에서도.

몇 년 전, 새 책이 나온 후 인터넷 서점에서 "당신에게 필요한 남자는?"이라는 주제로 독자들이 글을 올리고 내가 직접 댓글을 달아주는 이벤트를 한 적이 있었다. 그런데 여성 독자 상당수가 "내 얘기를 잘 들어주는 남자"를 바란다고 했다. 잘 듣는 남자가 되어야 할 중요한 이유가 하나 더 생긴 셈이다.

물론 남의 말을 잘 들어주기가 쉬운 일은 아니다. 듣는 일은 말하는 것보다 몇 배나 많은 두뇌 활동을 요구하며, 귀에 쏙쏙 들어오게 말할 줄 아는 사람은 흔치 않기 때문이다. 그래서 훈련과 연습이 필요하다.

질이 좋은 삶은 원만한 대인관계와 직접적인 관계가 있다. 그런데 대인관계의 가장 기초적인 요건이 '대화'다. 대화란 당신이 지금까지 하던 것처럼 간단한 안부와 정보를 전하는 말의 왕래가 아니다. 나는 이제껏 자기 생각을 상대에게 쏟아내는 것을 대화라고 착각하며 말이 통하지 않는다고 한탄하는 남자들을 너무나 많이 보아왔다. 아직 마음이 열려 있는 당신은 부디 대화가 '내가 먼저 상대의 말을 듣고 이해하는 것'임을 깨닫고 임하라. 누군가와의 관계가 막혀 있다면 새로운 대화의 정의를 적용해 보기 바란다. 아마 닫힌 문이 열리고, 막힌 길이 뚫리는 경험을 하게 될 것이다.

'잘 들어주는 남자'란 희소가치가 있다. 당신이 선점한다면 남들이 쉽게 눈치채지 못하게 얻고 싶은 것을 얻는 사람이 될 수 있을 것이다.

5장

자신을 '진짜 남자'로
만들고 싶다면

성공을 포기하는 것도
하나의 선택이다

남자의 성공적인 삶에 대해 글을 쓰기로 하면서 나 자신에게 가장 먼저 던진 의문은 '성공이 무엇인가?' 하는 것이었다. 우리가 흔히 생각하는 돈이나 명예, 혹은 그 둘을 다 가지고 있어야 성공일까? 아니면 그 모두를 포기하고도 내적 평화를 누릴 수 있는 경지에 오른 마음의 힘이 있어야 성공일까?

인터뷰와 관찰이 이어지면서 나는 남자들의 행복이 여자들과는 사뭇 다르다는 것을 점차 깨달았다. 여자들은 주변을 둘러싼 관계에 만족하면 대개 자신의 삶을 성공적이라고 평가한다. 나이가 들수록 더욱 그렇다. 그런데 남자들은 좀 다르다. 우선 성향에 따라 엄청난 차이가 있다.

어떤 남자들은 무엇이 되었든 일을 해서 눈에 보이는 보상이 있어야 사는 게 사는 것 같다. 눈앞의 프로젝트에서 성과를 올리든, 남이 부러워할 연봉이나 지위를 얻든, 끊임없이 인정을 받아야 한다. 이런 성향의 남자들은 일 이외의 부분에서는 희생도 불사하기 때문에 가시적인 성공을 이루는 경우도 많다. 흔히 회자되던 '알파맨'이 이런 남자들이다.

반면 남자들 중에도 경쟁적 상황을 힘들어하고, 일에서 오는 스트레스에 대한 내성이 부족한 이들이 있다. 이들에게는 열심히 일을 해서 주어지는 보상이 정신적 압박을 압도하지 못한다. 이들을 알파맨의 대척점에 있는 베타맨이라 부른다.

언젠가 당신은 선택해야 한다. 갖은 고생과 풍파를 이겨내고 좋은 차, 좋은 집, 명품 슈트를 입는 삶을 목표로 달릴 것인지, 평범하고 행복한 삶을 지향할 것인지. 불행은 자신이 둘 중 어느 쪽인지 알지 못하고 끝까지 인생 노선을 제대로 선택하지 못하는 데에서 온다.

성향에 따른 알파맨이나 베타맨은 우월과 열등을 나누는 개념이 아니다. 누구든 스스로를 이해하고 자기 인생에 대한 통제력을 가질 수 있다면 그게 알파맨이다. 그래서 베타맨으로서도 얼마든지 성공한 인생을 살 수 있다고 생각하며, 그렇게 살고 있는 이들도 알파맨으로 분류했다.

회사원 Y는 자신의 꿈이 지금 다니는 회사를 "정년까지 쭉 다니는 것"이라고 말한다. 승진을 빨리하고 싶지도 않고 특별히 윗사람에게 거슬리지도, 눈에 띄지도 않은 채 '가늘고 길게' 회사 생활을 하는 것이 모토라고 한다. 그는 주말에 가족과 맛집을 찾아다니고 1~2년에 한 번 해외여행을 하면서 노후를 위해 저축하며 사는 지금의 삶에 만족하고 있었다.

식당을 운영하는 요리사 T도 사업에서 대박을 터뜨려 요식업 재벌이 되는 대단한 성공을 할 생각은 없다고 했다. 그저 "좋아하는 요리 하면서 밥벌이해 가며 살면 되지"라는 게 그의 경영 철학이다. 주말에도 유동 인구가 있는 상권에 가게를 두고 있으면서도 먹는 장사도 쉴 땐 쉬어야 한다며 일요일엔 영업하지 않는다.

이들 베타맨은 성취에 대한 보상보다 삶의 균형과 주변 사람들과의 관계에 더 가치를 두며, 스스로를 성공한 사람이라고 생각하지 않는다. 그저 자신을 '나름대로 행복한' 사람으로 정의할 뿐이었다. 그러나 재미있는 것은 이들이 실제로 자신의 일에 무능력한 사람은 결코 아니라는 점이었다.

회사원 Y는 본인의 말이나 의지와는 달리 거듭 승진하고 연봉이 오르고 있으며 업계에서의 평판도 좋다. 요리사 T도 아는 사람은 다 알 만한 실력자이며, 적지 않은 단골들은 그를 '밥벌이만 될 정도'로만 벌도록 내버려두지 않는다.

여자들과 달리 남자들은 늘 평가받는다(고 생각한다). 그래서 진정한 남자로서 인정받을 수 있는 '칼'과 '황금'이 없으면 스스로를 가치 없다고 여기며, 이런 상태의 남자는 행복해지기 어렵다. 이것은 어떤 성향을 가진 남자든 예외가 없다. 비록 세상의 명예와 돈, 즉 황금을 포기한 베타맨이라고 해도 칼은 가지고 있어야 자부심을 가지고 세상을 즐기며 살 수 있다. 칼이란 '내가 이것 하나만큼은 누구에게도 지지 않을 자신이 있다'라는 자부심이다. 회사원 Y는 신입사원 시절에 업무를 익히기 위해 험악한 지사의 파견을 자원했다가 과로로 쓰러진 적이 있었고, 요리사 T는 주 메뉴 개발을 위해 1천 번의 시행착오를 거쳤다. 자신의 능력과 근성에 대한 자부심은 보상에 연연하지 않고도 만족스러운 인생을 살게 해주고, 결과적으로는 가시적인 성공까지 가져다준다.

앞서 언급한 바 있는 자동차 세일즈맨 C는 20대의 꿈이 "연인과 가족을 이루어 행복하게 사는 것"이었고, 지금의 꿈은 "그때 그녀와 결혼해 이룬 지금의 가족과 쭉 행복하게 사는 것"이다. 그 소박한 꿈을 이루기 위해 열심히 살다 보니 억대 연봉에까지 이르게 된 것이다. 이쯤 되면 알파맨과 베타맨의 경계가 모호해질 지경이다.

중요한 사실은 당신이 택할 노선을 정하고, 베타맨의 길을 택했다 해도 자기 스스로가 인정할 만한 실력은 키워놓아야 한다는 것이다. 감당도 못할 알파맨의 길을 택해서 낙오자가 되거나, 원하지 않았던 베타맨의 길을 가면서 끊임없이 알파맨들을 질투하며 사는 것을 지양하라는 말이다.

자신이 어떤 성향의 사람이든 결국 20대는 평생의 자아를 먹여 살릴 실력의 토대를 다져야 하는 시기다. 삶을 '생존'에서 '향유'로 이해할 줄 아는 세대로서 야망의 노예로 인생을 허비하지 않겠다는 당신이라도, 그 가치를 위해 치열하게 살며 기본을 갖추어야 한다.

다음은 소설가 카잔차키스가 묘사한 한 남자의 독백이다.

"진정한 행복이란 이런 것인가. 야망이 없으면서도 세상의 야망은 다 품은 듯이 말처럼 뼈가 휘도록 일하는 것…… 사람들에게서 멀리 떠나, 사람을 필요로 하지 않되 사람을 사랑하며 사는 것…… 성탄절 잔치에 들러 진탕 먹고 마신 다음, 잠든 사람에게서 홀로 떨어져 별은 머리에 이고 뭍을 왼쪽, 바다를 오른쪽에 끼고 해변을 걷는 것…… 그러다 문득, 기적이 일어나 이 모든 것이 하나로 동화되었다는 것을 깨닫는 것……."

이렇게 읊조릴 수 있는 남자가 성공한 베타맨일 것이다.

실패, 할 만큼 해봤다고
당당히 말할 수 있는가?

H는 대학 졸업반 무렵의 자신을 돌이켜보며 '열등감 덩어리'였다고 서슴없이 말했다. 그는 학창 시절 내내 제대로 풀리는 일이 하나도 없었다. 주변 친구들이 여자 친구를 몇 번씩 갈음하는 동안 단 한 번도 연애를 해본 적이 없었고 공부도 그럭저럭, 영어 실력도 그럭저럭이었다. 그가 가장 부러워하던 부류는 넉넉한 부모님을 둔 친구들이었다. 그들은 어려서부터 해외 경험이 많아 영어도 곧잘 했고, 졸업 후 당장 취업을 못해도 유학이나 대학원 진학 등의 대안으로 경력과 시간을 벌 수 있었다. 게다가 아르바이트를 하지 않아도 용돈도 넉넉해 대학 생활의 질이 처음부터 달랐다.

하루는 친구들과 술을 마셨는데, 그날 어쩌다 다들 속말을 털어놓는 분위기가 되었다. 하나같이 힘든 청춘의 삶에 대한 토로였는데 알고 보니 사연들이 참 많았다. 아버지의 빚보증으로 청년 가장이 된 친구, 청년 창업했다가 쫄딱 망한 친구……. 거기서 H는 딱히 할 말이 없었다. 그는 자신을 둘도 없는 불운의 아이콘이라고 믿고 있었는데 이제 와보니 '누가누가 더 힘든가' 경쟁에서조차 내세울 게 없는 인간이었다. 문득 루저(loser)로서의 처지로라도 당당하고 싶다는 생각이 들었다. "내가 이렇게까지 해볼 만큼 해봤는데도 이 꼴이다. 그러므로 세상이 잘못됐다"라고 말하고 싶어졌다.

그는 전부터 관심을 갖고 동아리 활동까지 하고 있던 광고 공모전에 도전해 보기로 했다. 100번쯤 떨어지면 진정한 실패자로서 떵떵거리며 할 말이 좀 생길 것 같았다. 단순히 응모만 해서는 체면이 살지 않을 것 같아 설정한 주제에 대한 이미지를 위해 전국을 누비면서 사진 찍고, 취재도 하고, 인터뷰를 따겠다고 유명인들에게 들이대고…… '굳이 그렇게까지는 안 해도 될 것 같은' 일들까지 하며 포트폴리오를 만들었다. 순전히 '폼 나는 실패'를 위해 가기로 했던 여정에서 그는 불과 열 번째로 도전한 공모전에서 수상했고, 덜컥 유명 광고 회사에 취직했다. 자학에 당당함이라도 더하겠다는 심정으로 실패에 초연했던 것이 오히려 성공의 동인이 되었던 셈이다.

그는 그때의 깨달음으로 인해 더 이상 자신을 루저로 여기지 않게 되었다. 그때까지 맘대로 되지 않는다고 느꼈던 갖은 일들의 실마리가 하나하나 풀렸음은 물론이다.

나는 실패에 초연할 수 있는 능력이 인생 전체의 성공과 실패, 행복과 불행을 좌우한다고 생각한다. 사람은 성공이 아닌 실패에서 살아가는 데 필요한 것들을 배우기 때문이다. 프로이센군의 두뇌이자 근대적 참모 제도의 창시자였던 헬무트 폰 몰트케도 실패에 관해 이런 말을 한 적이 있다.

"나는 항상 젊은이들의 실패를 흥미롭게 지켜본다. 청년의 실패야말로 성공의 척도다. 그는 실패를 어떻게 생각했는가, 그리고 어떻게 대처했는가. 낙담하고 물러났는가, 아니면 더욱 용기를 북돋아 전진했는가? 이것으로 그의 생애는 결정되는 것이다."

당장의 성패라는 1차적인 결과 자체가 아니라 실패에 대한 태도 앞에서 진짜 성공과 실패가 갈린다는 그의 말에 동감한다. 그래서 20대들을 만날 때마다 실패를 독려하곤 하는데, 그러면 그들은 무척 난감해한다. 우리는 "실패는 성공의 어머니"라는 말을 귀에 못이 박히도록 듣고 자라왔다. 하지만 딱히 도전하거나 실패할 만한 사건이 없었고, 그 문구는 "다음 시험은 이번보다 잘 보아야 한다"는 압박의 다른 표현에 불과했다.

사실 실패를 두려워하지 않는 것이 말로나 쉽지, 아무나 가질 수 있는 능력은 결코 아니다. 누구나 남이 하는 도전과 실패는 요란하게 응원하지만, 정작 내가 실패하고 싶지는 않다. 그래서 실패해도 큰 타격이 없을 만한 '적당히 가벼운 도전거리'를 찾고 싶지만 아무리 둘러

봐도 그런 건 없다.

이제 20대가 된 당신은 지금부터 도전할 모든 일이 굉장한 투자로 느껴질 것이다. 그래서 절대 실패해서는 안 되는 것처럼 여길 것이다. 하지만 지금의 당신이 느끼는 것과는 달리 20대의 실패란 대개 조금 버둥거리다가 빠져나올 만한 구덩이와 같다. 이 시기에는 삽으로 깨작깨작 흙을 긁어 퍼낼 수 있는 능력밖에 없기 때문이다. 굴삭기로 땅을 긁어낼 수 있는 능력이 될 때쯤 자신이 판 아득한 구덩이에 굴러떨어지면 올라오기가 힘들어진다. 우리는 잘못된 삽질로 삽을 부러뜨리거나 헛발질로 자신이 판 구덩이에 빠지는 일을 거듭하면서 땅을 잘 파는 법과 구덩이로 미끄러지지 않는 법을 동시에 터득하게 되는 것이다.

이렇게 상대적으로 만만한 젊은 시절의 실패로 체력이 다져진 사람들은 일상의 모든 것을 조금씩 더 나은 방향으로 이끌 줄 안다. 그래서 세상 사람들의 환호를 살 수 있는 트로피를 얻을 가능성이 커지고, 그렇지 못하더라도 훨씬 질 좋은 삶을 살게 되는 것이다.

가장 나쁜 것은 도전해 보지도 않은 채 실패하는 것이다. 실패한 청춘을 슬퍼하는 이들은 많지만 '도전했지만 실패했다'고 당당히 말할 수 있는 사람이 얼마나 될지 궁금하다. 요즘 경제가 어려워지고 직업 안정성이 떨어지면서 공무원 시험 경쟁률이 수백 대 일이라는 말이 들려온다. 하지만 관계자들 이야기를 들어보면 공무원 시험을 준비하는 이들은 많지만 합격권을 바라볼 만큼 진지하게 공부하는 사람은 소수라고 한다. 어떤 이들은 "허수를 제외한 합격률은 3 대 1 정도밖에 되지 않는다"고까지 말한다.

공무원 시험뿐만이 아니다. 어떤 자격 시험에나 이런 허수는 존재하고, 그 의미 없는 경쟁률을 채우고 있는 상당수의 누군가는 '자신이 무엇을 하고 있는 사람인가'라는 질문에 답하기 위해 명분뿐인 가짜 도전을 하고 있는 것이다. 어떤 이들은 도전하는 것 자체만으로도 능력 있고 남자다워 보이는 일들에 집착하며 허수를 키우는 데 일조하기도 한다. 변호사인 지인은 고시촌에서 지내던 시절에 순전히 최고의 국가고시인 사법시험을 준비한다는 우월감을 즐기려는 것으로만 보이는 이들도 적지 않았다는 이야기를 들려주었다.

자신의 지향점을 충분히 생각해 보지도 않고 상황에 따라 휩쓸려 선택한 도전 과제 앞에 서 있기만 하다가 수동적으로 맞는 실패는 열패감만 안겨줄 뿐, 진짜 도전과 진짜 실패만이 주는 가르침을 건지지 못한다. 그런 것까지 모두 실패에 셈해 넣고는 실패가 자존감만 깎아먹는 나쁜 것이라고 단정하는 일은 어리석다. 내가 수십 년간 지켜본 청춘들의 진짜 도전은 그것이 끝내 실패로 끝났다 해도 인생에 긍정적인 전환점이 되어주었다.

도전이라고 해서 꼭 거창하게 생각할 필요는 없다. 버킷리스트를 만들어 하나하나 이루어나가는 것도 좋고, 적성과 연결점이 닿는 자격증에 도전하는 것도 좋다. 취재에 응한 알파맨들의 공통점 중 하나 실패에 초연할 수 있는 능력이 인생 전체의 성공과 실패, 행복과 불행을 좌우한다. 사람은 성공이 아닌 실패에서 살아가는 데 필요한 것들을 배우기 때문이다.

는 다들 그 나이에도 무언가 크고 작은 도전을 하고 있다는 것이었다. 잘난 사람들이니 쉽게 성공하겠지 싶겠지만, 자세한 이야기를 들어보면 각자의 도전에는 무수한 실패가 있으며 무엇이든 이루어내는 일의 어려움에는 예외가 없다는 사실을 다시금 깨닫게 된다. 그래도 그 실패 자체가 삶을 값지게 한다는 사실을 잘 알기 때문에 쉼 없이 도전하는 것이다.

진짜 도전과 진짜 실패를 마음껏 해볼 수 있는 유일한 시기를 살고 있다는 사실을 잊지 말라. 그것만으로도 당신이 그 나이에 직면할 법한 많은 선택의 고민 앞에서 해답의 실마리를 얻을 수 있을 것이다.

'처음'에 대한 두려움에 익숙해지면
세상이 내 편이 된다

20대 때, 처음으로 창작 동화를 썼을 때였다. 원고를 넘기고 책이 되어 나오기만을 기다리고 있는데, 한참 만에 편집자가 난감한 목소리로 전화를 걸어왔다.

"그림 작가가 이 원고로는 도저히 삽화를 그릴 수 없다고 연락이 왔어요. 어떤 그림을 그려야 할지 영감이 떠오르지 않는대요."

한마디로 동화에 적합하지 않은 글이니 원고를 고쳐달라는 것이었다. 말이 수정이지, 책 한 권을 통째로 다시 써야 하는 상황이었다. 딱 죽고 싶은 기분이었다면 과장일까? 초보 작가였던 나를 가장 괴롭힌 것은 고된 글 노동을 다시 해야 한다는 막막함보다는 내가 영원히 잘 할 수 없을 것만 같은 기분이 든다는 사실이었다.

나 자신에 대한 끝없는 의심 속에서도 몇 달 만에 겨우겨우 완성한 새 원고는 다행히 편집자와 그림 작가 모두 만족해했다. 그렇게 초보를 극복하고 세상에 나온 동화는 베스트셀러가 되었고, 지금은 당시 태어나지도 않았던 딸이 초등학교 필독 도서목록에서 찾아 읽는 책이 되었다.

아직도 나는 새로운 장르의 글을 처음 쓸 때에는 몹시 헤맨다. 아무리 쉽고 만만해 보이더라도 처음 글을 싣는 지면이라면 틀림없이 그렇다. 얼마 전에도 고작 두 장짜리 패션지 칼럼을 쓰다가 큰코다쳤다. 처음 몇 년 동안은 '내가 어지간히 센스가 없나 보다' 한탄했지만, 그런 경험이 반복되자 아예 처음은 원래 그러려니 여기게 되었다. 내가 20년 가까이 글을 쓰는 일을 하면서 얻은 것은 어떤 글이든 척척 써내는 실력이 아니라, 실패를 해도 다음에는 반드시 더 잘 쓸 수 있으리라는 스스로에 대한 믿음이다. 아마 당신이 노련하다고 믿는 많은 어른들도 마찬가지일 것이다.

무엇이건 '처음'은 제아무리 만만해도 보이는 것만큼 쉽지 않다. 아마도 당신은 남들이 문제없이 잘하는 것처럼 보이는 일을 한심할 정도로 못할 것이다. 분식점에서 떡볶이를 휘젓는 아르바이트를 시작할 때조차 쩔쩔매는 자신의 모습에 당황할 것이다. 본격적인 세상살이에 뛰어들게 되면 세상이 너무 어려운 건지, 내가 지나치게 멍청한 건지 구분이 안 되는 나날이 한동안 이어질 것이다.

20대는 처음인 것이 너무 많아서 누가 상처 주지 않아도 스스로 넘어지고 다친다. 그런 상처마저 세상이 준 것이라며 원망하고 두려움을 적립해 가는 사람과 '처음'의 속성을 있는 그대로 받아들이고 극복하는 사람은 전혀 다른 삶을 살게 된다.

처음이 주는 좌절감에 속지 말라. 사람은 누구나 처음일 때 상상 외로 서툴고, 또 상상 이상으로 빨리 적응한다. 당신이 '대체 언제쯤 잘하게 될까'라고 느끼는 그 아득한 미래는 당신의 손과 머리가 체감하는 것보다 성큼 앞서 다가올 것이다. 늘 느끼지만 사람의 능력은 본인이 느끼는 것보다 훨씬 대단하다.

전에 봉사의 일환으로 달걀 100개를 삶아야 할 일이 있었다. 당연히 그렇게 많은 양을 한꺼번에 삶아내는 건 처음이었지만, 10년 넘은 살림 경력에 이 정도도 못할까 싶었다. 그러나 예상과 달리 처음 삶아낸 한 판의 달걀은 반 이상이 터져나갔다. 고민 끝에 소금과 식초의 양이 적었나 싶어서 두 번째 불에는 처음의 몇 배로 넣었더니 터진 달걀이 두 개로 줄었다. 그때 삶은 달걀을 건져내며 나도 모르게 중얼거린 말이 아직도 기억난다.

"내 참, 이것도 경험이라고 두 번째는 훨씬 낫네."

앞으로 당신이 살아갈 날의 하루하루는 처음이어서 서툰 일을 하나씩 지워나가는 과정이 될 것이다. 살면서 수천 수백 가지의 처음을 만나고 그때마다 실패하겠지만, 그것을 이겨낸 경험은 해결책을 유추할 수 있는 힘도 준다. 내가 계란을 삶는 데에 소금과 식초의 양이 문제였다는 걸 재빨리 알아냈듯이 말이다.

또 한 가지 희소식은 이런 '처음'은 서투름과 고통만을 주지는 않는 다는 것이다. 사람이 즐거움과 쾌감을 느끼게 하는 대부분의 호르몬 들은 처음에 예민하게 반응한다. 처음이 많아 힘에 부치는 20대는 가 슴 벅차게 기쁠 일들도 많다. 좋고 편안한 것을 실컷 누릴 수는 없겠 지만 작은 것에 설레는 행복감을 느낄 수 있을 것이다.

그래도 처음이 아프다면 지금의 고통이 앞길에 놓인 기쁨의 경험 과 정확히 비례한다는 사실을 상기해 보라. 그러면 처음이 20대에 내 려진 형벌만은 아니라는 것을 깨닫게 된다.

타고난 성격,
강제로 고쳐야 하는 걸까?

　　국제 운송업체를 운영하는 J는 성격 때문에 손해를 많이 봤다고 말한다. 그가 흔히들 하는 표현으로 '성격이 불같다'는 것은 주변 사람들은 다 아는 일이다. 고등학교 시절, 여자 친구를 빼앗아 간 친구를 때려 앞니를 부러뜨리고, 담임선생님이 촌지 받는 것을 대놓고 따지고 들어 학교를 들었다 놨다 했다는 그의 범상치 않은 성미는 학창 시절까지는 차라리 장점이랄 수도 있었다.

　　사회에 나와 일을 시작하면서 그의 직설적이고 거침없는 성격은 오해를 많이 사서 일을 망치기 일쑤였다. 한번은 다 성사된 대형 거래를 말 몇 마디에 놓쳐버리자, 그는 스스로를 바꾸지 않고는 살아남을 수 없겠다고 판단했다. 그는 마음을 다스리는 수많은 책을 읽었고 명상도 시작했다. 초등학교 졸업 이후로 발길을 끊었던 성당도 다시 다녔다. 그 노력을 며칠이나 몇 달이 아니라 10년 이상 계속했다.

결론부터 말하면, 각고의 노력에도 불구하고 그의 성격은 변하지 않았다. 하지만 성격 때문에 일을 그르치는 일은 없어졌고, 자신도 좀 더 마음 편하게 생활할 수 있게 되었다. 사람들과 부딪히지 않고도 문제를 해결할 수 있는 경험들이 쌓이면서 성질을 부리기 전에 한 번 참고 생각해 보는 조절력이 생긴 덕이었다.

20대는 자발적인 인간관계가 처음으로 형성되는 시기다. 고등학교에 다닐 때까지는 한정된 공간 안에서 억지로라도 같은 친구들을 매일 만나게 되므로 어떤 성격이든 웬만하면 친구를 사귀게 된다. 그러나 생활 전반을 스스로 설계해야 하는 20대부터는 성격에 따라 수백 명의 친구를 사귈 수도 있고, 단 한 명의 친구도 없이 지낼 수도 있다. 친구의 숫자뿐 아니라 갖가지 문제에 부딪히면서 누구나 자신의 성격에 회의를 품는다. 너무 내성적이다, 너무 소극적이다, 외향성이 지나쳐 주책 맞다, 집착이 강하다, 예민하다, 경솔하다……. 그래서 한 번쯤은 이런 고민을 하게 된다. '내 성격에 문제가 있는 것은 아닐까? 이 성격을 고쳐야 하나?'

당신의 고민을 미리 덜어주자면, 앞서 말한 J의 예에서 보았듯 성격은 고쳐지지 않는다. 그러니 성격을 고쳐야 할 것인가, 말 것인가에 대한 고민은 접어두자. 성격은 유전에 상당 부분 의존하는 것이며, 다시 태어나지 않는 한 바뀔 수 없다.

그러나 실망할 필요는 없다. 성격은 바꿀 수 없을뿐더러 바꿀 필요도 없기 때문이다. 근본적으로 좋은 성격과 나쁜 성격이 따로 없다. 그 어떤 성격이라도 단점과 함께 장점이 있기 마련이고, 장점이 더 잘 작용하도록 하면 그게 좋은 성격이 된다. 문제는 사람이 갖고 있는 성격이 아니라 그 성격을 통제하는 능력이다. 이야기 속의 J가 여전히 불같은 성격이면서도 더 이상 그 성격에 발목 잡히지 않고 사업을 할 수 있는 것도 노력을 통해 성격을 통제하는 능력을 길렀기 때문이다. 통제력을 길러 단점을 보완해야 하는 성격은 이런 종류만이 아니다.

세상은 외향적인 성격에 무척 호의적이다. 특히 남자에게는 더 그렇다. 동일한 능력을 가졌다고 가정했을 때 외향적인 성격의 사람이 사회에서 성공할 가능성이 훨씬 높다. 이에 불만을 품는 이들은 '타고난 성격이 있는 그대로 받아들여지지 않는 경직된 한국 사회가 싫다'라며 개성이 존중되는 서구 선진국에서 태어났어야 한다고 불평하기도 한다. 하지만 서구에서도 집단에서 인정받는 성격의 틀은 정해져 있다. 오히려 내성적인 사람을 진중한 사람으로 보기도 하는 동양 사회와 달리, 사교적이어야만 제대로 된 사람으로 보는 시선이 더 강한 곳이 서구 사회다. 더구나 남자의 성격이 내성적이면 사회 부적응자로 치부되기 십상이다. 오죽하면 예일대 학장이라는 사람이 "총명하지만 내향적인 아이는 별로 쓸모가 없다"고 공공연히 말했겠는가.

아시아 사람들 대부분이 내향적인 성격을 타고난다. 타인과의 접촉을 스트레스로 느끼지 않고 남과 스스럼없이 어울리며 에너지를 얻는 사람이 그리 많지 않다는 이야기다. 그런데도 수많은 내향적인 사람들이 훌륭한 경력을 쌓고, 사람을 통해 뜻하는 바를 이루기도 한다. 내가 인터뷰한 알파맨 중에서도 내향적인 사람들이 더 많았다.

우선 내향적이거나 내성적인 사람들은 편견과 달리 사람 자체를 싫어하지 않는다. 사람을 만나는 일에 더 신경이 쓰여서 쉽게 피로를 느낄 뿐이다. 그들은 좋아하는 사람들과 즐겁게 시간을 보내고 집에 들어와도 녹초가 되고 만다. 그래서 혼자 시간을 보내며 회복하는 시간이 필요하고, 필수적이지 않은 인간관계에 에너지를 쓰는 걸 곤란해한다. 이런 사람들이 외향적인 사람을 흉내 내며 화려한 인맥으로 성공해 보겠다고 나서면 탈이 난다. 사람이 자기 성격에 맞지 않는 행동을 자꾸 억지로 하면 면역체계에 이상이 온다는 생리학적 실험 결과도 있을뿐더러, 행동과 인격이 분리될 때 느끼는 혼란이 치명적인 스트레스를 불러일으킨다는 심리학 연구 결과도 수두룩하다. 그러니 태어난 성격대로 살아야 한다.

그러나 성격대로 산다는 것이 그 성격에 휘둘려 멋대로 행동하는 것을 의미하지는 않는다. 앞서 말한 '성격을 통제하는 능력'을 길러서 그 성격이 남과 나, 그리고 그 둘 사이의 관계를 망치게 방치해서는 안 되는 것이다.

몇 년 전, 한 체험 프로그램에 참가했다가 서로 전혀 모르는 사람들과 한 조가 되어 일정한 활동을 해야 했던 적이 있다. 주최 측에서는 한 가지씩 주제를 주면서 조별 토론을 하라고 했다. 나 또한 외향적인 성격이 아니므로 그 상황이 편안하지는 않았으나, 나이가 가장 많다는 부담감에 과제를 이끌어가려 애썼다. 누구도 먼저 입을 열려 하지 않았기에 조원 한 사람 한 사람에게 질문을 던지기도 하고 농담도 했다. 예닐곱 명쯤 되는 조원 중 절반은 대학생이었는데, 그중 두 명은 서로 아는 사이고 내향적인 성격이 뻔히 보이는 이들이었다. 그들은 처음부터 끝까지 자신들의 성격을 고스란히 보여주었다. 다른 조원들과 말을 섞으려 하지 않았으며 애써 토론 분위기를 만들려는 나와 눈도 마주치지 않았다. 끝까지 입을 조개처럼 다물고 휴대폰을 만지작거리거나 그들끼리 소곤거릴 뿐이었다. 그들은 다시 만날 가능성도 없는 사람들을 위해 에너지를 소비하고 싶지 않았던 것이다.

나는 그들의 심정을 충분히 이해한다. 사실 나도 속으로는 그러고 싶었으니 말이다. 그러나 인사권을 가진 자리에서 그들과 다시 마주친다면 절대로 그들을 뽑지 않을 것이다. 그들의 내성적인 성격과 표현이 문제가 아니라, 남을 위해 타고난 성격을 거스르는 수고를 조금도 하려 들지 않았기 때문이다. 이는 이미 성격이 아니라 인격의 문제다. 또한 타고난 성격의 단점을 필요에 따라 조절하는 능력이 그렇게나 없다면, 일에 있어서도 마찬가지일 것이다. 이것은 나만의 생각이나 취향이 아니다. 자신과 일을 할 사람을 찾는 모든 CEO나 인사권자들은 이런 점을 아주 중요하게 생각한다.

한때 나는 성격이 나쁘더라도 인격은 훌륭할 수 있다고 생각했다. 여러 예술작품에서도 그런 입체적인 캐릭터가 자주 등장하고, 또 매력적이기도 하다. 그러나 수십 년간의 경험에 의하면, 현실에서는 성격의 단점을 그대로 드러내서 주위 사람을 계속 힘들게 하면서도 좋은 인격을 가진 사람은 없다고 보아도 좋다. 자기 조절력과 남에 대한 배려라는, 인간을 평가하는 가치 중에서도 가장 중요한 이 두 가지가 없는 사람이 어떻게 '사실 속마음은 좋은' 사람일 수 있겠는가. 마음에 안 드는 성격이라고 해서 다른 사람이 되려고 무리할 필요는 없지만, 자신의 성격을 개성이라고 우기며 그 단점이 남과 자신에게 칼이 되어 돌아오도록 내버려두어서도 안 된다.

사람들을 만나다 보면 그 사람이 어떻게 행동하건 본래의 성품이 눈에 보인다. 외향적이고 남을 간섭하고 싶어 환장하겠는 사람이 실례를 하지 않으려고 조심하기도 하고, 인터넷만 있으면 10년 동안 혼자 있을 수도 있겠다 싶은 사람이 대화를 주도하며 분위기를 부드럽게 만드는 모습을 보기도 한다. 성격 급한 사람이 마음속의 브레이크를 밟으며 상대와 호흡을 맞추려는 안간힘도 안 보이는 것 같지만 다 보인다. 나는 그런 사람들을 볼 때마다 '귀엽다'고 느낀다. 사람들은 그렇게 애를 쓰면서 저마다 '저 사람은 내 원래 성격이 이런 줄 모를 거야'라고 생각하지만, 사실은 서로 다들 알고 있다. 그러면서도 상대방의 연기 자체를 배려로 의식해 단점을 단점으로 보지 않을 뿐이다.

판단이 잘 안 선다면 남과 나를 위해 성격을 거스르는 행동을 10퍼센트만 하겠다고 생각하자. 내성적이지만 한 번쯤 내게 조언을 해줄 수 있는 사람에게 과감하게 들이대보기도 하고, 자상하지 않지만 사랑하는 사람에게 애교도 부려보자. 고집불통이지만 자신이 잘못했다면 용기 내서 사과도 해보고, 완벽주의자라면 가끔 남의 빈틈을 모른 척하기도 하는 것이다. 일에서도 인생에서도, 진짜 내 모습으로 살되 나와 남을 위한 통제력을 발휘할 수 있는 것이 개성대로 산다는 말의 진짜 의미다.

스트레스를
해소하는 것도 능력이다

"일 때문에 생긴 스트레스는 일로 풉니다. 일을 정말 재미있게 생각하고 몰입하면 피로가 쌓이는 것도 몰라요. 하하."

인터뷰할 때 이런 말을 하는 사람을 보면 나는 분명 둘 중 하나라고 생각한다. 거짓말쟁이거나, 조만간에 쓰러질 일중독자.

아무리 적성에 맞고 좋아하는 일을 해도 일이라는 것 자체가 스트레스를 적립하는 과정이다. 좋아하는 일만 골라서 하는 것을 우리는 취미라고 부른다. 직업이라는 것은 싫고 힘든 일을 극복한 대가로 돈을 받는 것을 뜻한다.

일을 잘해내도 스트레스는 쌓인다. 자기 분야에서 승승장구할수록 책임져야 할 것들이 많아지는데, 이를 감내하는 일이 보통 소모적이지 않기 때문이다. 심리학자들은 경영자의 자격이 곧 스트레스를 관리하는 능력이라고 말할 정도다.

　보통 남자들은 스트레스 때문에 몸과 마음에 이상이 생기는 것은 있을 수 없는 일이며, 나약하고 부끄러운 일이라고 생각한다. 실제로도 우울증이나 신경성 질환 때문에 정신과를 찾는 사람들의 절대다수가 여성이다. 하지만 이는 여성들이 똑같은 증상이라도 예민하게 잡아내고 적극적으로 드러내기 때문이다. 남자들이 못 견디고 문제를 드러내기 시작했을 때에는 이미 병이 깊어질 대로 깊어진 경우가 많다. 자살 충동은 여자들이 더 많이 느끼지만 실제 자살 성공률은 남자들이 훨씬 높다는 통계처럼, 남자들이 앓는 마음의 병은 훨씬 위험하고 파괴적이다. 요즘 한국이 먹고살기 힘들어서 그렇다고 속단하지 말라. 자살자의 75퍼센트가 남자라는 통계는 세계에서 가장 잘사는 나라 중 하나이며 복지국가이기도 한 독일의 것이다. 스트레스를 그때그때 풀어주라는 흔한 충고가 괜히 있는 것이 아니다.

　오랫동안 일에 몰두한 알파맨들은 한두 차례쯤 혼쭐이 나고 나서 다들 자기만의 스트레스 해소법을 찾아 시간을 투자하고 있었다. 가장 흔한 것은 역시 운동이었다. 몸을 움직이는 것만으로도 쾌감을 느끼게 하는 천연 마약이 뇌에서 콸콸 분비된다. 하지만 몸에도, 취향에도 맞지 않는 운동은 도리어 스트레스를 얹어주기도 한다. 이것저것 알아보고 시행착오도 겪어보고, 즐기면서 할 수 있는 운동을 찾아보는 것이 좋다. 한 가지 주의할 것은 남자들은 특히 스트레스 상황에서는 무엇을 하든 극단적이라는 점이다. 스트레스를 운동으로 풀겠다고 나서면 인대 하나쯤 손상될 때까지 몰아쳐댄다. 시간 제한과 목표점을 정하고, 스스로를 통제해 가면서 정기적으로 운동을 한다면, 어쩔 수 없는 삶의 부산물인 스트레스도 땀과 함께 배출될 것이다.

스포츠댄스나 요리, 음악 연주나 감상 등으로 스트레스를 푸는 사람들도 있었다. 클래식 음악을 들으며 스트레스를 푼다는 지인은 "솔직히 클래식 연주회에 가면 잠이 온다"는 내 고백에 이런 말을 한 적이 있다.

"저도 연주회에 가면 예술적으로 분석해 가면서 심혈을 기울여 듣고 그러지 않아요. 연주가 시작되면 그냥 딴생각을 하기 시작해요. 그러면 내 고민들하고 지금 삶들이 두서없이 막 흘러가요. 그렇게 내버려두면 어느 순간부터 음악이 귀에 들어와요. 그리고 가슴을 울리기 시작하죠. 그렇게 한바탕 음악을 듣고 나면 후련해져요."

흥미로운 점은 알파맨들의 스트레스 해소법 중 '술'이 없다는 것이다. 자고로 남자란 술을 들이부으며 친교를 다지고 스트레스도 푸는 게 정석 아니던가. 결론부터 말하자면 술은 스트레스에 찌든 당신의 구원투수가 되어주기에는 태생부터가 함량 미달이다. 알코올은 교감신경을 둔하게 해서 사고와 감각을 무디게 만든다. 그래서 취해 있는 동안에는 스트레스를 잠시 잊을 수 있지만 알코올이 혈액에서 분해되어 사라지는 순간 그 마법은 사라진다. 사람들은 술의 일시적인 망각 효과를 스트레스 해소라고 착각하고 괴로울 때마다 술을 찾는 것이다. 이 과정을 이미 겪을 만큼 겪은 알파맨들은 술이 남겨준 위장병의 기억을 뒤로하고 살 길을 찾아냈던 것이다. 술은 스트레스 해소라기보다는 오락과 미식의 수단이라고 보아야 한다.

나는 스트레스를 많이 받는다는 남자들에게 속마음을 털어놓을 수 있는 여자를 한 명 두라고 조언하기도 한다. 어떤 스트레스건 가장 빨리 푸는 방법은 배출하는 것인데, 남자들은 이걸 잘 못한다. 남자와 여자가 싸웠을 때 그 감정의 후유증을 더 오래 겪는 쪽이 여자일 것 같지만 실은 그 반대다. 여자들은 남자와 싸우는 동안 자신의 감정과 불만을 말하고, 그 이후에도 여러 경로를 통해 감정의 잔재를 배설한다. 당신이 여자 친구와 싸웠다면 그녀의 친구들은 물론 미용사나 네일아티스트까지 당신의 행악을 낱낱이 알고 있을 가능성이 크다.

하지만 남자들은 자신에 대한 말을 같은 남자들과 하지 않는다. 사생활이나 감정에 대해 떠벌리는 것처럼 못나 보이는 남자는 없으며, 자신도 다른 남자의 사생활 따위는 들어줄 마음이 없기 때문이다.

알파맨들과 인터뷰를 하다가 동성의 친구에게 마음을 털어놓아 많은 위로를 받았다는 남자가 단 한 명 있었다. 참 예외적인 행운이다 싶었는데, 아니나 다를까, 그 친구는 지금 가톨릭 신부가 되어 있다고 한다. 남자들의 성향이 이렇다 보니 감정이 밖으로 나오지 못하고 안에 고이고 쌓인다. 그래서 때때로 수위가 높아지면 사소한 자극으로 폭발하기도 하는 것이다.

그러나 상대가 여자라면 다르다. 남자들은 같은 남자에게라면 절대 하지 않을 말들을 여자에게는 어렵지 않게 털어놓는다. 일단 상대의 말을 들어주는 능력이 남자들과는 비교도 되지 않을뿐더러, 속내를 이야기하는 자신을 '못난 수컷'이라고 무시하지 않으리라는 것을 알기 때문이다. 남자들은 뇌의 특성과 어려서부터의 사회적 요구 때문에 자신의 감정을 잘 읽지 못하는 경향이 있다. 그래서 여자들과의 진솔한 대화는 남자들이 자신을 거울에 비추듯 들여다볼 수 있는 계기가 되기도 한다.

가장 이상적인 것은 그 대상이 아내나 여자 친구인 것이다. 남자들은 '자기 여자'에 대해 무의식적으로 모순된 요구를 품게 되는데, 능력 있는 수컷의 면모를 보이고 싶으면서도 가장 나약한 부분을 내보여 치료받고 싶어 한다. 그래서 자기가 느끼는 아픔이나 상처를 입으로 말하지는 않으면서 상대가 '알아서' 품어주기를 원한다. 하지만 말하지 않으면 아무도 모른다. 힘들다는 말을 솔직히 털어놓아도 당신의 여자는 당신에게 실망하지 않을 것이며, 마음 안에 고인 감정의 노폐물을 걷어줄 것이다. 그러므로 자기 여자와 대화를 많이 하는 남자들은 스트레스에 강하다. 그러고 보면 '가화만사성(家和萬事成)'이라는 말은 참 여러모로 의미가 깊다.

'내 여자'가 없는 상황에서라면 주변에서 상담자 기질이 있고 입이 무거운 여자를 찾아보라. 선배나 선생님, 사촌 누나…… 멀지 않은 곳에 그런 이가 한둘은 있을 것이다. 엄마나 누나 같은 가까운 관계라고 코웃음치지 말고 용기를 내어 다가가보라. 대개의 여자들은 마음을 열어 고민을 털어놓는 남자들에게 진지하고 관대하다.

남자들이 스트레스 해소 수단을 찾아내는 것은 사실 말처럼 쉽지는 않다. 스트레스 해소에 매달리다가 중독에 빠지지 않도록 통제해야 하기도 하고, 어떤 자극에 해소감을 느끼는지 자신을 관찰하는 진중함도 필요하다. 어쩌면 스트레스를 푸는 자신만의 방법을 찾는 것은 더 질 좋은 삶을 살아내기 위한 방편이기도 하지만, 자신에 대해 알아내는 수행의 과정일 수도 있다.

여러 현인과 문필가 들의 말처럼 삶은 참 갖가지 측면에서 구석구석까지 어렵다.

타인에게
복수하는 법

　　Y의 첫사랑은 혹독했다. 흔히들 하는 말로 처음이라 서툴러서 상처받았다기에는 상대의 그악스러움이 지나쳤다.

　대학교 과 친구의 생일파티에서 만나 사귀게 된 그녀는 발랄하고 적극적인 미인이었다. 거의 반년간 주변 사람들에게 미쳤다는 말을 들을 정도로 그녀에게 열중했던 그는 어느 날, 그녀가 그의 고등학교 선배와 몰래 만나고 있다는 것을 알게 되었다. 처음 둘을 소개시켜 준 날 그녀가 의대생인 선배에게 관심을 보이며 이것저것 물어볼 때만 해도 그런 일이 생길 줄은 상상도 못했다. 그녀는 Y와 사귄 기간 중 3개월 동안이나 두 남자를 동시에 만나고 있었다. 그녀는 다른 장소도 아닌 그의 자취방에서 선배와 뒹굴기도 했고, 등록금이 모자라다고 하여 아르바이트까지 해서 보태준 돈으로 선배와 여행을 가기도 했다. 그가 그 모든 사실을 알게 되었을 때에도 그녀는 그다지 미안해하지 않았다. 진즉 헤어지고 싶었는데 그의 집착이 너무 심해 붙들려 있었으니 그에게도 책임이 있다는 논리였다.

상처받은 그를 지켜본 주변 사람들은 두 사람에게 어떻게든 복수해야 한다며 분개했다. 두 사람의 개인 홈페이지를 공격하고, 동창들에게 문자를 보내 고립시키고, 인터넷 게시판에 올려 망신을 주자고 했다. 불량배라도 동원해 흠씬 혼내주자는 강경한 목소리도 있었다. 그러나 그는 그보다 더 흥분하는 친구들을 말리고 한동안 힘들어하다가 예전처럼 열심히 살았다. 처음부터 아무 일도 없었던 것처럼.

"누가 너에게 해를 끼치더라도 앙갚음하려 애쓰지 말라. 가만히 강가에 앉아 있으면 머지않아 그의 시체가 떠내려가는 것을 보게 될지니."

노자의 말이다. 사회에 나가 부침을 겪으며 살아나가는 과정을 지켜보면 이 말이 틀리지 않다는 것을 확인하게 된다. 우리는 흘러간 홍콩 영화에서처럼 부모를 죽인 원수를 찾아 강호를 헤맬 필요가 없다. 처음 Y의 이야기를 들었을 때 나도 발끈해서는 뭐든 해보지 그랬냐고 격분했다. 하지만 그의 다음 말에 고개를 주억거릴 수밖에 없었다.

"제가 복수심을 품고 무슨 짓이든 저질렀다면 두 사람은 제 행동을 빌미로 자기들이 한 짓을 정당화했겠죠. 'Y는 원래 저런 놈이니까 여자 마음이 떠난 것도 당연하다'라는 식으로요. 그러고는 금세 잊혀졌겠죠. 하지만 저 혼자 그들을 조용히 마음속에서 정리하고 나니까 오히려 제 그림자가 저 없이도 대신 복수를 해주더라고요."

1년 후, 그녀가 아무래도 그를 못 잊겠다며 연락을 했고, 그 선배와는 헤어졌다고도 했다. 그는 "다시는 연락하지 말라"는 단 한 마디로 전화를 끊었고 이후로 그녀의 소식을 듣지 못했다.

그는 지금 외국계 기업의 임원이고, 오래전에 좋은 여자를 만나 결혼해서 초등학생 아이를 두고 있다. 몇 년 전, 그는 의사가 된 선배가 환자를 성추행한 혐의로 입건되었다는 소식을 전해 들었다고 한다.

알파맨들의 지난 시간들을 따라가보면 자신을 괴롭힌 사람들에 대한 태도에서 그들의 성숙함을 엿보게 된다. 그들은 흡족한 자신의 현재 모습이 있기까지 수많은 의인과 악인을 만나왔다. 때로 삶을 위태롭게 할 만큼 끔찍한 일을 저지른 사람들도 있었지만 그들에게 집착해 되갚아준 무용담을 들려준 알파맨은 없었다. 그들의 복수는 무심하면서도 우아했다. 그들은 자신의 삶을 복구하는 일로 너무나 바쁜 나머지 나쁜 사람들의 존재를 잊고 살았던 것이다.

❖

혈기왕성한 시절에 억울한 일을 당하다 보면 '용서가 가장 좋은 복수다'라는 식의 조언이 비겁한 변명으로 들린다. 어떤 방식으로든 악한 사람은 악으로 되돌려받는 것을 내 눈으로 확인해야 세상이 제대로 돌아가고 있다는 안도감을 느끼고 내 삶으로 돌아갈 수 있을 것만 같다. 그러나 정말 복수를 해서 정의를 실현하면 마음이 후

런해질까?

우선 내가 미워하는 사람이 온통 내 삶을 지배하는 것만큼 끔찍한 일은 없다. 예전에 심각한 갈등을 겪는 회사 선후배를 중재한 적이 있었다. 약자로서 일방적으로 당하기만 한 후배만 안됐다고 생각했는데, 의외로 그를 미워하는 선배 쪽의 스트레스가 더 심했다. 누군가를 미워하는 일은 우리가 생각하는 것보다 훨씬 소모적이다. 그러므로 악의를 되갚는다는 이유로 상대를 마음에 품고 있는 것은 오히려 당한 쪽이 2차적 피해를 감내하는 일이 되는 셈이다.

또한 앙갚음을 생각하며 그 관계에 머물러 있다는 것은 당신의 도덕적 자부심에도 치명타를 입힌다. 첫 피해에서 재빨리 발을 빼고 그 관계에서 벗어나면 선의의 피해자로 남을 수 있지만, 계속 발을 담그고 있으면 결국 그들과 같은 수준에서 진흙탕 싸움을 하는 자신을 발견하게 될 것이다. 그 탓인지 앙갚음을 하더라도 복수극을 볼 때만큼 후련하지 않다. 훗날 그런 자신의 모습은 깊은 수치심으로 남는다. 자신의 손에 피를 묻히는 것은 절대로 뒤끝이 개운한 복수가 되지 못한다.

영리한 사람은 진짜 복수가 무엇인지 잘 안다. 상대방과 그들을 즉각 벌주지 않는 세상을 저주하며 술을 퍼마시고 몸을 학대하는 대신, 그 관심을 자신에게로 돌리는 것이다.

골리앗을 물리쳐 민심을 얻었다는 이유만으로 사울 왕의 표적이되어 억울하게 죽음에 내몰렸던 다윗은 그 와중에 이렇게 기도했다.

"저들을 벌주지 마옵소서. 다만 그 벌을 제 복으로 돌려주옵소서!"

앞으로 살아가면서 당신을 괴롭히는 수많은 사람들을 대할 때마다 관심의 초점을 그들이 아니라 당신 자신에게 돌려라. 그러면 당장은 아니더라도 10년쯤 후에는 돌이켜볼 때마다 묵은 체증이 내려갈 정도로 통쾌한 복수가 이루어져 있을 것이다.

20대 남자에게는
실패한 연애조차 재산이다

결혼식에 참석하고 나서 지하 주차장의 대기실에서 기다릴 때였다. 정장을 입은 한 무리의 남자들이 모여 있다가 그중 하나가 자신의 차 번호를 호출하는 소리를 듣고 뛰어나갔다. 남은 친구들 중 하나가 자동 주차장에서 차를 빼는 남자를 흘끔 돌아보더니 한마디 했다.

"자식, 이왕 차 살 거면 좋은 걸로 좀 사지. ○○○가 뭐냐?"

그가 말하는 차는 사람들이 흔하게 몰고 다니는 국산 준중형차였다.

"○○○가 어때서? 저 차, 실용적이고 잘 달려."

"그래도 이왕 차 뽑는 거 폼 나게 유럽 차를 사지."

"거참, 차도 없는 자식이 눈만 높아서. 너 장롱면허지?"

거기까지 들었을 때, 남자들은 친구가 대기실 입구까지 몰고 온 국산 준중형차에 우르르 올라타고 가버렸다.

비싼 유럽 차가 아니면 차가 아니라고 생각하는 것 같던 그 30대 남자의 허세는 '현실의 차'와 접해보지 못했던 데에서 나왔을 것이다. 내 손으로 운전해서 바람처럼 달려보고, 차를 자기만의 음악 감상실이나 휴식 공간으로 삼아본 경험이 없기 때문에 평범한 차로도 충분히 편리하고 기분 좋을 수 있다는 사실을 모르는 것이다.

연애를 오랫동안 미뤄온 30대 이상의 남자들을 보면 유럽 차와 사랑에 빠진 그 남자처럼 자신에게 맞는 '현실의 여자들'에게 좀처럼 만족해하지 못하는 모습을 발견하게 된다. 그들은 군대 가기 전 20대 초반에 연애 좀 해보려고 안달하다가 있는 대로 상처를 받고는 제대하자마자 취업 전쟁에 내몰린다. 연애에 소질이 있는 사람들이야 이 시기에도 잘만 사귀지만, 그렇지 못한 이들은 '여자들이 좋아할 만한 조건'을 갖추게 되는 미래의 어느 시점 이후로 연애를 미룬다. 그러는 동안 TV에 등장하는 연예인들의 외모와 친구들 자랑 속 장점만 갖춘 여성상이 마음속에 들어앉게 되고, 본인이 아무리 부정해도 터무니없이 눈이 높아진다.

그나마 차와 사랑에 빠진 남자는 언젠가 정말 차가 필요해지면 어쩔 수 없이 형편이 허락하는 차를 사게 될 것이고 그에 맞춰 눈높이도 맞추어질 것이다. 새 차가 긁힐까 봐 노심초사하고 사랑하는 사람을 태워 다니며 추억을 쌓다 보면 모터쇼에서나 보던 차보다 '내 차'가 더 소중하다는 사실을 알게 되기 때문이다. 그러나 연애에서 현실감각을 잃어버린 남자에게는 기회가 없다. 여자들은 그런 남자들을 귀신같이 알아보고 피해 가기 때문이다. 그 남자들 입장에서는 '중고 경차'로 보이는 여자들조차도 말이다.

뒤늦게 첫사랑을 해보려는 남자들에게 연애가 쉽지 않은 이유는 20대에 시행착오를 겪어보지 않아 배운 게 없기 때문이기도 하다. 솔직히 말하자면, 공감 능력이 부족하고 감정적인 교류를 부담스러워하는 남자들의 벌거벗은 본성은 여자들이 좋아할 만한 것이 아니다. 마크 트웨인은 "무엇이건 벌거벗은 것은, 특히나 벌거벗은 진실은 아무도 받아들이지 않으므로 어떤 종류든 꼭 옷을 입어야 한다"고 말했다. '옷을 입은 진실'은 거짓과는 다르다.

"나 요즘 회사에서 업무 스트레스가 너무 심해. 요즘 같아선 다 때려치우고 싶어"라고 말하며 울먹이는 여자 친구에게, "내가 어떻게 해줄 수 있는 것도 아닌데 그만 징징대고 섹스나 하지?"라고 말한다면 어떻게 될까? 어떤 바보가 그럴까 싶겠지만, 많은 남자들이 그런 류의(본인은 절대 아니라고 생각하지만 여자들은 다 알아채는) 말을 해서 이별을 겪는다. 그리고 배운다.

'아, 여자들한테는 이렇게 행동하면 안 되는구나.'

배움이 축적된 남자들은 여자들이 훨씬 쉽게 사랑에 빠질 수 있는 상대가 된다. 이런 학습 과정은 '여자를 낚는 것'과는 차원이 다른 삶

어쩌면 20대 남자에게 있어 연애의 기초는 여자라는 존재를 존중하고 사랑하는 것일지도 모른다. 상대에 대한 존중 없이 자연의 섭리에 충실한 짝 찾기만을 목표로 한다면 배움과 발전이 없는 구제불능의 실패만을 반복하게 될 것이다.

의 재산이 된다. 나중에 결혼하게 될 여자와 더불어 행복을 누리고, 나아가 세상의 절반을 차지하는 여자들과 사이좋게 지낼 수 있다. 이는 재미로 여자를 만나는 경험으로는 결코 배울 수 없는 것이다. 짝사랑이나 애매하게 감정이 오가다 만 관계를 두고 연애했다고 착각하지도 말라. 상대의 인생과 감정에 깊게 개입했고, 상대도 같은 느낌임을 확인해야 진짜 연애다. 진짜 연애는 인생에 깊이를 더해주고, 더 좋은 사람이 되도록 성숙시켜 준다.

여자들에게도 마찬가지지만, 나는 20대 남자들을 만나면 제발 '지금' 연애를 많이 하라고 더욱 강조한다. 20대는 오로지 감정에만 충실하게 연애를 할 수 있는 마지막 시기다. 상대의 속눈썹이 길다는 이유 하나만으로도 사랑에 빠질 수 있다. 그러나 사회에 나가 평지풍파를 겪고 나면, 일단 '마음 놓고 사랑에 빠져도 되는 조건을 충족하는' 상대에게만 마음이 열린다. 뭔가를 배울 수 있는 시행착오로서의 연애의 기회가 사라지는 것이다.

게다가 20대의 싱그러움은 여자들만의 무기가 아니다. 많이 서툴고 부족해도 20대에는 바로 그 점이 상대에게 귀엽게 보일 수도 있어 연애를 시작하기가 더 쉽다.

여자들이 최악의 연애 상대라고 꼽는 30대 이상의 남자 유형이 의외로 '연애해 보지 않은 남자'라는 데에는 다 이유가 있다. 여자의 손길이 닿지 않은 남자들이 20대 시절의 매력을 간직한 채 나이가 들기는 쉽지 않은데, 그런 남자들은 여자들이 질색할 말과 행동을 도무지 걸러내지 못하니 곁에 남아날 여자가 없는 것이다. 이런 전후관계를 알 수 없는 남자들은 자신들 사이에서 '진국'으로 통하는 친구가 왜 주선해 준 소개 자리에서마다 딱지를 맞는지 모른다. 그저 "여자들이 남자 보는 눈이 없다"며 함께 술잔을 기울여줄 수밖에.

❖

얼마 전 출판 관계자로부터 흥미로운 이야기를 들었다. 한국에서 출판되는 연애 지침서의 주 독자층이 의외로 '20대 남자'라는 것이었다. 그전까지 나는 연애와 진로가 인생 최대의 난제라고 고민을 털어놓는 젊은 여자들만 그런 책을 사는 줄 알았다. 헌데 드러내놓고 조언을 구하지 못하는 남자들이 남몰래 연애 방법론을 탐독하며 숨은 독자층으로 군림하고 있었던 것이다.

어쩌면 당신이 이미 완독했을지도 모를 연애 담론에 딴죽을 걸 생각은 없다. 내가 지금 하고 있는 이야기도 그 담론의 일부이니 더욱 그렇다. 하지만 책에서 배운 방법론에 의지하지 말고 '바로 지금' 용기를 내서 여자들이 있는 세상으로 나아가라. 글로 배우는 연애는 경험과 결합되지 않는 이상 여자들에게 뻔히 수가 읽히는 계산속으로 전락하기 십상이다.

어쩌면 20대 남자에게 있어 연애의 기초는 여자라는 존재를 존중하고 사랑하는 것일지도 모른다. 남자들보다 시야가 넓어서 동시에 많은 정보를 받아들이고 해석할 수 있는 여자들은 당신의 진심이 드러나는 단서를 놓치지 않는다. 상대에 대한 존중 없이 자연의 섭리에 충실한 짝 찾기만을 목표로 한다면 배움과 발전이 없는 구제불능의 실패만을 반복하게 될 것이다.

여자들은
돈이나 차를 보고 남자를 사귈까?

　아무리 선을 봐도 실패하는 남자가 있었다. 3대 독자가 30대 중반이 되도록 연애 한번 제대로 하지 못하자 가족들은 애가 탔다. 성실한 덕에 직장에서 자리도 잡았고, 성격도 순하고 착한 그가 왜 연애를 못하는지 알 수 없었다. 그를 포함한 가족들은 상가 한 채를 가지고 있어서 집안 형편도 괜찮은 편인데, 그런 점을 어필해야 여자들이 좋아하리라는 결론에 도달했다. 당장 고급 양복을 사 입히고 명품 지갑을 쥐어주었다. 그러고도 누구와도 사귀지 못하자 "아무래도 차가 없어서 여자가 안 생기나 보다. 요즘 여자들은 차 없는 남자 싫어한다잖아" 하며 차를 장만해 주었다. 그래도 매번 선은 실패였다.
　답답해진 부모님은 남자의 여동생을 선보는 장소에 정보원으로 급

파했다. 커피숍에서 오빠를 지켜보고 온 여동생은 집에 오자마자 부모님에게 비보를 전했다.

"제가 보기엔 오빠는 평생 장가가기 그른 것 같아요. 나라도 그런 남자 안 만나요."

남자가 0점짜리 선 상대였던 이유는 상대를 전혀 배려해 주지 않기 때문이었다. 여동생이 지켜보니 남자는 첫 만남에서는 거의 입을 열지 않거나 단답형으로만 말했다. 상대 여자가 진땀을 빼며 이런저런 대화를 이어나갔는데, 한참 후 겨우 말문이 터지자 이번에는 상대의 이야기는 들으려고 하지도 않고 자기 말만 떠들었다. 그러는 동안에 계속 휴대폰을 만지작거리며 메시지를 보내거나 뭔가를 들여다봤다. 용케도 자리를 옮겨 저녁을 같이 먹자는 이야기가 나왔지만 그는 선자리 첫 식사와는 어울리지 않는 국밥집을 제안했다. 결정적인 것은 커피숍을 나올 때였다. 성큼성큼 앞서 나간 남자는 유리문을 획 밀고 나가 뒤도 돌아보지 않았고, 당연히 앞서 간 그가 문을 잡아줄 줄 알았던 여자는 닫히는 문에 코가 깨질 뻔했다. 가족들은 그가 여자를 그런 식으로 대하는 사람이라는 사실은 꿈에도 모르고 재력을 과시하는 데에만 집중했던 것이다.

만약 위의 남자에게 별다른 하자가 없다고 느낀다면 당신은 큰일 났다. 적지 않은 남자들은 '매너가 좋다'는 말이 닳고 닳은 바람둥이나 여자의 허영에 장단 맞춰주는 '속없는 놈들'에게나 해당되는 말이라고 생각한다. 그러나 말 그대로 매너는 상대를 불편하지 않게 하기 위해 배려하는 행위의 총칭이다. 식당에서 의자를 빼주거나 차 문을 열어주는 등 우리 문화에서는 오히려 서로가 불편할 수도 있는 틀에 박힌 양식을 뜻하는 게 아니다. 여자 대하는 데 도가 튼 바람둥이가 아니라고 해도, 첫 만남에서 입을 다물고 있으면 상대가 불편하고, 자기 말만 떠들면 상대가 지겨우리라는 생각쯤은 할 수 있어야 한다. 국밥이 나쁘지는 않지만 정장을 갖추어 입고 나온 여자에게 좀 더 격식을 갖춘 첫 식사를 제안하는 것도 마음만 있다면 충분히 생각할 수 있는 일이다. 마지막으로 문을 밀고 나갈 때에는 꼭 여자가 아니더라도 혹시 다치는 사람이 있을까 한 번쯤 뒤를 돌아보고 문을 잡아주는 게 '남자의 매너'를 넘어 '인간의 도리'다.

어떤 남자들은 자기 좋을 대로 행동하면서 자신이 소탈한 사람이라 착각하곤 한다. 이야기 속의 남자는 그동안 자신이 상대를 배려할 줄 모르는 자기중심적인 사람이라는 것을 온몸으로 표시해 왔기 때문에, 당연히 여자들이 줄행랑을 놓은 것이다.

나는 왜 돈이 많은데도 신붓감을 구하지 못하느냐는 남자들의 푸념을 들어왔다. 또, 반대로 자신이 재력이 없어서 사랑을 하지 못한다는 남자들의 한숨도 적지 않게 접했다. 문화사에서 보통 '황금과 칼'로 은유되는 재력과 힘이 있어야만 여자를 차지할 수 있다고 믿는 것이다.

부가 사랑과 관계가 아예 없다고는 말 못하겠다. "가난이 창문에 비치면 사랑이 방문을 열고 나간다"는 서양 속담이 틀리지는 않다는 것을 살면서 자주 확인하게 되기 때문이다. 그러나 한 가지 분명한 것은 '정말 괜찮은 남자'는 재력이나 처지에 크게 구애받지 않고 사랑을 하며, 가난 때문에 사랑을 잃더라도 머지않아 그것마저 불식할 여자를 만난다는 것이다. 인터뷰를 한 알파맨 중에도 일찍 결혼한 사람들이 상당수이고, 결혼 당시 그들의 처지는 대체로 보잘것없었다.

나는 어려운 환경 때문에 미리 사랑을 포기하려는 남자들을 보면 "더 좋은 사람이 돼라"고 말하곤 하며, 그게 유효하다고 생각한다. 여자들이 사랑도 계산적으로 할 것 같지만, 사실 그 계산에는 상당 부분 인격이 포함된다. 어차피 여자들도 결혼을 통해 자신의 생활 범위를 훨씬 넘어서는 부를 얻을 거라고는 기대하지 않는다. 많은 연봉이나 통장의 잔액보다 알찬 인간성을 택하는 편이 자기 인생에 더 득이 된다는 걸 충분히 알고 있다. 여자들은 매력적인 인간성을 가진 남자들을 절대로 놓치지 않는다. 주변에 조건이 별로 좋지 않은데도 좋은 여자와 일찍 결혼해서 잘 사는 사람이 있다면(그리고 임신 같은 특수한 상황이 아니라면) 그가 인간을, 그리고 여자를 어떻게 대하는지 잘 관찰해 보라.

한 가지 당부할 점은 자신에 대한 진지하고 객관적인 성찰 없이 자신을 '좋은 사람'이라고 단정 짓고 여자에게 강요하지 말라는 것이다. 단순히 상대를 좋아하는 마음이 진심이라고 해서 당신이 그녀를 행복하게 해줄 수 있으리라 믿는다면 그것 또한 착각이다. 누군가를 좋아하는 마음을 품는 것과 당신이라는 인격체가 갖는 가치는 전혀 별개다. 오히려 상대가 싫다고 할 때 놓아줄 수 있는 사람들이 인격적으로는 더 성숙한 경우가 많다. 지나치게 퍼주거나 양보하는 성격을 두고 좋은 사람이라고 오해하지도 말라. 기준 없이 무작정 베푸는 것은 성자 아니면 바보인데, 평범한 사람이라면 후자일 가능성이 훨씬 높다.

✦

당신은 운이 좋아 좋은 천성을 타고났거나, 좋은 가정교육을 받고 자라 이미 좋은 사람으로 성장해 있을지도 모르며, 그렇지 않을 수도 있다. 먼저 아집을 버리고 다른 사람들의 모습을 나에게 비춰보는 습관을 들이고, 많은 책을 읽고, 많이 생각하라. 여자에게 거절당했다면 무조건 여자 탓으로 돌리며 여자 전체를 저주하는 남자가 되지 말고 한 번쯤 자신을 돌아보는 용기를 내라. 그럼으로써 좋은 사람의 정의를 세우고 그런 사람이 되도록 노력하라. 사람은 원래 변하기 어렵지만 20대는 자신의 의지로 본성에서 꽤 멀리까지 가볼 수 있는 시기다. 전두엽 노화가 진행될수록 못난 인격을 가진 사람은 점점 더 사랑받을 수 없는 고집불통 꼬장쟁이가 되고 만다.

물론 돈이 많거나 직업이 좋은 남자는 연애를 시작하기에 유리할지도 모른다. 그건 바꿔 생각하면 여자의 미모와 같아서, 이성의 관심을 끌기에 좋고, 갖추고 있으면 적이 환영받을 만한 조건이기 때문이다. 하지만 필요충분조건이 되지는 못하기에 그것만으로는 좋은 사람과 좋은 사랑을 할 수는 없으며, 말로가 좋지 못하다. 돈과 미모의 교환으로 성립된 결혼이 몇 년 지나지 않아 파탄이 나거나 서류상 형식으로만 존재하는 경우를 너무 많이 접해서 여기에 열거하기조차 버거울 지경이다.

누군가가 좋은 차를 몰고 다니지 못해서 여자들이 따르지 않는다고만 생각한다면 어마어마한 착각이다. 고급 스포츠카에 매혹되어 남자를 사귀는 여자들은 결코 일반화시킬 수 없는 부류의 여자들이다. 당신이 찾는 심신이 건강한 여자들은 나이와 처지에 어울리지 않는 고급 차를 몰고 다니며 우쭐대는 남자들을 제대로 된 사람이라고 생각하지 않는다.

당신이 앞으로 어떤 여자를 만나 사랑을 하고 연애를 하고 결혼을 하는가는 평생의 질을 결정하는 중요한 문제다. 20대인 당신은 납득할 수 없겠지만 직업이나 직장의 선택보다 더 중요하다. 직장 생활이야 20년, 길어야 30년이지만 결혼 생활은 최소 50년 이상이다. 점점 기대수명이 늘어나고 있는 요즘이라면 70년 이상이 될 수도 있다. 잘못되어 다시 결혼한다고 해도 상대를 선택하는 안목과 자신의 본질이 변하지 않는다면 몇 번을 다시 결혼해도 결과는 같을 것이다.

자신감이 없어질수록 더 좋은 사람, 더 현명한 사람이 되기 위해 노력하라. 그 편이 차를 바꾸는 것보다 훨씬 더 효과가 있다.

당신은
매력적인 남성인가요?

　나는 여자 친구가 없다고 고민하는 남자들 중 그 원인이 '외모'일 거라고는 짐작조차 하지 못하는 남자들을 많이 만나보았다. 고민을 털어놓으면서 여자에게 어떻게 하면 기술적으로 접근할까 하는 것만 물어보는 그들에게 뱃살을 조금 빼고, 피부과에서 여드름 치료를 받고, 이제 엄마가 사다 주는 옷은 그만 입으라는 말을 차마 하지 못했다. 남자를 향한 시선에 외모 부분이 느슨한 건 사실이지만 여자들도 남자의 외양이 마음에 들어야 마음을 연다.

　20년 전 신문 기사를 보다가 "요즘은 남자들도 외모에 신경 쓰는 시대"라는 제목의 기사를 발견했다. 그 시절의 '꾸미는 남자'의 기준이 궁금해 읽어보니, 고작 '샤워를 매일 하기', '사무실에서 정장 차림에 신경 쓰기' 등이 상세 항목이었다. 남자들도 성형외과나 피부과 방문을 하고 남성용 화장품 시장이 이미 레드오션이 된 요즘 세상과는 격세지감이 느껴질 정도다. 하지만 이런 와중에도 여전히 남자들 '대부분'은 연애를 원하면서도 외모 업그레이드를 시도하지 않는다.

그 이유는 크게 두 가지인데, 첫 번째는 대부분의 남자들이 '내가 미남까지는 아니어도 꽤 괜찮은 외모를 갖고 있다'고 생각한다는 사실이다. 일반적으로 동서양을 막론하고 여성들은 자신의 외모를 실제보다 낮게 평가하고, 남성들은 실제보다 높게 평가하는 경향이 있다고 한다. 여러 실험을 통해 증명된 이 이론은 실제로도 어렵지 않게 확인할 수 있었다. 남자들은 두 개의 눈과 한 개의 코, 한 개의 입을 멀쩡히 갖고 있기만 하면 일단 자신의 외모가 평균 이상은 된다고 생각한다. 단언컨대, 당신이 '내가 그래도 쟤보다는 잘생겼지'라고 확신하는 친구도 당신을 보고 똑같은 생각을 하고 있을 것이다. 당신보다 못생긴 것 같은데 여자들이 좋아해서 이해가 안 가는 친구는 남 보기엔 당신보다 잘생겼을 확률이 높다. 연애의 진행에 어려움이 있다면 다른 문제가 있겠지만, 시작조차 어렵다면 외모가 원인일 가능성이 크다. 인정할 건 인정해야 개선과 목표 달성의 가능성이 커진다.

두 번째는 외모에 신경을 쏟다 해도 노력한 만큼 결과가 안 나온다는 것이다. 다행히 남자의 외모는 몇 가지 변화만으로도 마치 딴사람인 양 달라지지만 그러려면 '감각'이 전제되어야 한다. 감각 없이 남보고 흉내만 낸 노력들은 안 하느니만 못한 결과를 초래하는 경우가 많다. 어떤 남자들은 천부적으로 패션에 관심이 많고 그만큼 치장도 잘한다. 그런 재능이 없다면 다 포기하고 머리와 피부만 사수하라. 실력 있는 미용사들이 있는 숍을 두루 다니며 커트를 해보고 어울리는 모양을 찾아낸 다음 손질하는 요령을 배우라. 남자 외모의 80퍼센트는 머리 모양이므로 그 정도는 투자할 만하다.

남자라고 해서 피부에 무심해도 된다고 여기는 것도 착각이다. 고대사회부터 피부 상태는 그 사람의 신분과 매력을 판단하는 중요한 근거였다. 삼국시대 화랑이나 조선의 선비, 유럽의 귀족 남성이 화장을 한 것도 그래서였다. 얼굴에 기름기가 줄줄 흐르지 않도록 화장품이나 관리법을 알아보고, 성인 여드름으로 고생하고 있다면 피부과를 찾아가보라. 피부가 매끈하고 밝아지면 훨씬 좋은 인상을 가질 수 있다.

옷은 깨끗하게만 입으면 된다. 아무리 기본 스타일의 옷이라도 조금씩 유행을 타거나 세탁할 때마다 모양이 망가져 초라해 보이기 마련이므로 해마다 계절이 바뀌면 적당한 브랜드 매장에 가서 점원이 코디해 주는 대로 사서 입으면 된다.

직장인이라면 정장에만 신경 써도 다른 남자로 태어날 수 있다. 좋은 정장은 남자가 가진 체형의 결점을 보완해 준다. 너무 싼 것만 찾지 말고 체형에 잘 맞는 브랜드를 찾아 투자한다는 기분으로 갖추기를 권한다. 그렇게 하면 남자가 옷을 통해 보일 수 있는 매력은 100퍼센트 발산한다고 보면 된다. 그 사실을 잘 아는 내 후배 하나는 정장을 입고 상대를 만날 수 있는 평일 저녁에만 소개팅 약속을 잡는데,

그 전략이 실패한 적이 없다고 한다.

여기에 건강도 생각할 겸 운동까지 꾸준히 한다면 평범한 남자인 당신이 할 수 있는 일은 다 하는 것이다. 여자들은 남자의 외모를 보기는 하지만 절대적 아름다움에는 엄격하지 않다. 너그러운 그녀들은 아주 싫어하는 모습만 잘 가려주면 웬만큼 객관적 조형미가 떨어지는 남자에게서라도 매력을 찾아낸다.

매력적인 남자가 되는 데에는 냄새도 중요한 역할을 한다. 여자들은 냄새 나는 남자를 정말, 매우, 어마어마하게 싫어한다. 남자들은 남성호르몬의 일종인 테스토스테론 덕에 땀을 많이 흘린다. 남자의 체취에 여자들이 매력을 느낀다는 말을 믿는 이들이 있는데, 여자들이 당신의 몸에서 냄새를 맡게 된다면 그건 이미 순수한 남자의 체취가 아니다. 땀이 공기와 접촉해 세균 번식이 이루어진 분자가 확산하여 주변 사람을 치 떨리게 하는 악취일 따름이다. 옷을 자주 빨아 입고 샤워를 자주, 정성껏 하라.

향수도 권할 만하다. 나는 오래전 남편의 여동생, 즉 지금의 시누이가 오빠에게 생일 선물로 주었다는 모 향수 브랜드 애프터셰이브가 결과적으로 이 결혼을 성사시켰다고 본다. 여자들이 날 듯 말 듯 은은하고 상쾌한 향을 풍기는 남자의 품으로 파고들고 싶은 충동을 느낀다는 것은 대외비다. 단, 2미터 밖에서도 뇌수를 쪼개는 노골적인 향기, 독한 체취와 뒤섞인 향수 냄새는 오히려 기피 요인이다.

　남자의 매력으로 목소리를 빼놓을 수 없다. 여자들은 청각적인 자극에 약하다. 이 점은 남자들도 잘 알아서 맑은 저음의 목소리를 가진 남자들은 쉽게 호감을 살 수 있다는 점을 잘 활용한다. 그러나 그런 목소리를 타고나지 못했다고 해서 실망할 필요는 없다. 잘 살펴보면 남자 아나운서들 중에도 목소리 자체의 울림이 좋은 사람은 많지 않다. 정확하게 발음하며 말꼬리를 흐리지 않고 분명히 말하는 남자들은 좋은 목소리를 가진 것처럼 들린다. 이런 남자들은 지적이고 유능해 보이는 데다가 매너가 좋은 것처럼 보이기 때문에 여자들이 매력을 느낀다. 웅얼웅얼 말하거나 발음을 뭉개버리는 습관이 있다면 최대한 고치고, 평소에 또박또박 분명히 말하는 연습을 하라.

　'내가 여자한테 잘 보이려고 이렇게까지 해야 하나'라고 생각할 것 없다. 이런 말 습관을 가진 사람들은 사회생활에서도 유능하다는 인상을 주기 때문에 평생에 도움이 된다. 신기하게도 좋은 목소리로 좋은 발음을 구사하는 사람들은 젊은 시절에는 나이보다 능력 있어 보이고, 나이가 들면 실제보다 젊어 보인다. 이런 점을 뒤늦게 알게 된 CEO들이 전문가를 초빙해 스피치 훈련과 발음 교정을 받는 일도 드물지 않다.

　남자들은 자신이 매력적으로 보이기 위해 신경 쓴다는 것을 비밀로 하고 싶어 한다. 보통의 남자들이 '남자답다'고 생각하는 성향과 정면으로 배치되기 때문이다.

대학 시절, 남자 후배 중 호감 가는 타입의 친구가 있었다. 그는 늘 수수하고 단정한 옷차림이었고, 깔끔한 머리를 하고 안경을 쓰고 있었다. 뭐라 꼭 집어 말할 수 없었지만 그는 여자들이 좋아할 만한 분위기를 갖고 있었고, 실제로도 인기가 좋았다. 나를 포함해서 다들 그가 그렇게 타고난 사람이라고만 생각했다. 이후 그는 자신만큼 인기 있는 여자와 어렵지 않게 연애하고 결혼했으며, 쉽게 취직하고 무난히 승진하면서 지금도 잘 살고 있다.

아주 오랜 시간이 흐르고 나서야 나는 의외의 진실을 알게 되었다. 수수해 보이기만 하던 옷은 전날 미리 입어보고 완벽하게 코디를 해놓은 것이었고, 안경은 당시 가장 유행하던 브랜드에서 심혈을 기울여 고른 것이었다. 많은 남자들이 이발소에서 머리를 깎던 그 시절에 그는 누나들을 따라 고급 미용실에서 머리를 잘랐고, 심지어 비비크림도 없던 90년대에 엷게 화장까지 하고 다녔다고 한다. 자연스럽고 수수해 보이던 외모가 사실은 엄청난 노력과 관심을 기울인 연출의 결과였던 것이다. 당신이 '나는 꾸미지 않아도 잘생겼어'라고 생각하는 동안, 고수들은 몰래 자신을 가꾸며 남자의 매력으로 얻을 수 있는 이익들을 누리고 있는 것이다.

"외모 때문에 튀고 싶지는 않지만 외모 때문에 손해를 보고 싶지도 않다."

인터뷰에 답한 알파맨 B의 말이다. 신은 남녀 불문하고 20대에게 절정의 생물학적 아름다움을 주었다. 남자들이라고 해서 그 아름다움을 외면하고 끔찍한 무늬의 셔츠나 어울리지 않는 안경에 가둬둔다면 일종의 직무 유기일 것이다.

여행이 필요하지 않은
젊음은 없다

20대의 나는 여행이 싫었다. 일단 돈이 너무 없었다. 집 밖에 나가 돌아다니기 시작하면 세상은 숨 쉬고 걷는 데에도 세금을 걷는 것 같았고, 그렇게 큰맘먹고 힘들게 도착한 곳은 언제나 기대만큼 감흥이 없었다.

하루는 여행을 좋아하는 친구의 경험담을 심드렁하게 듣고 있었더니, 친구가 못내 안타깝다는 표정으로 이렇게 말했다.

"이런 말 어떻게 들릴지 모르겠지만…… 여행을 정말로 싫어하는 사람은 없어. 여행의 매력을 알 만큼 많이 다녀보지 않아서 잘 모를 뿐이지."

그때에는 동의할 수 없었지만, 이젠 '그 말이 맞구나' 하며 십수 년 전의 그 상황을 자주 떠올린다. 여행을 혐오하며 평생 그 마음을 바꾸지 않았던 것으로 유명한 철학자 칸트도 실은 죽을 때까지 여행을 한 번도 해보지 않은 사람이었다. 그가 서구 철학 사상의 흐름을 바꾸어놓은 세기의 철학자라는 사실과는 별개로, 단 한 번의 경험조차 해보지 않은 일의 단점을 설파하는 그의 여행론만큼은 믿지 못하겠다.

나는 예전의 나처럼 남들이 말하는 여행의 당위에 떠밀려, 혹은 미디어에서 편집해 보여주는 이미지에 이끌려서 여행을 떠났다가 실망과 피로만을 얻고 돌아오는 젊은이들을 자주 본다. 보통 해외여행을 처음 준비하는 20대들은 여행이 중대한 일생의 터닝포인트를 마련해주리라고 기대한다. 지금 나를 괴롭히는 일상에서 홀홀 벗어나 미지의 세계로 떠나면 인생의 해답을 찾을 수 있을 것만 같고, 블로그에서 본 흥미롭고 아름다운 장면들이 걸음걸음 시야에 펼쳐질 것만 같다.

그러나 여행도 또 다른 일상이다. 사람 사는 모양은 어딜 가나 비슷하지만 익숙하지 않은 장소에서 이어지는 일상이다 보니 짜증나는 일이 오히려 더 많다. 힘들여 찾아간 관광지의 볼거리는 그 감동이 10분도 채 이어지질 않는다. 내 인생을 바꿀 깨달음? 그런 것도 없다.

한 가지 더 알아두어야 할 점은 선입견과는 달리 여행은 정신적 상처의 치료 수단이 못 된다는 것이다. 신경정신과 의사들은 특히 우울증 환자들이 여행을 가서는 안 된다고 말한다. 이국적인 곳일수록 뇌의 스트레스 수위를 올리는 데다, 일상처럼 몰두할 일이 없는 여행 환경이 오히려 부정적인 생각을 키울 가능성도 크단다. 인생의 문제와 숙제는 일상의 울타리 안에서 해결하는 것이 맞다.

여행은 몸과 마음이 건강할 때, 그 여행지에 대한 애정과 관심을 가지고 '즐길 준비'를 하고 가야 한다. 무언가를 얻어야겠다는 생각으로 떠나면 오히려 빈손으로 돌아온다. 여행을 앞둔 비범하고도 바람직한 자세를 영국 작가 제인 오스틴은 잘 알고 있던 것 같다.

우리가 여행에서 돌아올 때는 다른 여행자들처럼 자기들이 뭘 보았는지 정확히 설명하지 못하고 그러지는 않을 거예요. 우리가 가본 곳에 대해 훤히 알고 싶고 우리가 본 걸 죄다 기억하고 싶어요. 호수와 산과 강 들이 우리들의 상상력 안에서 마구 뒤섞이지도 않게 할 것이고, 경치를 하나하나 묘사할 때에도 무엇이 어디 있었는지를 가지고 입씨름하지 않도록 해야겠죠. 우리가 처음에 터뜨리는 기쁨의 토로도 대개의 다른 여행자들보다는 더 그럴 만해야겠고요.

—제인 오스틴, 『오만과 편견』 중에서

누구나 쉽게 느낄 수 없는 게 여행의 미덕임에도 불구하고 내가 젊은이들에게 여행을 권하는 이유는 여행이 일상에서 맞닥뜨리기 어려운 실패와 성공을 압축해서 경험하게 해주기 때문이다. 낯선 외국 도시에서는 지하철을 타는 단순한 일조차 '미션'이 된다. 가이드북의 설명과는 달리 애써 찾아간 미술관이 문을 열지 않았다면 그 귀한 하루트를 재설계하여 상황을 해결해야 한다. 익숙하지 않은 환경에 놓이고 극복하는 경험은 나 자신이 무엇을 못 참고, 무엇을 견딜 수 있는 사람인지 알게 해준다. 그래서 여행은 가기 전에도, 다녀온 후에도 삶을 통해 계속 이어진다. 그런 의미에서 여행은 세상 공부라기보다는 나를 알 수 있게 하는 공부에 가깝다. 하지만 이런 여행의 유익함은 여행을 가 있는 도중, 혹은 20대에 머물러 있는 중에는 깨닫기 힘들다. 여행의 진짜 가치는 경험이 쌓이고 시간이 흘러야 빛을 발한다.

그렇기에 오히려 여행의 가치는 '당장의 행복'에 두는 편이 마음 편할지도 모르겠다. 새로운 일을 접할 때에만 행복감을 느낄 수 있게 설계된 사람의 뇌를 자극하기에 여행만 한 것이 없다. 근본적으로 사람의 피에는 여행을 통해 행복을 느끼는 본능이 흐르고 있다. 최근 심리학자들은 사람이 물건을 사는 '가치 소비'보다 무언가를 경험하는 데 돈을 쓰는 '경험 소비'를 할 때 더 행복해한다는 사실을 밝혀냈다. 보너스 200만 원으로 명품 정장을 해 입는 것보다는 사랑하는 사람과 여행을 다녀오는 것이 행복에는 더 도움이 된다는 뜻이다.

❖

20대인 당신은 처음부터 허세와 환상을 버리는 대신 여행지에 대한 호감과 애정을 가지고 질 좋은 여행을 하면 좋겠다. 태국을 몇 차례나 드나들고서도 그저 마사지 받고 코끼리 타는 동남아 후진국쯤으로 알고 무시하는 여행객은 경제 규모 21위의 세계적인 관광 대국인 태국을 열린 시각으로 바라보는 사람과 질적으로 같은 여행을 할 수 없을 것이다.

나이 들어 돈과 시간이 생긴 후로 여행을 보류하겠다는 결심도 말리고 싶다. 여행을 좋아하는 사람 중에 돈과 시간이 동시에 남아도는 행운아는 거의 없다. 나이대별로 할 수 있는 여행의 형태가 따로 있는데, 20대만이 할 수 있는 여행도 따로 있다. 나는 당신이 여행에서 가장 중요한 것이 돈과 시간이 아니라 체력임을 깨닫게 될 때까지 여행을 미루지는 않았으면 좋겠다.

어찌 보면 여행은 그저 일상의 창문을 여는 일이다. 집을 통째로 헐거나 이사를 가는 거창한 일이 아니다. 하지 않는다고 당장 큰일이 나는 것도 아니다. 그러나 창문을 열어 환기를 하기 전과 후는 그 공기가 다르다. 같은 방이지만 분명히 다르다. 가끔 창문을 열어 늘 신선한 공기가 흐르는 방의 주인이 되고 싶다면 속는 셈치고 떠나보라. 달라지지 않은 듯하지만 달라진 무언가를 발견하게 될 것이다.

나를 찾아 떠나는 길은 어디에나 있다

오랜 연륜의 『성경』 연구 권위자가 방대한 『성경』의 내용을 단 열 글자로 압축했다고 한다.

"사랑하며 착하게 살아라."

지인에게서 이 말을 들었을 때 맞는 말이라며 유쾌하게 웃고 말았지만, 이후에도 여운이 남았다. 좋은 텍스트일수록 짧게 압축할 수 있는 메시지를 담고 있고, 내 책도 그럴 수 있으면 좋겠다는 생각이 들었다.

한동안 나를 온통 사로잡았던 남자의 삶에 관한 이 책을 어떻게 한마디로 정의할 수 있을까?

며칠의 고민 끝에 내가 찾은 문장은 이러했다.

"나를 공부하라."

❖

열심히 산 결과 그 열매를 무사히 따 먹은 사람들이 걸어온 과정은 결국에는 자신에 대해 공부하고 실천하는 과정이었다. 『이솝우화』에 등장하는 개미와 베짱이 중 누구를 닮을 것인가 하는 갑론을박은 이미 지난 화두다. 이제는 자신이 개미과(科)의 사람인지, 베짱이과의 사람인지 아는 것이 더 필요하다.

내가 성공한 남자들의 청춘의 발자취를 좇으며 발견한 모든 것은 이 책을 읽는 당신이 스스로 개미인지, 베짱이인지를 알게 해줄 방법을 정리한 것에 다름 아니라고 해도 좋을 것이다.

그러니 만약, 여기까지 책장을 넘기고도 어느 후미진 방에서 고개만 끄덕이고 있다면, 당신은 이 책을 잘못 읽은 것이다. 자신이 개미인지, 베짱이인지 정체를 알기 위해서 이미 세상으로 뛰어나갔어야 한다.

❖

"타인의 경험을 통해서 배울 수 있을 만큼 현명한 사람은 없다"고 한 버나드 쇼의 말은 진실이다. 그러나 내 경험으로 확인한 남의 경험은 온전한 자신만의 보물이 된다. 청춘의 경험을 기꺼이 공유해 준 50명의 남자들의 호의가 당신의 젊음에도 빛나는 그 무언가를 선사하기를 바란다.

남인숙

남자의 모든 인생은 20대에 결정된다

초판 1쇄 2014년 10월 25일
초판 10쇄 2021년 11월 15일

지은이 | 남인숙
펴낸이 | 송영석

주간 | 이혜진
기획편집 | 박신애 · 최미혜 · 최예은 · 조아혜
외서기획편집 | 정혜경 · 송하린 · 양한나
디자인 | 박윤정 · 기경란
마케팅 | 이종우 · 김유종 · 한승민
관리 | 송우석 · 황규성 · 전지연 · 채경민

펴낸곳 | (株)해냄출판사
등록번호 | 제10-229호
등록일자 | 1988년 5월 11일(설립일자 | 1983년 6월 24일)

04042 서울시 마포구 잔다리로 30 해냄빌딩 5 · 6층
대표전화 | 326-1600 **팩스** | 326-1624
홈페이지 | www.hainaim.com

ISBN 978-89-6574-467-2